쉬운 여자

| 휴먼앤북스
| 뉴에이지 문학선 **11**

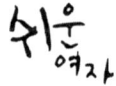

박성경 지음

1판 1쇄 발행 | 2010. 5. 24

발행처 | **Human & Books**
발행인 | 하응백
출판등록 | 2002년 6월 5일 제2002-113호
서울특별시 종로구 경운동 88 수운회관 1009호
기획 홍보부 | 02-6327-3535, 편집부 | 02-6327-3537, 팩시밀리 | 02-6327-5353
이메일 | hbooks@empal.com

값은 뒤표지에 있습니다.
ISBN 978-89-6078-090-3 03810

휴먼앤북스
뉴에이지 문학선 **11**

쉬운 여자

박성경 장편소설

Human & Books

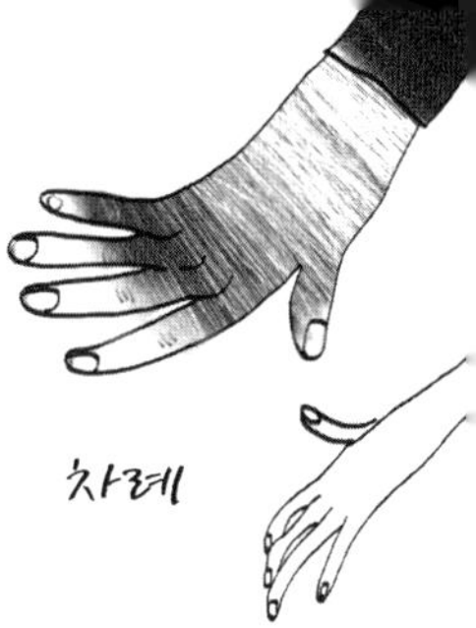

차례

쉬운 여자 9

모두가 내 전화번호를 안다 46

불(不)붙은 이름들과 친밀한 타인들 70

불행은 유턴(U-Turn)하시오 98

당신은 누구십니까? 176

문 열어 놨다, 사람 들어와라 231

숨은그림찾기 272

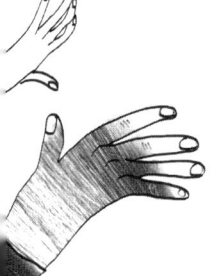

남자들은 나를 화냥년이라 불렀고, 여자들은 나에게 침을 뱉었다.

― 김광규의 詩 〈어떤 고백〉에서

쉬운 여자

내 이름은 나이지(易;쉬울 이, 之;갈 지), 난 쉬운 여자다. 누구든, 어디든 쉽게 따라간다. 사람이건 진창이건 가리지 않고 쉽게 빠지는 것이 내 천성이다.

쉬운 여자란 말이 불편한가? 혹은 불쾌한가? 어감 때문에라도 날 밟아주고 싶은가?

그래도 괜찮다. 난 남들이 무시하라고 있는 여자다. 난 불쾌함의 원본이니 닮고 싶지 않거든 피해 가고, 재미 삼아 닮고 싶거든 복사해 가기 바란다. 당신들이 날 닮고 싶어 할 이유는 없겠지만 삶에서 재미를 빼면 남는 게 없어지니까 하는 말이다.

대부분의 사람들은 생긴 대로 놀지만 난 이름대로 논다. 사실 산다는 건 논다는 것이고, 나는 살아 있는 한 놀아볼 작정이다. 부처를 만나면 부처와 놀고, 예수를 만나면 예수와 놀고, 강도를 만나면 강도와 놀 것이다. 살려면 재밌게 놀아야 하고, 제대로 살려면 더 재밌게 놀아야 한다.

대가들은 말한다. 자기만의 비밀을 발설하면 가난해진다고. 그래서 평생 가슴속의 은밀한 보물창고에 비밀을 간직한 채 고독하게 죽어가야 한다고.

그런 일은 대가들이나 하는 짓이다. 어쩜 대가들도 말만 해놓고 지키지 못했을지 모른다. 고독이나 외로움은 범인(凡人)들만의 전유물은 아니니까. 난 대가가 아니다. 더구나 내 가슴속에 비밀이 든 보물창고가 있다는 건 가당치도 않다. 소유란 내게 어울리는 단어가 아니다. 난 내 삶에 대해 어떤 비밀도 간직하고 싶지 않다. 차라리 남김없이 고백하고 가벼워지기를 원한다. 고독해지기보다 가난해지기를 원한다.

나는 태어나기 전부터 '불(不)'과 친했다. 불(不)붙은 단어들과 말이다. 난 불운의 친구이자, 부도덕한 사랑의 부주의한 결과물인 불륜의 씨앗이었다. 불륜의 당사자가 씨앗에 불성실하게 물을 준 덕분에 난 불행하게 자라났다. 초등학교 시절부터 넘기는 책장마다 손가락을 베였으며, 소풍을 가면 혼자서만 벌에 쏘이고, 체육시간에 빈 교실에 남아 있던 날엔 꼭 돈을 잃어버린 아이가 나오고, 눈만 비볐다 하면 다래끼가 생기고, 100미터 달리기를 할 때마다 발목을 삐고, 뒤로 넘어져도 코가 깨지는 탓에 앞으로 자빠지겠단 결심을 하면 반드시 뒤로 넘어졌다.

사소한 불운은 생략하련다. 불행을 고백할 시간만 해도 모자라니까.

세상에서 사랑하는 사람 없이 삶을 견디기로 작정한 사람은 얼마나 불행할까? 두 사람도 아니고 세 사람도 아닌 단 한 사람의 사랑만을 원하는데 아무에게도 사랑받지 못한다면 얼마나 더 불행할까? 그렇다. 나는 불행한 사람보다 더 불행했다.

"나, 너 좋아해……."

이렇게 남자 짝꿍에게 고백하면 다음 날 교실에 소문이 쫙 퍼졌다. 여자 짝꿍에게 고백하면 다음 날 교무실에 소문이 쫙 퍼졌다. 좋아한다는 고백이 왜 약점이 되고, 먼저 좋아한 사람이 왜 약자가 되는지 이해할 수 없었다. 먼저 출발한 사람이 더 멀리 가고, 멀리 가는 사람이 강자라고 믿었는데 말이다.

내가 다가갈수록 사람들은 평행선을 그리며 멀어져 갔다. 내 기억이 정확하다면, 28년을 살아오면서 내가 좋아한 사람들은 날 좋아하지 않았고, 내가 싫어한 사람들도 날 좋아한 적이 없었다. 한마디로 나는 누구에게도 사랑을 받아본 적이 없다. 엄마는 하고 많은 날 중에 내가 간호대학을 졸업하는 날을 자살하는 날로 정했다. 그날은 하필이면 스물두 살 내 생일이었다. 엄마의 사랑도 내 몫이 아니었단 증거다. 사랑하는 사람을 두고 세상을 떠나는 사람은 없을 테니까. 게다가 나는 아버지란 작자의 이름도 얼굴도 모른다. 엄마는 생전에 아버지란 작자를 '닥터 지'라고 불렀으니, 성은 지 씨인 모양이다. 내가 그에 대해 아는 것은 그가 의사라는 것, 엄마를 만나기 전에 아내가 있었다는 것, 그리고 살아 있다는 것이 전부다.

어쨌든 나는 도망쳐야 했다. 불운과 불행과 온갖 불(不)붙은 것들로부터.

✛ ✛ ✛

쾅! 쾅! 쾅! 콰앙! 콰앙! 콰앙!

새벽 4시, 누군가 아파트 현관문을 두들기는 소리에 잠이 깼다. 신문배달원이나 우유배달원은 아닐 테니 옆집 남자일 것이다. 그는 언제나 벨 대신 현관문을 두들긴다. 세 번은 짧게, 세 번은 길게 말이다. 그가 말하길 사람에겐 누구나 세 번의 기회가 찾아온다고 했다. 귀에 익숙한 말이니 그 말을 한 사람이 그가 처음은 아닐 것이다.

"내가 처음이라니까요!"

그의 반박하는 목소리가 들리는 듯하다.

"평생 세 번이 아니라 하루란 말입니다, 하루!"

하루는 옆집 남자가 세 번이나 기회를 주었는데도 문을 열어 주지 않았다면서 나더러 둔한 사람이라고 화까지 냈었다. 그날은 당직이라 내가 집에 없었는데도 말이다. 나는 그가 문을 두들긴 횟수는 여섯 번이라고 정정해 주었지만, 그는 짧은 세 번과 긴 세 번은 각기 다른 울림을 지니므로 결국은 세 번이라고 우겼다. 단숨에 나는 졌다. 아무리 사소한 일로도 누군가에게 이긴다는 건 상상해본 적이 없다. 나의 현실은 지는 쪽이다. 내겐 지는 쪽이 어울린다. 나는 뭐든 나랑 어울리는 게 좋다. 어항에 낀 이끼건, 엉덩이에 낀 팬티건, 에어컨 통풍구의 먼지건, 밟혀서 죽어가는 지렁이건, 개똥 위에 앉은 파리건, 바퀴벌레건 간에.

게다가 지는 건 이기는 것보다 쉽지 않은가? 나는 쉬운 여자다. 앞으로도 쉽게 살 것이다. 나는 그에게 지는 대신, 다음엔 벨을 눌러달라고 부탁해보지만 매번 거절당한다. 자신은 남들이 다 눌러대는 벨엔 관심이 없으며, 자신에겐 자신만의 암호가 있다는 것이다. 그만의 암호는 누군가가 먼저 생각해낸 암호라고 말해주고 싶지만 참았다. 반박도 논쟁도 나랑 어울리는 건 아니므로.

현관문을 열고서 나는 묻는다. "이 시간에 무슨 일이죠?" 대신에 "오늘은 무슨 일이죠?"라고. 굳이 영어를 쓰자면 "May I help you?"가 되겠다.

나는 그의 발밑을 내려다본다. 재활용 쓰레기를 담은 봉투가 쓰러져 있다. 양이 많은 탓에, 봉투가 무거워서 질질 끌고 온 것이다. 피곤하다는 듯 그가 답한다. 내가 못 물을 걸 물어보았다는 듯 마지못해 대답하는 표정이다.

"지금까지 작업을 했어요. 이제부터 자야 하는데……."

지금까지 자다 온 건 아니고? 그가 눈곱이 매달린 눈을 비빈다. 피곤을 과장하려고 말이다.

그는 늘 작업이란 표현을 쓴다. 나는 그가 하는 작업에 대해 잘 모른다. 솔직히 별로 궁금하진 않다. 사실 나는 그에 대해 아는 게 없다. 그런데도 나는 그를 좋아한다. 누군가를 좋아하는 데 있어 반드시 그에 대해 많이 알 필요는 없는 것이다. 그는 내가 원할 때나 원하지 않을 때, 그러니까 수시로 날 필요로 한다. 나는 누가 날 필요로 하는 것이 좋다. 꼭 내가 소중한 존재가 된 기분이다. 이 기분은 나를 고양시켜 준다. 그런데 그가 말하는 작업이란 무엇일까? 컴퓨터 게임의 신조어? 인터넷 채팅으로 여자들에게 작업을 거는 건가? 방송작가들이 한다는 공동작업? 그 집에 드나드는 사람은 본 적이 없는데? 기회가 나면 물어봐야겠다.

"이놈의 거지같은 임대아파트 재활용 쓰레기 분리수거 시간이 지랄 같단 말입니다."

더 이상은 말하기도 싫다는 듯 그가 입을 다문다. 그다음 대사는 말하지 않아도 안다. 우리는 같은 아파트(임대아파트다), 같은 동(우리 동만 13평이다), 같은 층 주민이니까.

우리 동은 일주일에 단 하루, 수요일 아침 7시부터 7시 30분까지만 재활용 쓰레기 분리수거를 한다. 우리 동의 경비아저씨는 마치 재활용 쓰레기 분리수거를 위해 고용된 것처럼 그 시간에 목숨을 건다. 그래서 그런지 경비실을 지나면서 인사할 때마다 아저씨는 답례로 이렇게 말하는 듯하다.

"수요일 아침 7시부터 7시 30분. 잊지 마시오."

혹은,

"기억해주오. 수요일 아침 7시에서 7시 30분."

그 시간을 놓치면 분리수거는 다음 주로 넘어가고, 눈비라도 오는 날이면 또 다음 주로 넘어가고, 바람 부는 날에는 예정대로 하지만 내가 넘기고, 그날이 명절이나 국경일이면 저절로 넘어가고, 이래저래 다음 주로 넘기게 되면 13평 아파트 안에 한 달치의 재활용 쓰레기를 모시고 살게 되는 진풍경이 발생한다.

다른 동의 분리수거 시간은 그래도 좀 여유가 있다. 수요일 아침 7시부터 10시. 그래서 어느 날은 다른 동에 가서 버릴까도 했지만 부녀회장과 반장들이 눈을 부릅뜨고 감시를 하고 있어서 용기가 나지 않았다. 어째서 이런 불공평하고 불합리한 일이 같은 아파트에서 일어나는가 자문해본 적은 있지만 직접 가서 물어보진 않았다. 그래봤자 부녀회장은 불편한 기색으로 예외는 없다고 대답할 것이 뻔하다. 내가 원래 말을 붙이기 위해 말하는 스타일이지만, 대답을 위한 대답은 좋아하지 않는다. 재미없으니까.

그의 재활용 쓰레기봉투 안은 찌그러진 맥주 캔들이 대부분이다. 맥주 캔의 주둥이 밖으로 삐죽 담배꽁초가 보인다. 벌써부터 찌그러진 캔 속의 꽁초를 빼낼 생각으로 마음이 분주해진다. 꽁초를 넣으려면 찌그러트리지나 말지. 찌그러트리려면 꽁초를 넣지 말든가.

작정하고 한 가지 일을 그르치는 사람은 두 가지 일을 그르치는 사람보다 나은가 하는 생각이 느닷없이 머리를 스친다. 더 나을 것도 없다는 부질없는 생각도.

"자, 그럼……."

그는 재활용 쓰레기봉투를 현관 안으로 밀어 넣고 나서 돌아선다. 내가 자신의 부탁을 들어주는 건 어제오늘의 일이 아닌 당연한 일이라는 듯.

그가 처음부터 내게 이랬던 건 아니다. 이사 온 첫날 내게 고양이를 봐달라고 부탁하러 왔을 땐 매우 정중했다. 이삿짐을 나르는 동안 고양이가 다칠까 봐 염려되니 맡아달라는 것이었다. 그리곤 수줍은 표정으로 입을 가리며 웃었다. 미리 감사하다는 말까지 덧붙이며 말이다. 처음 부탁하는 것치곤 좀 뻔뻔하지만 귀엽다고 생각했다. 동물을 사랑하는 사람은 착한 사람일 거라고. 게다가 남의 부탁을 들어주는 것은 거절하는 것보다 쉽지 않은가?

부탁을 들어줄 때는 "네." 혹은 "그러죠." 하는 한마디면 되지만 거절할 때는,

"제가 고양이털 알레르기가 있어서요. 호랑이털 알레르기도 아니고 창피하네요."

"데이트가 있어서 지금 나가는 길인데요. 짝사랑하던 남자한테 드디어 데이트 신청을 받았답니다."

"할머니가 돌아가셔서 기차표를 예매했어요. 어릴 때부터 할머니 손에 자라서 엄마나 다름없는 분인데. 흑흑."

이와 같은 거짓말을 즉석에서 생각해내야 하기 때문이다.

하지만 마침 그날은 쉬는 날이어서 더 쉬웠다. 만일 누군가 내게 청혼을 한다면 거절하기가 어려워서 결혼해 버릴지도 모른다. 28년 동안 한 번도 청혼을 받아본 적은 없지만 말이다.

나는 흔쾌히 고양이를 받아들었다. 그리곤 실실 웃으며 "여자 대신 키우나요? 남자 대신 키우나요?"라고 물었다. 그는 나랑 이런 농담을 주고받을 사이가 아니라는 듯 잠시 얼굴을 찡그렸다. 그리곤 중국인에게 한국어를 가르치는 선생님 같은 억양으로 또박또박 말했다.

"고양이는 생선을 좋아합니다."

내가 그 즉시 고양이에게 생선을 구워주었음은 물론이다. 한국어를 배우는 학생처럼 그의 발음을 따라하는 대신에 말이다.

그가 내게 무례해지는 건, 갈수록 내가 필요해져서 그러는 거라고 생각한다.

재활용 쓰레기 분리수거를 하고 들어오니 출근시간이 빠듯해진다. 나는 일찍 출근하려고 항상 일찍 집을 나서지만 결국 제시간에 출근하게 된다. 내 차가 러시아워에 밀린다는 뜻이 아니다. 나는 차를 소유할 수 있는 사람이 못 된다. 나는 출근할 때 전철이나 버스 안이나 길 위에서 '나의' 도움을 필요로 하는 사람들과 꼭 마주친다. 그래서 출근길에 누군가를 돕게 될 시간을 감안해서 일찍 집을 나선다. 그들을 도와주다 보면 결국은 제시간에 출근하는 것이다. '나의'란 말은 빼겠다. 도움 역시 나의 전유물은 아니니까. '누군가의' 도움을 필요로 하는 사람들은 언제나 길에 널려 있다.

 사실 남을 돕는 일은 돕지 않는 것보다 쉽다. 남을 돕는 일이 어려운 일이란 생각은 막연한 추측일 뿐, 막상 실행에 옮기면 생각보다 쉽다는 걸 알게 된다. 길을 묻는 여행자에게 아는 길을 가르쳐주는 일은 쉽다. 함께 길을 건너는 노인의 짐을 들어주는 일도 쉽다. 지하철의 좌석을 임산부에게 양보하는 일은 쉽다. 양보해주기 싫어서 일부러 잠든 체하기가 더 어려운 일이다. 한번 잠든 체하면 계속 잠든 체해야 하고, 핸드폰으로 중요한 전화가 와도 받지 못하고, 기침이 나와도 참아야 하고, 코나 귀가 가려워도 긁을 수가 없다. 그랬다간 깨어 있다는 걸 들키게 되고, 그때의 쪽팔림이란 더 감당하기가 어려워지니까 말이다.

✚ ✚ ✚

아침 8시 30분. 부리나케 아이(*i*)병원 산부인과 건물 안으로 들어선다.

나는 아이병원 산부인과 불임클리닉 간호사다. 임신을 원하는 불임의 기혼여성이라면 이 병원의 불임클리닉에 들어선 순간, 상담데스크에 앉아 있는 나를 처음 만나게 된다. 일단은 '나'라는 징검다리를 거친 후에 자신이 원하는 타입의 의사에게 배정되는 것이다. 명의란 소문을 듣고 찾아오거나, 누군가의 소개를 받고 오거나, 인터넷을 검색해서 이것저것 따져본 결과 스스로 의사를 지정해서 오는 경우도 있지만 말이다.

나는 불임클리닉을 찾아온 예약 환자들을 상대로 그녀들의 과거를 캐묻기 시작한다. 질문의 내용은 "과거에 경험 있습니까?"다.

미안하다. 이게 나의 직업이다. 당신들은 내 과거를 물을 수 없다는 것, 그래서 우리 사이가 불공평하다는 것도 미안하다. 하지만 당신들의 과거를 일일이 기억하진 않겠다.

"임신 경험 있습니까?"

"유산 경험 있습니까?"

"출산 경험 있습니까?"

"있다면 몇 번입니까?"

"피임 경험 있습니까?"

"흡연 경험 있습니까?"

"특정 약물을 복용한 경험 있습니까?"

"있다면 몇 년입니까?"

"불임 기간은 몇 년입니까?"

"집중적으로 임신을 시도한 기간은 몇 년입니까?"

돌아오는 대답은 다양하다.

"임신 경험이 없으니까 왔겠지요."

"7년 동안 노력했는데 애가 안 생겨요. 불임인가 봐요."

"첫애 낳고 5년이나 지났는데 둘째 애가 안 생겨요."

"산부인과에 갔더니 나팔관 양쪽이 막혔대요. 그런 줄도 모르고 관계한 날마다 물구나무를 섰지 뭐예요. 나 바보 아니니?"

"조(저)는 베트나메서(베트남에서) 와씀니다(왔습니다). 우리 나펴(남편) 삼대 도짜(독자) 임니다(입니다). 우리 시어머이(시어머니) 애타게 소자(손자) 원합니다(원합니다)."

"요즘 강남에 쉰둥이가 유행이라네? 갱년기 우울증엔 아기가 딱이지 뭐."

얼굴에 쓰여 있는 대답도 다양하다.

"왜, 마약이라도 했을까 봐서요?"

"그런 건 알아서 뭐하게요?"

"내가 거짓말하는 거 같아요?"

"처녀 때 아이를 많이 떼서 그런가요?"

"불임부부 지원 사업에 대해서 한마디 할까요? 한마디로 눈 가리고 아웅 아닌가요? 솔직히 낳기만 하면 뭘 해요? 제대로 기를 돈이 없는데."

"이참에 정관 복원 수술비 지원 사업도 하는 게 어때요? 남자친구가 그러는데 너무 비싸서 낳고 싶어도 낳기 싫대요."

"도로 갈까 봐. 아기 낳지 말까 봐. 기분 나쁜 질문만 해대니 도저히 견딜 수가 없어. 지금껏 아기 없이도 잘 버텼는데 뭐."

그녀들이 솔직한 대답을 하는 건진 모르겠지만 나는 환자의 차트에 그녀들의 과거를 상세하게 기록한다. 그녀들은 시작부터 상처받는다. 하지만 이건 시작에 불과하다. 임신에 성공하기까지 그녀들이 받게 될 상처와 넘어야 할 산들이 너무 많다.

그녀들의 몸은 임신하기에 최상의 컨디션인가? 난자 채취를 위해 마취하기에 심장은 튼튼한가? 자궁의 두께는? 자궁 안에 물혹은 없는가? 인공수정을 거치지 않고 바로 시험관아기를 권할 정도로 고령인가?

이렇게 그녀들의 상태를 검사하고 나면 마지막으로 배우자의 정자 검사가 이루어진다. 첫 번째 산을 넘지 못하면 돌아가야 한다. '다음 기회에'란 다섯 글자를 가슴에 품고서. 게다가 배우자가 무정자증이라면 게임은 첫 번째 산에서 끝나버린다.

무수한 상처와 수많은 산들을 넘고 나서 임신에 성공하게 되면 다음엔 또다시 수많은 검사가 기다린다. 기형아 검사를 위한 양수 검사, 트리플 검사, 초음파 검사, 기타 등등의 검사. 이 관문을 통과하면 그녀들이 먹어야 할 약들이 기다린다. 엽산제, 철분제, 비타민제. 그리고 그녀들이 몇 주 동안 꾸준히 맞아야 할 주사가 기다린다. 유산 예방용 착상주사. 이 모든 검사와 약과 주사를 통과하면, 마침내 예비 엄마들이 가장 무서워하는 유산의 확률이 기다리는 것이다.

세상에서 가장 기쁜 소식은 무엇일까? 그리고 기쁜 소식을 전하는 행운아는 누구일까?

전자는 오랫동안 아기를 기다리던 불임부부에게 전해지는 임신 소식이고, 후자는 불임클리닉의 간호사가 아닐까? 나는 수많은 영화와 드라마에서 "축하드립니다. 임신입니다." 하는 산부인과 의사는 숱하게 보아왔지만 불임클리닉의 간호사가 임신 소식을 전하는 건 보지 못했다. 산부인과 의사가 전하는 소식은 '기쁜 소식'이고(원치 않는 임신의 경우엔 나쁜 소식일 수도 있지만), 불임클리닉의 간호사가 전하는 소식은 '더 기쁜 소식'인데도 말이다.

'더 기쁜 소식'은 '기쁜 소식'보다 힘겹게 찾아온다. 내가 불임클리닉의 상담데스크 자리를 고집하는 건 이 때문이다. 나는 기쁨의 당사자보다는 전달자가 되고 싶다. 나는 내 몫의 기쁨을 감당할 자신이 없다. 불임환자들에게 임신 소식을 전해주는 순간, 나는 오르가슴을 느낀다.

불임클리닉에도 행운의 여신은 숨어 있다. 임신에 성공하는 환자는 대부분 첫 시도에 성공하는 환자다. 두 번 세 번 시험관아기를 시도해도 안 되는 환자는 여러 해를 넘기면서 실패를 이어간다. 그러면서 실패를 끊을 준비는 하지 않는다. '다음번엔 아기가 생길 거야'라는 실낱같은 희망을 언제나 붙잡고 있기 때문이다.

오늘 10년간 불임이었던 한 환자가 첫 시도에서 임신을 했다. 행운의 여신이 그녀에게 날아간 것이다. 나는 환자의 혈액검사 수치를 받아들고 그녀의 전화번호를 누른다. 수치로 보면 임신 확실, 한마디로 당선 확실이다. 떨리는 가슴을 진정시키며 그녀에게 전화를 한다.

잠을 자다가도, 밥을 먹다가도, 똥을 누다가도, 기도를 하다가도, 절에서 절하다가도, 불임환자들은 늘 핸드폰을 빨리 받는다. 그들이 기다리는 소식은 단 하나, 임신 소식이기 때문이다.

"여보세요."

급하게 그녀가 전화를 받는다.

"부주은 씨, 여기 아이산부인관데요."

"네!"

전화선을 타고서 떨리는 그녀의 목소리가 전해진다. 당선 소식이란 원래 시간을 좀 끌어야 제 맛이지만 더 이상 지체할 수가 없다. 그녀가 벌써부터 울 준비를 하고 있기 때문이다. 성공 혹은 실패, 둘 중 하나를 위해서 말이다.

"축하드립니다. 임신입니다."

그리고 더 이상은 그녀의 목소릴 듣지 못한다. 그녀가 준비된 기쁨의 눈물을 흘리고 있기 때문이다. 이 순간 배경음악과 함께 소식을 전해줄 수 있다면 좋겠다. 이런 노래를 불러줄 수 있다면 더욱 좋겠다.

"축하합니다~ 축하합니다~ 당신의 임~신을 축하합니다~"

저녁에 후배 간호사 수정을 초대해서 와인 파티라도 해야겠다. 알코올중독인 수정이 비번을 핑계로 대낮부터 취해 있지만 않다면 말이다. 욕심 같아선 부주은과 함께 축배를 들고 싶다. 하지만 알코올이 임산부에게 해롭다는 건 누구나 아는 상식이므로 그럴 순 없는 일이다.

나는 강 선생의 진료실로 달려간다. 강 선생은 내 담당의사다. 나는 그에게 딸린 식구, 즉 그의 간호사다. 나는 그의 환자의 예약을 받고, 그의 환자의 모든 차트를 받아 정리하고, 그의 잡무를 처리하고, 그가 내린 처방전을 환자에게 내민다. 한마디로 나는 그의 처분만을 기다린다. 나는 노크를 하고 그의 진료실에 들어선다. 그리고 입이 찢어져라 웃으며 말한다.

"선생님, 부주은 씨가 너무 감사드린대요."

"누구?"

그는 고개를 들지 않고 눈만 치켜뜬다. 나라면 저러지 않겠다. 저 자세가 더 힘들 테니까.

그의 머릿속으로 수많은 불임환자들이 들락거린다. 부주은이 누군지 떠올리려는 기색이 역력하다. 2~3일 간격으로 불임환자들의 시험관 시술을 해대고, 2~3일마다 2~3명의 임신 당선자가 나오니 그럴 수밖에. 그는 아이병원 불임클리닉에서 가장 높은 성공률을 자랑하는 명의다. 전국에서도 손꼽히는 불임전문의다.

부주은, 부디 주님의 은혜로 그녀가 임신하게 해주소서, 라고 이름 3행시를 지어놨다면 그녀를 금방 떠올릴 텐데.

"오늘 임신 확인된 환자분이요. 10년 불임이었다가."

그가 말을 자른다.

"아, 그래? 예약 확인했지?"

"네에."

그가 시선을 아래로 내린다. 고개가 원래 아래를 향해 있었으니 움직일 필요는 없다. 나는 인사를 하고 나가야 할지 이대로 나가야 할지 잠시 고민한다. 이미 시선을 아래로 내려서 그가 보진 않을 테지만 말이다. 그래도 나는 인사를 하고 나서 진료실을 나선다. 상대가 보건 보지 않건 간에 내가 원하면 원하는 행동을 하는 게 낫다.

그는 단어를 쓸 때나 행동을 할 때 매우 인색하다. '아아~' 해도 될 걸 '아~' 한다. '하하하~' 해도 될 걸 '핫~' 한다. 웃을 때도 입술로만 웃는다. 사실 그건 웃는 게 아니다. 자신의 이빨도 보이지 않고 웃는 건 웃는다고 할 수가 없다. 그는 이제 마흔에 겨우 한 살이 더 붙었으며 이름은 강한이다. 당신은 강추위야, 한마디로 Cool Guy, 냉정한 놈 씨.

 사람의 이름을 가지고 글짓기를 하는 건 나의 오래된 취미다. 이런 취미를 갖게 된 이유는 뭐 별거 없다. 그래야 기억하기 쉬운 데다 재밌으니까. 이름이란 중요하다. 이름값을 하기 때문이다. 상상, 공상, 명상 또한 내 취미다. 이중에서도 상상은 나의 전공이다. 내 상상의 대상은 개나 고양이, 장미나 난초 같은 동식물일 때도 있고, 연필이나 지우개, 옷, 사진, 신발처럼 무생물일 때도 있지만 주로 사람일 때가 많다. 뭐니 뭐니 해도 사람에 대한 상상보다 재밌는 건 없다. 지구상에서 사람만큼 매력적인 동물은 없으니까.

 아무리 재수 없는 인간도, 보잘것없는 인간도, 냉혈한도, 누구나 한 줌의 매력은 지니고 있다. 나는 상상 속에서 그들의 매력을 발전시키거나 도태시킨다. 내 상상 속에서 그들은 자신의 매력을 통해 상승과 추락을 반복하면서 더욱 재밌는 인간으로 부활한다. 나는 현실의 인물과 상상의 대화를 자주 나눈다. 그런데 강한의 경우는 자주 나눌 수가 없다. 절약형이기 때문이다. 그는 매사에 적은 단어 수로 말하고, 조금씩 움직인다. 모든 에

너지를 비축해 두었다가 불임환자를 시술할 때 쓰나 보다. 가끔 그가 한 번도 안 가본 나라의, 한 번도 안 써본 언어를 말하는 외국여자와 재혼을 한다면 어떨까 생각한다. 그래서 몸짓만으로 의사소통을 해야 한다면 과연 얼마만큼 몸을 움직일까 생각하며 나 혼자 깔깔 웃는다. 가뜩이나 말도 통하지 않는데 최대한 적게 움직여서 몸으로만 말해야 한다면? 아내에게 울화병이 생기지나 않을까 걱정이 된다. 그리고 사랑이란 치료약이 얼마만큼 약효를 지속시켜 줄지도 의문이다.

그는 현재 이혼 상태이고, 지금은 육아 관련 서적의 원고를 감수하고 있다. 불임클리닉 전문의로 유명하기 때문에 자신의 이름만 빌려주는 것이다. 그가 이름을 빌려준 탓인지 이미 출간된 임신 출산 서적은 초보 엄마라면 누구나 알고 있는 베스트셀러다. 그에겐 주부를 대상으로 하는 아침프로나 여성지의 인터뷰 섭외도 밥 먹듯 들어온다.

세상은 악취미다. 무명의 연예인이 나 게이요, 커밍아웃하면 갑자기 유명해진다. 총각 행세를 하던 유명 탤런트가 나 미혼부요, 하고 밝히면 더 유명해진다. 세상은 박사 출신의 배우나 저명한 의사의 이혼에 박수를 쳐주고 점수를 더 준다. 세상은 타인의 미덕보다는 치부에 더 열광한다. 유명할수록 더 열광한다. 그래서 유명인들에겐 세금이 많이 붙는다. 대중의 열광이라는 수입 덕분이다. 어쨌든 이혼 때문에 그의 인기가 더 올라갔다. 지금 세상 사람들이 그 앞에 줄을 서 있다. 그의 이름을 빌리려는 자들, 그를 통해 임신하려는 여자들, 그와 재혼하려는 여자들, 그 앞에서 줄을 설 이유가 없는 자들, 혹은 없어 보이는 자들이 줄줄이 줄을 서 있다.

이런저런 이유로 인해 그가 내 담당의사라는 걸 다른 간호사들은 부러워한다. 그와 친해질 시간이 많아서 좋겠다는 것이다. 간호사들은 그에 대한 정보를 빼내려고 내게 일부러 친절하게 굴기도 하고, 자신이 원하는 정보를 얻지 못하면 질투까지 불사한다. 우리 병원에도 그와 결혼하고 싶은 간호사들이 있는 것이다. 왜 없겠는가?

그러면 나는 미소로만 답해준다. 자기 식구에겐 무뚝뚝한 가장이 남들에겐 친절하다는 상식을 모르고 있으니 말이다.

✝ ✝ ✝

퇴근길에 와인을 사기 위해 아파트 정문 입구의 슈퍼에 들른다. 이 슈퍼의 이름은 두배 슈퍼다. 간판을 보면 두 배 싼 느낌이 들지만 실제론 두 배 비싼 슈퍼다. 근처 대형마트와의 경쟁에서 살아남으려면 두 배 비싸게 받아야 한다는 논리다. 게다가 주인 할아버지의 인상이 심술궂어 보여서 모두가 이 슈퍼를 꺼린다. 한마디로 파리 날리는 슈퍼라 이 말씀이다. 하지만 나는 남들이 꺼리는 이유 때문에 이 슈퍼의 단골이 되었다. 나야말로 파린데 무슨 이유가 더 필요하랴.

단골이 되고 나서 할아버지의 이름이 이두배란 걸 알게 되었다. 동네 슈퍼 주인이든, 구멍가게 주인이든, 성인용품가게 주인이든, 대저택의 주인이든, 주인들은 다들 평판을 갖고 있다. 그중 몇 개는 믿을 만하지만 대개는 그렇지 않다. 내가 오다가다 주워들은 할아버지의 평판은 다음과 같다.

"어우, 재수 없어. 생리대 사러 갔더니 저 할아버지가 내 다리를 훑어보잖아."

"다리뿐이니? 내 가슴도 뚫어져라 보던데?"

"전에는 포르노잡지까지 보고 있더라."

"늙은이가 밝히긴. 남잔 다 늑대야. 늙은 여잔 여자가 아니지만 남잔 늙어도 남자라니깐."

"다신 가나 봐라."

"맥주 한 캔 사자고 길 건너 대형마트까지 갈 수도 없고."

"양심도 없지. 어떻게 새우깡을 봉지에 적힌 가격 그대로 받니?"

"어떨 땐 더 받아."

"그 돈을 그냥 주고 왔어?"

"미쳤니? 환불해 달랬지."

"그래서 받아냈어?"

"아니. 에잇, 잘 먹고 잘 살아라 그랬지. 물론 속으로."

"왕년에 못나가는 배우였대. 〈그 남자는 옆집에 산다〉라는 영화에 행인으로 나왔대."

"팔순에 아직도 총각이래."

"세상에나, 아낄 걸 아껴야지."

"여자 보는 눈이 너무 높대나 어쨌대나. 아직 이상형을 못 만나서 혼자 산대."

"그 나이에? 깔깔깔."

"가엾은 스크루지 영감."

이두배. 두 배로 순정파요, 두 배로 구두쇠인 늙은 늑대 되겠다.

나는 날마다 껌 한 통, 두부 한 모, 생수 한 병을 사기 위해 슈퍼에 들른다. 너무 비싼 건 사지 못하는 대신, 들를 때마다 덕담을 한다. 할아버지가 이상한 벙거지 모자를 쓰고 있어도, 파리채를 들고 있어도, 돋보기로 자신의 손등에 핀 검버섯을 뚫어져라 보고 있어도 말이다.

"모자가 근사해요."

"멋져요. 진짜 배우 같아요."

"검버섯이 예뻐요."

근사하다는 말의 근사치에도 못 이르건만 나는 계속 칭찬을 해댄다. 나는 쉬운 여자지 거짓말도 못하는 착한 여자는 아닌 것이다. 그때마다 할아버지는 "에잉~ 주둥이 닥치지 못할까!" 하면서 나를 파리채로 날려버리지만, 나는 그래도 덕담을 한다. 덕담은 악담보다 쉽기 때문이다. 악담은 하면 할수록 께름칙한 뒤끝이 남지만, 덕담은 하고 나면 날아갈 듯 가벼워진다.

나는 사다리를 딛고 올라가 진열대 맨 위의 먼지 쌓인 와인을 꺼낸다. 할아버지의 수고를 덜어주려는 것이다. 할아버지가 고작 와인 한 병 팔기 위해 사다리를 올라가다 헛딛는 날에는 휴우, 손해가 이만저만이 아닐 것이다. 그러므로 사다리는 주인용이 아니라 손님용이다.

"오늘은 또 어떤 놈팽이야?"

할아버지가 내 다리를 훔쳐보며 묻는다. 바지 입은 내 모습이 오히려 할아버지의 상상력을 자극한다. 바지 속 맨다리를 상상 속에서 훔쳐보는 것이다.

할아버지는 늘 날 의심한다. 맥주 한 병에도, 치즈 한 조각에도, 오징어 한 마리에도 항상 남자를 끌어들인다고 생각한다. 더구나 오늘은 와인이 아닌가? 나는 대답 대신 빙그레 웃는다. 할아버지가 못마땅한 듯 나를 노려본다.

"여자가 그렇게 쉬워서야 원……."

나는 인사를 하고 슈퍼를 나선다.

"자네!"

할아버지가 날 불러 세운다. 나는 돌아본다.

할아버지가 내게 마음을 연 건, 즉 먼저 말을 붙이기 시작한 건 얼마 되지 않는다. 그는 80년을 살아온 세월의 연륜이라곤 찾아볼 수 없을 정도로 여유가 없고, 피해의식에 절어 있었다. 이 조그마한 슈퍼에 감시카메라가 몇 대나 설치되어 있는지 모른다. 당연히 내주어야 할 거스름돈도 주기가 싫은지 시간을 질질 끈다. 카드는 수수료가 붙으니 되도록 현금을 내달라고 일찌감치 부탁까지 했다. 할아버지는 눈이 나빠서 나이를 잘 모르겠다며 미성년자에게 술, 담배도 판다. 덕분에 간 큰 애들은 교복을 입고서 버젓이 술과 담배를 사간다. 경찰이 단속을 나오면 할아버지는 미리 오리발을 준비해 두었다가 잽싸게 내민다.

어느 날은 유통기한이 하루 지난 우유를 팔았다고 동네 할머니가 와서 따진 적이 있었다. 그때 할아버지는 환불은커녕 파리채로 할머니를 내쫓았다. "주둥이 닥치지 못해? 이 할망구야!" 하면서 말이다.

그 광경을 지켜본 나는 한마디로 어이가 없었다. 나이를 먹을수록 연륜보다 욕심이 쌓이는 늙은이. 머지않은 훗날 그가 마지막 삶을 정리할 때, 그의 인생에서 남는 게 무얼까 생각하면 마음이 아파진다.

"내일도 올 거지?"

"그럼요. 약속인걸요."

할아버지가 그제야 안심이 된다는 표정을 짓는다. 할아버진

늘 날 '자네'라고 부른다. 언젠가 내 이름은 '나이지'라고 말해주었는데, 할아버진 어른이 물어보지도 않은 말을 하는 건 '불상놈'이나 하는 짓이라고 했다. 게다가 누군가의 이름을 기억하기에 자신은 너무 늙었다고도 했다. 그리고 한 가지 부탁을 했다. 매일 슈퍼에 들러 자기가 죽었는지 살았는지 확인해달라고 말이다. 평생을 혼자 살아왔기 때문에 죽을 땐 혼자가 싫다고 했다. 이따금 사회복지사가 전화를 걸어주긴 하지만 그건 가끔일 뿐 매일은 아니라고 했다. 사실 독거노인에게 배정된 동사무소의 사회복지사는 할아버지 때문에 죽을 맛이었다. 언제 죽을지도 모르는데 할아버지가 매일 들여다보지 않는다고 성화를 해댔기 때문이다.

"아이고 나 죽네."

하고 전화를 해서 사회복지사가 달려와 보면 살아 있었고,

"나 또 죽네."

하고 전화를 해서 달려와 보면 또 살아 있었고,

"정말 나 죽네."

하고 전화를 해서 달려와 보면 정말 살아 있었다.

왕년의 배우라서 그런지 할아버지의 연기는 그럴싸했다. 사회복지사는 매번 할아버지의 연기에 속아 달려왔다. 참다못한 사회복지사가 타일렀다.

"할아버지, 이러다 양치기 소년 돼요. 매일 늑대가 나타났다

고 거짓말하면 진짜 늑대가 나타날 때 아무도 안 믿는다니까요!"

할아버지는 자신의 십팔번인 "주둥이 닥치지 못할까?"란 말로 사회복지사의 말문을 막았다. 게다가 사회복지사는 할아버지를 소년이라고 부른 탓에, 또 노인을 훈계한 탓에 파리채로 매까지 맞았다. 남을 때릴 기운도 없는 할아버지의 매가 얼마만큼 아팠는지는 알 수 없지만 말이다. 사회복지사의 괴로움도 덜어줄 겸 나는 할아버지와 매일 '죽었니? 살았니?' 게임을 하게 되었다. 할아버지는 날마다 '살았다'란 대답으로 자신의 건재함을 보여주고 있다. 아직까지는.

아무리 심술궂은 사람이라도 혼자 죽지 않을 권리는 있다. 게다가 입술을 씰룩일 때 할아버지의 심술궂은 표정이 어찌나 재밌는지. 이것이 내가 매일 이 슈퍼를 들르는 이유다.

수정도 별로 할 일이 없었는지 내 임대아파트를 찾아왔다. 대낮부터 마시고 온 것 같진 않다. 알코올중독인 수정이 오늘 밤 몇 차례 날 더 슈퍼로 술을 사러 내보낼지 벌써부터 궁금해진다. 실은 수정에게 거절당할 것에 대비해서 미리 한 개의 약속을 더 해놓았다. 약속을 매일 저녁 두 개씩 해놓는 것은 내 즐거움에 대한 안전장치다. 안전장치이므로 다치는 사람은 없다.

나는 '산을 사랑하는 사람들 모임(산사모)', '채식을 사랑하는 사람들 모임(채사모)', '장국영을 사랑하는 사람들 모임(장사모)'

의 회원이다. 이름대로 노느라 내가 가입한 인터넷 카페의 아이디는 'easy girl'이다. 어디든 날 받아주는 곳이 있다는 건 행복한 일이다. 많다는 건 더욱 행복한 일이다. 그래서 조만간 마술 동호회, 곤충 동호회에도 가입할 생각이다. 그리고 수정을 꾀어 알코올중독자 모임에 같이 나가보자고 할 예정이다. 나는 삶이 본업인 것처럼 살아볼 맘은 없다. 어쩜 취미가 나의 본업인지 모른다.

  나는 산이 좋아 산에 자주 간다. 산이 내게 오지 않아서, 내가 산으로 가는 건 아니다. 어째서 산이 내게 오길 바라겠는가? 강도 아니고 시냇물도 아니고 산은 산인데 말이다. 내가 아는 산사모 회원 한 명은 산을 정복하기 위해 산에 오른다고 한다. 또 한 명은 산을 소유하기 위해 산에 오른다고 한다. 정복과 소유라……. 너무 거창하다. 산에 오른다고 산을 이길 수가 있겠는가? 산에 오른다고 산을 가질 수가 있겠는가? 왜 사람들은 무언가가 좋아지면 갖고 싶어질까? 날마다 새로운 장난감에 집착하는 어린애처럼 갖고 나서야 직성이 풀릴까? 어떤 사람을 좋아하게 되면 왜 그와 결혼하고 싶어질까? 누군가를 좋아한다는 게 꼭 그 사람을 소유해야 한다는 뜻은 아닐 텐데 말이다. 결혼한다고 해서 소유할 수 있는 것도 아닌데.

  나는 사람들을 좋아하지만 소유하고 싶진 않다. 산을 좋아하지만 내 집에 모셔놓고 싶진 않다. 나는 즐거움을 기다리지 않고 찾아나서고 싶다. 운명의 왕자가 내게 다가오기를 앉아서 가만히 기다리느니, 뛰쳐나가 못생긴 개구리라도 만나길 원한다.

오늘 저녁엔 장사모 회원들과 광화문에서 만나기로 했다. 장국영의 추모일은 아니지만 우리는 아무 때, 아무 곳에서, 뚜렷한 명분 없이 번개팅을 한다. 우리는 번개처럼 만나고 안개처럼 흩어진다. 장국영을 사랑했다는 사실 하나로 우리는 뭉치는 것이다.

내가 장사모 신입회원 시절이었을 때다. 오프 모임에서 술 취한 한 남자회원이 내게 장국영의 유작이 뭔지 아냐고 물었다. 나는 모른다고 대답했다. 장사모 회원이 그것도 모르냐고 그는 화를 냈다. 나는 장국영을 좋아한다고 해서 꼭 유작을 알아야 하냐고 했다. 그는 불같이 화를 내며 나더러 미꾸라지라고 욕했다. '년'이나 '똥' 같은 욕을 한 건 아니라 참을 만해서 씩 웃었더니 그가 더 화를 냈다. 나 같은 회원 하나가 장사모 전체의 이미지를 실추시킨다고, 그리고 모임의 물을 전부 흐려놓는다는 것이다. 처음부터 나 같은 회원을 받아주는 게 아니었다고 했다. 나는 그에게 그럼 장국영의 유작이 뭐냐고 물었다. 그랬더니 그도 모른다는 것이다. 자신도 모르면서 왜 그렇게 화를 내냐고 했더니 자기는 알 필요가 없다고 했다. 장사모 회원이 아니라는 것이다. 그럼 여기 왜 왔냐고 했더니 자신은 고전영화동호회(고영동) 회원이라서 왔다고 했다. 그날은 장사모와 고영동의 장벽을 허무는 연합 오프 모임이었던 것이다. 장사모와 고영동이 왜 벽을 허물어야 하는지, 둘의 상관관계가 무엇인지 지금도 모르지만 그땐 신입회원이라 그가 장사모 회원이 아닌 줄 몰랐던 것이다. 술만 먹으면 처음 보는 신입회원에게 작업을 미끼로 화부터 내는 성미 때문에 다음 날 그는 고영동에서 탈퇴 당했다고 한다. 장사모의 한 회원 말로는.

차라리 내게 사귀자고 말이나 해보지. 그럼 훨씬 더 쉬웠을 텐데.

수정이 왔으므로 장사모 모임은 나가지 않기로 한다. 일대일 미팅은 아니라 상처받을 사람은 없다. 수정이 묻는다.

"헤이, 파티걸! 오늘 테마는 뭐야?"

사실 테마 따윈 관심 없다는 듯 수정이 벌써 와인 따개를 찾아와 와인을 딴다. 우리는 정식으로 테이블에 앉아서 건배하는 법이 없다. 우리 사이에 그런 격식은 사라진 지 오래다. 나 역시 수정이가 온다고 해서 방을 치워놓는 법은 없으니까.

여수정. 스물다섯 살. 불임클리닉 간호사에 어울리는 이름이야, 여자답고. 시험관 아기의 수정이 잘되라고 기원하는 간호사란 뜻이겠지?

수정이 포크로 떡볶이를 콕 찍으며 묻는다.

"강샘 말야. 요즘 만나는 여자 있대?"

"그런 말을 왜 나한테 하겠니?"

"그래도 함 알아봐."

"너 강샘 좋아해?"

"싫은 사람에 대해 알고 싶은 사람도 있어?"

"의사랑 결혼하고 싶어?"

"그래, 하고 싶다. 꼽니? 꼬셔서 결혼할 거야!"

"너, 간호사란 직업을 결혼 전 임시로 묵을 숙소로 생각하는 건 아니지?"

"왜, 안 돼?"

"그건 취미보다 나빠. 직업을 취미로 생각하는 건 괜찮지만, 이용하는 건 나쁘다고."

수정이 깔깔거린다.

"직업이 취미라니, 우리 집 꼬락서니를 모르고 하는 소리야?"

안다. 수정이야 말로 가족들에겐 진짜 크리스털 같은 존재다. 어느 날 수정은 내게만 말하는 거라면서 자기 가족 이야기를 해주었다.

수정의 아빠는 수정이가 어릴 때부터 술만 먹으면 엄마를 패고, 술을 안 먹어도 엄마를 팼다. 그러니까 항상 엄마를 팼다. 장작을 그렇게 열심히 팼다면 네 식구가 버틸 겨울 땔감은 너끈히 벌 수 있었을 거라고 수정은 말했다. 사람들은 늘 쓸데없는 일에 목숨을 건다고 농담까지 하면서 말이다. 허구한 날 갈비뼈가 부러지도록 맞은 엄마는 덕분에 장애인이 되었다. 하지만 장애자용 주차장에 주차를 하는 혜택은 누려본 적이 없다. 차가 없기 때문이다. 수정은 엄마를 간호하기 위해 간호대에 지원했고 백의의 천사가 되었다.

수정에겐 연년생인 오빠가 있다. 오빠는 고2 때 아빠를 죽도록 패고 나서 집을 나간 뒤 아직도 들어오지 않는다고 했다. 덕분에 수정은 고등학생이 되자마자 소녀가장이 되었고, 그때부터 계속 술을 마셔 오늘의 알코올중독자로 다시 태어났다. 그리고 술만 마셨다 하면 "날 무시하는 것들은 죽여 버릴 거야."라고 말한다.

세상의 행복한 가족들이 어떤 이유로 행복한진 모르겠지만, 세상의 불행한 가족들은 모두 비슷한 이유로 불행하단 걸 수정을 통해 새삼 확인한다. 수정이 알코올중독인 건 유전일까? 수정이 알코올중독이란 걸 가족들은 알까?

나는 내 부모에게 아무것도 물려받지 않겠다. 나는 내 모든 유전자를 저주하며 사양한다. 그들의 것이라면 무좀균 하나도 물려받지 않을 것이다.

수정이 내 의상을 불만스럽게 바라본다. 얼마 전 나는 남대문 새벽시장에서 개구리가 인쇄된 항아리 바지를 샀다. 나는 평소에 패션 감각이 몹시 특이하다는 평을 듣는다. 특별한 이유는 없다. 남들이 잘 안 사가는 옷, 남들에게 선택되지 못하는 옷, 다시 말해 잘 안 팔리는 옷 위주로 사다보니 그렇다. 그날 항아리 바지에 인쇄된 개구리가 나를 향해 이렇게 울어댔다.

"당신이 내 기분을 알아? 자판 위에 앉아 팔리길 기다리는 기분. 개굴."

"한마디로 개구리 같은 기분이지. 개굴."

"막상 입어보면 나도 편하다네. 거짓말 아니라네. 개굴개굴."

"당신이 날 사가는 그날까지, 내가 팔리는 그날까지 난 울 거야. 개굴개굴개굴."

그래서 산 거다. 그 자리에서 주저 없이, 한 푼도 깎지 않고.

수정이 내 항아리 바지를 보며 놀란다.

"죽인다. 이렇게 이상한 여자란 거, 남들은 알까?"

"어때? 아라비안나이트 바지 같지?"

"달콤한 거짓을 원해? 씁쓸한 진실을 원해?"

"달콤한 진실은 없니? 왜 꼭 이분법이야? 몸에 좋은 약은 꼭 입에 써야만 하는 거니?"

"그렇담 뭐, 달콤 쌉싸름한 진실을 말해주지. 귀여운 할머니 같아. 요즘 만나는 할아버지 있어?"

"딩동댕."

"어우, 이젠 할아버지까지? 언닌 남자 보는 눈이 너무 낮은가 봐."

"의사랑 결혼하고 싶은 건 보는 눈이 높은 거니?"

"정말 할머니야. 잔소리가 너무 심해. 그리고 메뉴가 이게 뭐니? 초대를 했으면 요리가 나와야지, 와인에 떡볶이, 물만두가 뭐야! 너무 통일성이 없잖아!"

나는 기어들어가는 목소리로 말한다.

"왜 통일성이 없니? 다 돈 주고 산 건데."

그리고 바로 꼬리를 내린다. 우리는 시작부터 싸움이 안 된다. 나란 인간은 누구랑 싸울 주제가 못 되는 것이다. 나는 잔뜩 미안해진 표정으로 묻는다.

"그럼 뭐 먹고 싶어?"

"진작 그렇게 물었어야지. 된장찌개 끓여줘."

"그건 안 돼."

"왜?"

"나 된장찌개 못 끓여. 집에 된장 없어. 밥도 잘 안 해 먹는데 있을 리가 없잖아."

수정이 화를 낸다.

"그럼 앞으로 뭐 먹고 싶으냐고 묻지도 마!"

나는 수정의 어깨를 주물러 주면서 살살 달랜다.

"치킨 시켜 먹을까?"

수정이 오바이트하는 시늉을 낸다.

"웩, 완전 웃기는 짬뽕 할망구야."

나는 영화음악 CD를 튼다. 재즈, 탱고, 블루스, 댄스곡이 짬뽕으로 흘러나온다. 우리는 짬뽕 춤을 춘다. 나는 할머니처럼, 펜으로 입가에 수염을 그린 수정은 할아버지처럼 춤춘다. 우리는 즐겁게 춤을 추다가 그대로 멈추곤 너무 어지러워 침대로 쓰러진다. 그리고 취한 김에 입을 맞춘다. 수정은 내 침대에서 잠이 든다.

사람들은 나와 밤새 춤을 추긴 해도 집으로 데려가진 않는다. 입맞춤은 해도 자신의 침대에 눕히진 않는다. 그래서 나는 사람들을 내 집으로 초대해 내 침대에 눕히기로 했다. 남자건 여자건 노인이건 아이건 고양이건 아무도 모르게 빈 방에서 홀로 우는 것들은 죄다 초대해서 말이다.

수정이 잠꼬대를 한다.

"날 무시하는 것들은…… 죽여 버릴 거야."

수정아, 실은 나 오늘 생일이야. 너랑 파티하고 싶었어. 6년 전, 스물두 살 내 생일에 엄마가 떠났거든. 정말로 무시당하는 기분이 어떤 건지 말해줄까?

어떤 남자랑 눈이 맞아 원 나잇 스탠드를 하러 모텔에 갔는데, 그 남자가 마치 생을 망치기로 작정한 얼굴로 나랑 섹스를 하는 거야. 그런 건 무시당하는 게 아냐. 그냥 기분 더러운 거지.

불임클리닉을 찾아와 쉰둥이를 갖겠다는 강남 사모님이 내게 반말을 찍찍 해대. 의사나 인턴이나 할 것 없이 죄다 우리한테 반말을 하네? 가끔은 어깨를 주물러 준다며 겨드랑이 안쪽으로 손이 들어오는 경우도 있어. 가슴을 더듬으려고 말이야. 이것도 무시당하는 게 아냐. 그들이 예의가 없는 거야.

  진짜로 무시당하는 건 말이지, 세상에서 제일 가깝다고 믿었던 사람이 한마디 말도 없이 떠나는 거야. 이별에 대한 단 한마디 언급도 없이 안개처럼 사라지는 거야. 이별을 준비할 단 1초의 시간도 안 주고 말이야. 글러브를 낀 주먹이 예고도 없이 맨얼굴을, 온몸을 강타하는 거야. 손을 뒤로 묶어놓고 발가벗겨 놓은 채로 말이야. 그럼 남은 사람은 무방비 상태로 앉아서 당하는 수밖에 없거든.

  자식을 버리고 마흔넷의 짧은 생을 마감한 여자. 나단희(短姬) 여사. 날 그렇게 철저히 무시할 수 있어서 좋았겠다.

  나는 수정이 옆에서 고양이처럼 웅크리고 잠든다.

  어떤 일이 있어도 당신을 떠올리지 않을 거야. 꿈속에서라도 당신과 마주치지 않길 바라.

✦ ✦ ✦

  아가야, 네게 이야길 들려줄까 한다. 난 이미 죽었지만, 넌 들을 수 없겠지만, 그래도 들려줄까 해. 내가 죽기 직전에 든 생각, 네게 마지막으로 하고 싶었던 말, 이 모든 걸 말해주고 비로소 널 떠날까 해.

  네게 물려줄 삶의 지혜가 없구나. 엄마라면 아기에게 들려줄 자장가나 동화, 격언, 선인이 물려준 삶의 지혜를 많이 알고 있어야 하는데 말이야.

그러니 네가 유전자를 거부하는 건 당연할 거야.

네가 생긴 걸 알게 된 날, 닥터 지가 물었지. 자신에게 원하는 게 뭐냐고. 그는 널 지우길 원했어. 뱃속의 아이란 지우개로 지울 수 있는 존재가 아닌데도 말이야. 널 지운다면 내가 가장 원하는 걸 들어준다고 했지.

널 지울 마음은 추호도 없었지만 그를 떠보기로 했어. 난 주방을 달라고 했다. 그 집의 주방 한 칸을. 그가 다른 집을 얻어주겠다고 했어. 멋진 주방이 딸린 집을. 난 다른 집은 필요 없다고 했지. 그 집 주방만이 내게 의미가 있다고 했어. 여자가 한 집의 주방을 차지하게 되면 그 집과 가족 전부를 차지하게 되는 거지. 가족을 먹여 살리는 곳은 여자의 주방이니까 말이야. 그래서 난 주방을 독차지하고 싶었던 거야.

여자의 주방이란 아무리 넓어도 좁은 거란다. 그러니 닥터 지의 아내라는 여자와 주방을 나눠 쓸 순 없었다.

난 닥터 지의 호적에 네 이름을 올리는 걸 거부했어. 넌 내 성을 따랐단다. 난 그의 전화를 거부하고, 편지를 거부하고, 그가 네 얼굴을 보러 오는 걸 거부했지. 널 키우면서 그에게 땡전 한 푼도 받지 않았어. 배냇저고리도, 기저귀도, 딸랑이도, 양말 한 짝까지도 전부 돌려보냈다.

난 전부가 아니면 아무것도 원하지 않았어. 전부를 얻을 수 없다면 아무것도 얻지 못하는 게 낫지. 상대방이 전부를 내줄 맘이 없다면 하나도 받지 말아야 해. 일부만 얻는 건 싸구려 동정심만 부추기는 꼴이니까.

아가야, 세상 사람들이 알다시피 난 죽었단다. 하지만 아직 널 떠날 수가 없구나. 살아선 네 곁을 떠나고, 죽어선 네 곁을 못 떠나니, 살아서도 죽어서도 난 정말 바보 같구나.
 그래도 아직은 눈을 감을 수가 없단다. 내 아기, 바로 너, 너 때문에.

모두가 내 전화번호를 안다

당직이었다. 밤샘근무를 마치고 돌아와 단잠에 빠져든다. 아침 9시. 한 통의 전화가 나를 깨운다. 잠결에 핸드폰에 대고 말한다.

"감사합니다. 아이병원입니다."

"나이지 양 핸드폰인가요?"

전화선을 타고 저음의 사내 목소리가 전달된다. 그가 누구인지 알아내는 덴 1초도 안 걸렸다. 뮤즈가 내게 힌트를 주려고 애써 귀에 속삭여대지 않아도 말이다. 나를 버린 사람을 버렸던 사람. 나를 버리고 간 사람을 먼저 버리고 간 사람. 아버지라는 작자다. 침묵이 내 답변이었다. 그가 다음 대사를 던진다.

"한번 만났음 하는데······."

한 치의 망설임도 없는 단호한 목소리다. 말끝도 흐리는 주제에 말이다.

    28년 동안 한 번도 찾지 않다가, 엄마가 살아 있을 때도 죽었을 때도 전화 한 통 없다가 왜? 왜, 이제 와서? 이봐요, 카사노바 씨. 오늘은 바람이 어디로 불었나요? 엄마 무덤 쪽으로? 그래서 엄마 생각나요? 엄마 대신 나랑 잠이라도 자게요?

    "나랑 잘 거 아니면 전화하지 마세요."

    나는 망설임 없이 전화를 끊는다. 내 목소리가 너무 정중했다. 정중함은 나의 무기가 아닌데 나의 무기도 아닌 것을 가지고 남을 아프게 했다. 하지만 후회는 나중에 해야지. 우선은 눈 좀 붙이고 나서.

    목소리가 저음인 사람은 삶을 즐길 줄 모른다. 목소릴 높여도 저음이니까. 이름을 모르는 닥터 지 씨, 당신의 인생도 그리 즐겁진 않았나 보네. 그렇게 가라앉은 목소리로 지금 내게 증명을 해주잖아?

    억지로 이불을 뒤집어쓰고 잠을 청한다. 세 번은 짧게 세 번은 길게 현관문을 두들기는 소리가 들린다. 옆집 남자구나. 다시 잠들긴 그른 것 같아, 일어나 문을 연다.

    옆집 남자가 오후에 자신의 택배를 받아달라고 한다. 인터넷으로 주문한 김치가 오후에 배달된다는 것이다. 그는 누군가 자신을 찾아오는 일이 너무도 귀찮다고 한다. 그러면서 세상에서 제일 뻔뻔한 존재는 아무런 연고도 없는 남의 집 벨을 시도 때도 없이 눌러대는 족속들이라고 열을 올린다. 특히 택배기사란 사인까지 요구하는 뻔뻔하고 성가신 방문객이라고. 대체 자신 같은 사람의 사인을 받아서 어디에 써먹겠냐는 것이다. 그래서 택배기사를 피해 외출할 예정이라고 한다.

"주문할 때 이지 씨 핸드폰 번호 알려줬어요. 도착할 때쯤 전화 올 거예요."

"뭐라고요? 내 번호를 택배기사에게 알려줬다고요? 그쪽 택배기사한테요?"

"그렇습니다. 난 핸드폰이 없습니다. 전화 올 일은 더욱 없고요."

"내 핸드폰 번호는 어떻게 알았어요?"

"이지 씨가 가르쳐줬잖아요. 기억 안 나요?"

나는 잠시 할 말을 잊는다.

"술 취해서 내 손바닥에 써줬어요. 그거 지우느라 얼마나 힘들었는지 압니까? 어떻게 유성사인펜으로 손바닥에 글씨 쓸 생각을 해요? 아무리 취해도 그렇지."

"오늘은 안 돼요. 난 김치냉장고 없어요."

"난 냉장고도 없습니다."

어서 이 남자와 실랑이를 끝내고 싶다. 오늘은. 그리고 아무의 방문도 받고 싶지 않다. 오늘만큼은. 하지만 옆집 남자도 만만하게 물러설 기색은 아니다. 한쪽이 전의를 내보이면 상대는 싸울 의사가 없어도 준비 태세를 갖추게 된다.

"오늘 쉬는 날이잖아요."

"경비실에 맡기라 그러세요. 아니 택배기사한테 전화 오면 경비실에 맡기라 그럴게요."

"수위가 싫어해요. 김치 냄새 난다고."

그의 불공평한 배려에 핏대를 올려본다. 내게도 핏대가 있다는 걸 알리기 위해서다.

"나는요, 나는요? 내가 수위만도 못해요?"

"그 말은 마치 수위를 비하하는 말 같습니다."

"수위만큼도 신경 안 써주니까 그렇죠. 수위는 놔뒀다 국 끓여 먹을래요? 약점 잡힌 거 있어요? 아님 둘이 사귀어요?"

그가 날 유심히 본다. 내 아랫배를.

"혹시 그날입니까?"

졌다. 어차피 질 건데 질질 끌지 말자. 이길 맘도 없었다. 그냥 한번 대들어봤다.

그를 보내고 주방으로 가 냉장고 문을 연다. 오후에 배달될 김치 넣을 칸을 마련해 두어야 한다. 또다시 핸드폰이 울린다. 냉장고를 정리하다 말고 전화를 받는다.

"자네, 오늘 몇 시에 오나?"

두배 할아버지다. 할아버진 언제 또 내 번호를 알았을까? 내가 술이 취해 할아버지 손바닥에 전화번호를 적어주었나? 아님 검버섯이 핀 손등에?

"오늘 쉬는 날이에요. 내가 들르기로 한 건 퇴근길이잖아요. 잊으셨어요?"

"지금 당장 와. 나 죽어."

"목소리는 괜찮아 보여요."

"목소리가 어떻게 보여? 전화기에 눈 달렸어? 와서 직접 봐 봐. 진짜 괜찮은지 아닌지."

"할아버지 나 오늘 바빠요. 택배 올 것도 있고요. 밤새 근무해서 너무 졸려요."

"그럼 복지사한테 전해줘. 나 죽는다구."

"직접 하세요."

할아버지가 호통을 친다.

"나 죽는다니까! 겁 안 나?"

"안 나요."

나는 전화를 끊어버린다. 물론 이건 어디까지나 상상이다. 그냥 한번 상상해봤다.

나는 다정하게 대답한다.

"글쎄요. 쉬는 날이라서……. 몇 시가 좋으세요?"

나는 주방의 서랍을 열곤 핸드폰을 처넣는다. 잠시 후 또다시 핸드폰이 울린다.

아아, 이번엔 또 누구지? 먼 친척의 사돈의 팔촌이라도 되나?

대체 사람들이 왜 죄다 내 전화번호를 알고 있는 걸까?

나는 서랍을 열어 액정화면의 번호를 본다. 모르는 번혼데 받지 말까? 핸드폰이 울면서 사정한다. 안 돼, 얼른 받아, 받으란 말이야.

받으면 멈출 것이다. 받지 않으면 멈추지 않을 것이다. 내 핸드폰을 계속 울게 놔둘 순 없다. 더구나 서랍 안에 홀로 있지 않은가? 나는 핸드폰을 받는다.

"나이지 간호사님이시죠?"

"네, 그런데요?"

"저 황경미예요."

잠시 불임클리닉 환자 명단을 떠올린다. 황경미, 오늘 처음 자가 주사를 놓는 환자. 강 선생이 오늘부터 배란일까지 하루 225IU의 배란촉진주사를 처방해 주었어. 주사실에서 자가 주사 놓는 방법을 교육받고 갔지.

불임클리닉 환자들은 자신의 배를 찔러 스스로 주사를 놓아야 한다. 이걸 자가 주사라고 한다. 그들은 당뇨환자나 암환자처럼 주사기와 친해져야 하고 고통에 익숙해져야 한다. 의사들은 불임클리닉 환자들이 다른 환자들에 비해 고통을 잘 참아낸다고 한다. 아기를 갖고 싶다는 환자들의 간절한 소망이 고통을 잘 참을 수 있게 만든다고 말이다.

주사실 간호사인 수정이가 전하길 황경미는 교육받는 동안 내내 부들부들 떨었다고 한다. 세상에 태어나 주사기를 처음 대하는 환자처럼 무서워하면서 말이다.

황경미, 황당하지만 경이로울 만큼 미인이지. 역시 이름 3행시는 효과가 있다. 나는 친절하게 묻는다.

"네. 주사 잘 맞으셨어요?"

처방대로라면 오늘부터 매일 오전 시간대에 주사를 맞아야 한다. 아니, 스스로 놓아야 한다.

"저, 못하겠어요."

"네?"

"겁나서 못하겠어요. 처음이라 너무 떨려요."

"처음엔 다들 겁내는데 막상 해보면 별로 안 아파요."

"해봤어요?"

황경미, 갑자기 공격적이 된다.

"아니, 해본 분이 안 아프대요."

지레 겁을 먹고 천천히 바늘을 배에 찌르면 아프다고, 눈 딱 감고 팍 찌르면 아프지 않다고, 겁쟁이가 원래 아픈 법이라고, 한 환자는 말했었다.

"간호사님이 직접 해보지 않았으면 자신 있게 말하지 마세요."

수정이라면 이랬을 것이다.

"날 무시하면 죽여 버릴 거야!"라고.

하지만 나는 수정이가 아니다. 그래서 다른 해결책을 내민다.

"그럼 가까운 산부인과에 가보세요. 그리고 처방받은 분량만 놔달라고 하세요."

"다른 병원 간호사는 믿을 수 없어요. 그러다 실수로 분량을 넘기면요?"

"그럴 염려는 없어요."

"간호사님이 직접 놔주세요. 다른 간호사는 안심이 안 돼요. 지금 택시 타고 병원으로 갈게요."

"저 오늘 근무 안 해요."

"그러니까 이렇게 부탁하잖아요. 네? 제발이요."

그녀가 떼를 쓴다. 자신의 강아지를 잃어버린 아이가 새 강아지를 사주겠다는 부모에게 '다른 강아지는 안 돼! 그 강아지 아니면 안 된단 말이야! 앙앙.' 하고 떼쓰는 것처럼 말이다. 나는 진다. 깨끗하게 승복을 하고 난 뒤엔 지체 말고 상대가 원하는 걸 행동으로 옮겨야 한다. 나는 전화를 끊고 부리나케 옷을 걸쳐 입는다. 주사 맞는 시간은 오전을 넘기면 안 된다. 나는 미친 듯 아파트를 빠져나와 택시를 잡아탄다. 택시 안에서 수정이의 투덜대는 모습을 상상한다.

"뭐 이런 또라이가 다 있어!"라고.

황경미가 아니라 나에게 말이다. 잠시 후면 그 말을 하게 해줄 테니 기다려라, 수정아.

황경미, 당신 황당해, 경을 칠 정도로, 미워. 혼자 풋 웃는 내 모습을 택시기사가 백미러로 흘금댄다. 나는 거스름돈을 받는 것도 잊고 부리나케 병원으로 들어선다.

강 선생도 황당해 했다. 비번 날에 나와서 주사를 놓아주는 내 꼴이라니. 아니, 주사를 놓아주는 일이 아니라 내 옷차림에 황당해 한 것이다. 그리고 보니 좀 전의 택시기사 눈초리도 강 선생과 비슷했던 것 같다. 나는 수정이가 비웃었던 아라비안나이트 바지, 즉 항아리 바지를 입고 나온 것이다. 이 사실은 한소리 선배가 날 알아보지 못하고 무서운 표정으로 소리치며 다가올 때까지 몰랐다.

"여기 잡상인 출입금지예요! 나가주세요!"

한소리 선배는 불임클리닉 15년 경력을 자랑하는 베테랑 간호사다. 서른아홉이고, 독신이며, 독신주의자는 아니다. 그녀는 지나치게 깔끔하다. 간호사 유니폼은 풀을 먹인 듯 늘 빳빳하게 다려져 있고, 짧은 머리는 참빗으로 빗어 넘긴 듯 단정하다. 그녀는 극장 의자에도 손수건을 깔고 앉으며, 손님이 다녀간 날이면 그 즉시 청소기를 돌리고, 공공건물의 엘리베이터 버튼은 절대 맨손가락으로 누르지 않을 타입이다. 공중화장실의 손잡이는 물론이고.

그녀의 경력은 깔끔함과 어깨를 견줄 정도로 자랑할 만하다. 임신에 성공해서 그녀에게 인사차 찾아오는 환자만 해도 꽤 여럿이니까. 시술실의 간호사인 그녀는 불임환자들이 배아이식을 하는 날, 시술에 들어가기 직전 대기실에서 항상 같은 질문을 한다.

"기도해 주길 원하세요?"

종교가 없어도 웬만한 불임환자들은 거의 기도를 해달라고 한다. 환자들은 무엇이든 믿어서 아기가 생긴다면, 무엇에건 매달려서 생긴다면, 무조건 믿고 매달리는 것이다. 그러면 한 선배는 불임환자의 손을 꼬옥 붙들고 기도를 한다.

"하나님, 지금까지 이 환자가 여기까지 오느라 몸도 마음도 힘들었습니다. 오늘 시술에서 꼬옥 성공하여 예쁜 아기를 얻을 수 있도록 도와주시옵소서. 예수님 이름으로 기도드립니다. 아멘."

뭐 대충 이런 내용의 기도다. 그런데 대다수의 불임환자들이 운다. 종교가 없는 환자일수록 더 운다. 짧은 기도 틈틈이 울고, 또 운다. 그 결과 임신에 성공하는 환자들이 많다. 환자들 대부분이 기도의 응답이라 믿는지는 모르겠지만, 한 선배는 믿는다. 이것이 기도의 응답임을. 요즘은 환자가 아니라 동료나 후배들에게까지 한 선배의 질문이 확대되고 있다. 그녀는 우리들을 볼 때마다 늘 한결같은 표정으로 바라본다.

"기도해 주길 원하니?"

우리가 마지못해 그렇다고 대답하면 그녀는 기도를 통해 평소에 하고 싶었던 말을 한다. 즉, 잔소리를 늘어놓는 것이다.

"앞으론 저, 수정이가 지각하지 않게 해주세요. 아멘."

"이제부턴 나, 이지가 점심시간에 서점에서 죽치는 일이 없도록 도와주세요. 아멘."

"항상 선배님을 존경하며 믿고 따르며, 잔심부름을 시킬 때도 불평 않고 따를 수 있도록 도와주세요. 아멘."

"직원 화장실에 치약 떨어지면 까먹지 말고 잽싸게 갖다놓게 해주세요. 특히 세면대에 머리카락이 떨어져 있으면 빨리 치우게 해주세요. 아멘."

"이번 주일에는 한 선배님의 권유에 따라 동네 교회라도 나가는 착한 수정이가 되게 하소서. 아멘."

그래서 그런지 간호사들 모두가 어떤 의사보다도 한 선배를 무서워한다. 간혹, 그녀를 무서워하는 의사들도 있다. 아, 수정은 예외다. 수정은 하늘 아래 무서워하는 사람이 없다.

이름 3행시? 당연히 지어놨지. 한소리. 한 잔소리하는 선배. 제발 독신이란 것이 서른아홉이란 그녀의 나이와 상관없길 바란다.

뒤늦게 날 알아본 한소리 선배가 얼른 탈의실로 가라고 고래고래 고함을 지른다. 모두들 불이라도 난 줄 알고 대피를 결심할 정도로 말이다. 하지만 난 더 급한 볼일이 있었다. 화장실이다. 용변을 보러 가서 항아리 바지를 내리는 순간 나는 깨달았다. 너무 쉽게 바지가 내려간 것이다. 그리고 고무줄이 끊어졌다는 사실도. 항아리 바지는 고무줄이 생명이다. 고무줄이 끊어지는 순간 천명을 다한다.

강 선생이 나를 급하게 진료실로 호출한다. 그는 오늘 오전 진료만 있을 텐데, 진료도 끝난 시간에 무슨 일이지? 게다가 난 오늘 비번이란 말이야.

나는 옷핀을 구할 여유도 없이 손으로 허리춤을 부여잡고 진료실로 달려간다. 노크를 하고 들어서자 그가 자신이 감수하고 있는 육아 서적의 원고를 내민다. 그리고 복사를 부탁한다. 내게 이런 설명을 해줄 필욘 없지만 후배 의사에게 한번 읽혀보려 한다는 것이다. 후배 의사의 충고를 받아들일 생각도 없지만 그래도 후배의 생각을 한번 들어보려 한다고.

나는 원고를 받기 위해 두 손을 내민다. 상사에게 한 손만 내민다는 것은 예의가 아니기 때문이다. 그 바람에 바지가 저절로 내려간다. 내려간 바지를 올리려고 두 손으로 바지춤을 잡는 바람에 원고들이 바닥으로 흩어진다. 이 순간 나는 세상에서 제일 바보다.

그가 당황한다. 어색한 상황을 무마하려는 나의 노력은 더욱 어색한 상황을 연출한다. 나는 한 손으로 바지춤을 잡고, 한 손으로 흩어진 원고를 줍는다. 그러는 동안 그가 조용히 문을 잠그는 것을 보지 못한다. 모든 산부인과가 다 그렇겠지만 불임클리닉 진료실은 원래 폐쇄적인 공간이다. 밖에서 안을 들여다볼 수가 없다. 함부로 열어볼 수도 없다. 안에서 무슨 일이 벌어지는지 궁금해 해서도 안 된다. 진료실은 어디까지나 환자의 프라이버시에 해당되는 공간이니까.

그는 나를 진료용 의자에 앉히곤 진료용 커튼을 친다. 그리고 내 속옷을 벗긴다. 속옷을 벗기는 일은 그에게 쉬운 일일 것이다. 바지는 이미 벗겨진 상태니 말이다.

"그렇게 남의 부탁 들어주다가 자기 일은 언제 하지?"

그가 다정하게 말한다. 자기도 부탁하는 입장이면서 이런 말 안 하면 밉지나 않지. 소리를 지르고 싶지만 그의 목소리와 안 어울릴 것 같다. 무엇보다 그가 자신의 입술로 내 입을 막고 있다. 그리고 오늘 병원에서 나로 인해 당황하는 사람은 이 남자가 마지막이 되어야 할 것 같다. 그리고…… 더 이상은 생각하지 말아야지. 어려워지니까. 나는 눈을 감는다. 오, 수정! 수정인 어떡하지? 나는 도로 눈을 뜬다.

나는 홀로 남겨진 빈 진료실 의자에 누워 동그랗게 날 에워싼 커튼을 참담하게 올려다본다. 커튼은 한심한 듯 날 내려다본다. 산부인과에서 불법낙태수술을 하고 마취에서 깨어난 처녀의 기분이 이럴까?

수정일 저녁에 초대해야겠어. 채식주의자 모임에 나가는 건 취소하고. 문자를 보낼까 수정이 근무하는 주사실로 발걸음을 옮길까 고민하는데 택배기사에게 전화가 온다. 30분 내로 도착한다는 것이다. 그놈의 김치가 말이다. 병원을 나서서 미친 듯 택시를 잡아타고 집으로 향한다. 택배기사가 날 못 만나서 경비실로 향하면 끝장이다. 옆집 남자가 알게 되면 도로아미타불이다. 나는 정확히 29분 뒤에 택배기사를 만난다. 다행이다. 옆집 남자의 부탁을 들어줄 수 있게 돼서.

나는 김치를 무사히 냉장고에 넣고 나서 안도의 한숨을 쉰다. 그리고 수정에게 전화를 한다. 온몸이 땀에 젖어 샤워를 먼저 해야 하는 것도 잊고 말이다.

"뭐? 비번인데 나와서 섹스까지 했다구?"

수정이 바로 옆에서 한 소리가 아니어서 천만다행이다. 병원이나, 휴게실이나, 커피숍이나, 길거리 한가운데였다면 이 소리에 모두가 나를 돌아봤을 테니까. 어떤 정신 나간 여자가 비번 날 직장에 나와 섹스를 했는지 보려고 말이다. 핸드폰에 대고 수정이 소리 지른다. 수정이 제한속도를 무시하고 일방통행으로 달리기 시작한다.

"택시 타고 나와서 자가 주사 놔주고 가는 길에?"

"나오란다고 나가?"

"극성 환자보다 더 극성 간호사야, 언닌!"

"그걸 말이라고 해? 언니, 바보니?"

"혹시 그걸 바란 거 아냐?"

"어떻게 그럴 수가 있어? 어떻게 내가 찍은 남잘 건드릴 수가 있냔 말이야!"

"야, 이 색녀야!"

"절교야. 언니라는 사람, 못 믿겠어."

절교라니! 나는 날벼락을 틈타 수정의 차선에 겨우 끼어든다.

"거기 어디니? 지금 갈게."

택시를 타고 수정이 있는 곳으로 향한다. 하루 종일 길 위에 택시비를 뿌린다. 미혼 여성들은 길에다 돈을 뿌리고 다닌다더니 이래서 내가 돈을 못 모은다. 초조한 내 마음에 비를 뿌리듯 길이 막힌다.

수정은 여자 친구와 와인 바에 있었다. 내가 강한의 진료실에서 나오길 기다리다가 그냥 퇴근했다는 것이다. 수정의 친구가 스탠드석으로 옮기며 잠시 자리를 비켜준다. 숏컷의 머리가 인상적인 친구다. 길이도 어정쩡하지 않다. 완전한 숏컷이다. 박스 티에 찢어진 청바지 옷차림까지 보이시하다. 그런데 이미지는 매우 여성적이다. 저렇게 짧은 머리와 보이시한 옷차림으로 저토록 여성적인 분위기를 낼 수 있다니. 극과 극은 통한다. 수정은 어디서 저런 친구를 만났을까?

"정말 실망이야. 언닌 병원에서 만난 내 유일한 친군데…… 난 뭐든지 언니한테 말해 왔어."

"그러니까 나도 너한테 고백하는 거잖아."

수정이 나에게 하는 십팔번은 "언니한테만 말하는 건데……."다. 정말로 나만 알고 있는지는 모르겠지만 수정은 그동안 별걸 다 고백했다.

고등학교 때 도서관에서 떠드는 아이의 전자사전을 훔쳐갖고 나온 일이나, 자판기에 천 원을 넣었는데 음료수가 안 나와서 자판기를 발로 차 망가뜨린 일. 첫 섹스 상대는 고3때 담임이고 그날, 치아교정기를 끼고 있어 키스는 생략했다는 것. 사귀고 싶은 사람들 리스트에서 죽이고 싶은 사람들 리스트까지. 몸의 은밀한 부위에 있는 화상자국이며, 소주에 콜라를 타먹는 소콜주 취향이며, 미스터리 스릴러만 골라본다는 영화 취향까지 말이다. 고백이 그녀의 특기이자 취미인 것처럼 보였다. 그래서 그녀를 좋아하는지 모른다. 나는 나의 특기 중 하나인 사과를 한다.

"미안해, 수정아."

"언닌 매사에 뭐가 그렇게 미안해? 강샘이 내 거야?"

"내 건 확실히 아니야."

나의 손사래에 수정이 깔깔대고 웃는다. 이로써 싸움이 일단락된다. 수정의 또 다른 특기인 충고가 시작된다.

"언니한테만 유독 그런 일이 생기는 건, 언니가 그런 사람이기 때문이야. 언니는 그런 일을 일부러 자초하는 사람이란 뜻이지. 언닌 너무 쉬워 보여. 알아?"

그래서 앞으로 어떻게 하라는 건지 결론을 내려주진 않는다.

수정은 늘 이런 식이다. 결론은 알아서 하라는 것이다.

  미안하다. 나이지. 남들에게 사과하느라 나 자신에게 미안할 시간이 없어서. 미안하지 않아서 미안하다.

  수정을 와인 바에 두고 나와야 했다. 숏컷이 내가 떠나길 원하는 눈치였기 때문이다. 아니 조금은 어려워하는 눈치였다. 내가 쉬운 여자란 걸 말해주고 나왔어야 했는데. 그리고 나서 합석해도 좋았는데. 그럼 셋이서 사이좋게 할 일을 찾아볼 수도 있었을 텐데 말이다.

  덕분에 '채식을 사랑하는 사람들 모임'에 나갈 수 있게 됐다. 오늘은 채식주의자 오프 모임이다. 회원들은 채식 뷔페 레스토랑에서 한 달에 한 번씩 만나 저녁식사를 한다. 채사모의 회원 수는 전국에 2천 명이고, 내가 사는 갈현동의 회원만 50명이다. 엄마가 죽은 이후로 나는 갈현동으로 이사 왔다. 갈현동이란 지명 때문이다. 갈현동은 가련동 같다. 나는 이곳 임대아파트에서 전세로 살고 있다. 불법이란 위험부담은 있지만 일반 아파트 전세에 비해 싸다는 장점이 있다. 왠지 이 동네가 불쌍한 느낌이 들어 여기서 계속 살아야만 할 것 같다.

✢ ✢ ✢

  눈앞에 휘황찬란하지만은 않은 녹색의 세계가 펼쳐져 있다.

보기만 해도 배가 고프다. 당연하지. 채소니까. 나는 채사모 회원들과 함께 줄을 서서 녹색 채소들을 접시에 담는다.

한 여자 회원이 옆의 여자 회원과 채소를 담으면서 수다를 떤다.

"어제 뉴스 봤어? 대형마트 축산코너에서 미국산 쇠고기를 호주산으로 속여서 팔았대."

"겁난다. 이래서 내가 고기를 못 먹는 거야. 어디서 어떻게 속여서 파는지 모르니까."

"요즘은 채소도 못 믿어. 우리 동네 슈퍼는 중국산 고사리를 북한산으로 속여서 팔았는데 뉴스에 안 나왔어."

"넌 고사리도 볼 줄 알아?"

"우리 집 도우미 아줌마가 연변에서 왔거든. 그래서 중국산을 잘 알아. 친환경 채소도 농약을 팍팍 쳐서 판대잖아. 무농약이란 말도 사실은 틀렸어. 저농약으로 바꿔야 한다니까."

"그럼 물만 먹고 살란 말이니?"

"물도 못 믿어, 얘. 수돗물에서 중금속 검출된 건 알지? 최고급 프랑스산 생수에서도 포도상구균이 나왔단다."

"이런 젠장, 먹고 죽자."

그녀들은 접시에 산더미처럼 채소를 담아 자신의 자리로 간다. 나도 내 자리로 간다. 채사모의 한 남자 회원이 내 옆에 앉는다. 90킬로는 되어 보이는 체구다. 채소를 많이 먹어도 살이 찌는 모양이다. 나는 그에게 아이디(ID)로 인사한다.

"하이, '이지 걸(easy girl)'입니다. 방가방가."

"방가, '쉘 위 키스(shall we kiss)'입니다."

뚱뚱한 사내의 아이디가 쉘 위 키스라니, 재밌는걸. '요새 키스는 많이 하고 다녀요? 쉘 위 키스?'라고 묻고 싶은 걸 참으며 말한다.

"많이 드세요."

"네, 이지 걸도요."

'쉘 위 키스'가 포크를 든다. 그리고 고개를 숙이며 포크를 다시 내려놓는다. 나는 그의 옆모습을 본다. 슬퍼 보여요, 쉘 위 키스. 양상추 위로 그의 눈물 한 방울이 똑 떨어진다. 왜 울어요, 쉘 위 키스? 채소에 농약 묻었을까 봐 그래요? 채소 먹고도 다이어트가 안 돼서 그래요? 참다못해 나는 묻는다.

"안 드세요?"

누군가의 아무 말이나 기다렸다는 듯, 이번엔 '쉘 위 키스'의 눈물이 치커리 위로 떨어진다.

"여친하고 헤어졌어요. 오늘이 만난 지 100일인데……."

"잘됐네요. 우리 키스하고 나가서 고기 사 먹을래요?"

그가 황당한 표정을 짓는다. 그냥 웃고 넘겨요, 쉘 위 키스. 오늘은 너도 나도 황당 데이니까.

"농담이에요. 덕분에 잠시 잊었잖아요."

나는 헤~ 웃는다. 그는 웃지 않는다. 나는 화장실을 가기 위해 자리에서 일어선다. 화장을 고치거나 립스틱을 바르기 위해서가 아니다. 나는 알고 있다. 그가 웃지 않은 건 내가 옆에 있는 것이 불편해서라는 걸. 그래서 화장실을 다녀오는 척하고, 아니, 척하면 들키니까 진짜로 다녀와서 다른 테이블로 슬쩍 옮기려는 것이다. 그가 싫어서가 아니라, 그가 날 싫어하는 것 같아서다. 나는 진짜로 화장실에 들어갔다가 나온다.

내 앞에 쉘 위 키스가 서 있다. 그가 날 다시 화장실 안으로 밀어 넣는다. 체구만 뚱뚱할 뿐 몸놀림은 날렵하다. 채소 덕분인가? 그가 내 입 속으로 자신의 혀까지 밀어 넣는다. 나는 힘없이 무너진다. 여기 와서 채소도 못 얻어먹었으니까. 나는 생각한다. 이놈의 화장실이 문제라니까. 하지만 이건 분명히 하자구, 쉘 위 키스. 내가 먼저 키스한 거야, 내가 먼저 제안했으니까. 알아? 그런데 당신의 혀는 전혀 날렵하지가 않네.

채사모 회원들과 헤어져 집으로 가는 길에 두배 슈퍼에 들른다. 할아버지가 벙거지 모자를 쓴 채 파리채를 들고 거울 앞에서 폼을 잡고 있다. 자신이 배우 로버트 드니로라도 되듯, 파리채가 마치 권총이라도 되듯 말이다.

모든 배우나 배우지망생들은 로버트 드니로 흉내를 낸다. 잘 내든 못 내든 거울 앞에서 총을 들고 로버트 드니로를 연습한다. 그런데 왕년의 배우인 할아버지까지 그의 흉내를 내고 있는 것이다. 로버트 드니로를 연습해본 경험이 있는 배우들을 다 모아서 〈로버트 드니로 되기〉라는 영화를 찍으면 어떨까 생각한다. 재밌을까?

슈퍼에 들어서자 할아버지가 화닥닥 모자를 벗고 파리채를 내려놓는다. 나는 엄지손가락을 추켜올린다.

"멋져요! 진짜 로버트 드니로 같아요!"

할아버지가 심술궂게 말한다.

"그게 어떤 상놈이여? 이번엔 코쟁이하고 붙었나?"

나는 껌 한 통을 집고서 계산대로 다가와 속삭인다.

"죽었니? 살았니?"

할아버지가 마지못한 척 대답한다.

"살았다."

나는 씨익 웃으며 슈퍼를 나선다.

아침에 받은 한 통의 전화가 오늘 일진을 다 망쳐버렸다. 오전엔 바지의 고무줄이 끊어지고, 낮엔 상사와 진료실에서 섹스하고, 저녁엔 이제 막 실연당한 남자랑 키스했다. 하마터면 초저녁엔 아끼는 후배에게 절교당할 뻔까지 했다.

이게 다 저음의 목소리 때문이다. 하루 종일 저음의 목소리가 내 귀를 떠나지 않았다. 그놈의 목소리가 날 방해하지만 않았어도 오늘의 실수들을 줄여볼 수 있었는데 말이다.

✚ ✚ ✚

닥터 지,

엄마는 생전에 〈닥터 지바고〉를 그녀 인생의 영화로 꼽았어. 지바고와 라라의 사랑에 미쳐 있었지. 그래서 〈닥터 지바고〉를 떠올리며 당신을 닥터 지라고 불렀던 거야. 지바고의 '지'와 당신 성의 '지'는 아무런 연관이 없는데도 말이야. 엄만 그렇게 자신을 라라와 동일시하면서 당신을 잊지 못했어.

닥터 지,

사람들은 지바고가 라라를 잊지 못했다고 생각하지만, 실은 라라가 지바고를 잊지 못했어. 지바고는 라라만큼 사랑을 할 줄 몰랐던 거지.

한 사내를 사랑하고 그를 사랑했단 사실을 잊을 거야.

다음 사내를 사랑하고 그를 사랑했단 사실도 잊을 거야.

여러 사내를 사랑하고 그를 사랑했단 사실마저 잊을 거야.

모든 사내를 사랑하고 모두 잊을 거야. 내가 당신들을 사랑했단 사실 전부를.

당신들이 날 이 세상에 내보냈단 사실을, 이 세상에 날 내보낸 당신들을 잊을 거야.

내게 생의 감자를 먹인 여자를 잊을 거야. 저음의 목소리를 지닌 남자를 잊을 거야.

쉬운 여자

난 가벼워질 거야. 가벼워지고 나면 더 가벼워지려고 노력할 거야. 새털처럼, 머리칼처럼, 음모처럼, 마침내는 먼지처럼.

나는 흔들릴 거야. 바람에도 노래에도 휘파람소리에도.

아주 아주 가볍게 흔들리다가 날아갈 거야. 그래서 세상에 아무것도 남기지 않을 거야. 지문 하나도.

난 엄마처럼 살지 않겠어. 엄마처럼 죽지 않겠어.

하지만 엄마처럼 살지 않으려면 엄마처럼 살아봐야 하고, 엄마처럼 죽지 않으려면 죽도록 살아야 한다.

✝ ✝ ✝

세상엔 두 종류의 인간이 있다. 감자를 먹는 인간과 감자를 먹이는 인간. 언제나 닥터 지바고의 라라를 생각하렴. 라라는 지바고가 언제 찾아올지 몰라 늘 삶은 감자를 준비해두었단다. 갑자기 찾아왔을 때 배가 고플까 봐 감자를 먹이려고 말이야.

우리는 그녀의 사랑에서 교훈을 얻어야 해. 그녀처럼 사랑했다간 언제나 목이 멘다는 사실을. 사랑하는 사람들은 감자를 먹이는 순간이나, 감자를 먹는 순간에 늘 목이 메지. 여기엔 '더'와 '덜'의 차이가 있고, 그 차이는 아주 큰 거야.

감자를 먹이는 쪽은 감자를 먹는 쪽보다 더 목이 멘단다. 사람들은 감자를 먹는 쪽이 더 목이 멜 거라 생각하겠지만 그건 틀린 생각이야. 감자를 먹이는 쪽이 더 사랑하는 쪽이니까 말이다. 더 사랑하는 쪽은 감자를 준비하고 삶고 기다리면서 많은 눈물을 흘린단다. 그러니 더 목이 메일 수밖에.

그러니 아가야. 넌 감자 먹는 여인이 되어라. 사랑받는 쪽이 되어라. 덜 목이 메거라. 그편이 후회가 덜하단다. 나야 평생 감자를 먹이는 쪽이었지만, 그래서 지금 이렇게 후회하고 있지 않니?

언제나 끝을 생각하렴. 끝에 가서 무얼 더 후회하게 될까 그것을 생각해보렴. 인생은 후회, 후회, 후회뿐이지만 그래도 덜 후회하는 쪽을 택해라.

불(不)붙은 이름들과 친밀한 타인들

또 밤샘 근무다. 밤샘 근무는 너무 자주 찾아온다. 한소리 선배의 부탁으로 당직 근무를 바꿔주었기 때문이다. 직장을 가진 여성들이 대부분 그렇겠지만 불임클리닉 간호사들은 공적으로나 사적으로나 업무가 많다. 한마디로 공사가 다망하다. 그녀들이 부탁을 하면 나는 근무시간을 바꿔주지 않을 수 없다. 이유를 들어보면 하나같이 숨넘어갈 듯 안타까운 사연들이기 때문이다. 게다가 재밌기까지 하니 말이다.

"우리 집 개가 치매야. 아무 데나 똥오줌을 싸. 그렇게 잘 가리던 개가. 10년을 동고동락했는데 늙어서 죽을 때가 됐나봐. 가서 똥오줌 치워줘야 돼."

"재즈 댄스 종강하는 날이야. 강사에게 오늘 사랑을 고백해야 돼. 오늘 아니면 다음은 없어. 이 기회를 놓치면 죽을 때까지 후회할 거야."

　하지만 당직을 바꿔주고 내 시간을 제대로 찾아먹은 적은 거의 없다. 그녀들에겐 언제나 그다음 안타까운 사연이 대기하고 있기 때문이다. 그다음 사연은 더 재밌기까지 하다.

　"아무도 모르게 애를 지웠어. 아무도 모르게 쉬어야 해. 애 아빠가 누군지는 아무도 몰라. 당연하지. 나도 모르니까."

　"동거 중인 그가 내게 이별을 통보했어. 다른 남자가 있는 거 같아. 여자가 아니라 남자 말이야. 오늘 미행해서 현장을 덮쳐야겠어."

　"할머니가 치매에 걸리셨어. 엄마를 너무 괴롭혀. 오늘은 엄마를 지켜줘야 해. 할머니한테 매 맞는 엄마를."

　이렇게 된 이유는 내가 부탁을 잘 들어준다는 소문이 병원 내에 퍼졌기 때문이다. 황경미 사건 이후엔 병원을 드나드는 환자들에게까지 퍼졌다. 덕분에 병원의 간호사뿐 아니라 직원들, 그리고 환자들까지 내게 부탁을 하기 시작했다. 처음엔 쉬운 부탁을 어렵게 하더니 시간이 지날수록 어려운 부탁도 쉽게 했다.

　"다방커피 두 잔만 타줘. 친구가 왔거든."

　"의무기록부 복사 좀 해줄래? 불임클리닉 환자 건 아니고, 신경정신과 환자 거야."

　"우리 집에 가서 가스 불 잠겼는지 확인 좀 하고 와."

　"점심시간에 우리 집 개 산책 좀 시켜줘."

나는 쉬운 부탁도 어려운 부탁도 전부 들어주었다. 거절하면 그들에게 상처를 주게 되고 이로 인해 그들이 괴로워하는 건 내가 바라는 일이 아니니까. 이제 그들은 '소문은 소문일 뿐'이란 말보다 '소문은 사실'이란 말을 믿는다.

그들의 부탁 덕분에 이틀 밤을 새웠다. 시계를 본다. 새벽 5시. 퇴근을 하려면 3시간이나 지나야 하지만 그래도 괜찮다. 양치를 하려고 화장실에 가려는 순간, 부주은이 복통을 호소하며 앰뷸런스에 실려 온다. 10년 만에 임신이 되어 그녀를 위해 축배를 들었는데.

나는 급히 강한에게 전화한다. 그가 담당의사니까 하지 새벽 5시에 왜 전화를 하겠는가? 평소라면 이 시간에 그에게 전화할 일이 없다. 우리는 사적으로 아무 사이도 아니기 때문이다. 진료실에서 그가 내 속옷을 벗긴 그날 이후 우리의 관계는 진전이 없다. 그가 날 대하는 태도나 나의 업무 태도도 달라진 것이 없다. 한마디로 섹스 전후에 우리는 아무것도 달라진 것이 없다. 더 멀어지지도, 더 가까워지지도, 더 냉담해지지도 않은 채 평소의 보폭을 유지한 채 걷고 있다. 섹스 전후에 아무것도 변한 게 없는 남녀를 뽑는 대회에 나간다면 1등감이라 할 수 있겠다. 이런 식의 어정쩡한 관계를 나는 좋아하지 않는다. 재미가 없기 때문이다. 어쨌거나 나는 어디로든 가야 한다. 앞으로든 뒤로든, 전진이든 후퇴든, 늘 계속해서 가고 있어야 하는 것이다.

강한의 핸드폰이 꺼져 있다. 아아, 말도 안 돼. 늘 응급환자를 염두에 두고 있었어야지. 전문직이나 고위직 종사자 가운데는 기본에 충실하지 않은 자들이 종종 있다. 그들은 정상에 오르면 기본을 잊어버린다. 이 직업을 갖기 위해 처음엔 기본부터 차곡차곡 쌓아왔을 텐데 말이다.

언젠가 잡지에서 베스트셀러 작가의 인터뷰를 읽은 적이 있다. 이제 환갑을 바라보는 그녀는 가난에 대해서 한 줄도 쓰지 못한다고 했다. 가난을 모르기 때문이라고 했다. 그래서 그런지 그녀의 소설엔 부르주아들이 판을 친다. 나는 그녀가 유명해지기 전 수필집에서 그녀의 가난했던 시절을 읽었다. 세상의 돈이란 돈은 전부 그녀로부터 도망쳤다. 한마디로 그녀는 똥구멍이 찢어지도록 가난했다. 그녀는 베스트셀러 작가가 되자마자 재벌 사업가와 결혼했다. 그리고 지금까지 부를 누리며, 축적하고, 유지해 오고 있다. 그녀가 원하기만 한다면 언제든 작가 생활을 그만두어도 될 정도로 말이다.

응급환자가 발생할 수 있는 확률을 알면서도 핸드폰을 꺼놓는 강한이나, 가난에 대해서 한 줄도 쓰지 못하는 작가나, 모두 기본을 잊어버린 사람들이다. 자신의 체험마저 망각의 대상이 될 수 있다는 건 좋은 일이다. 그래도 남에게 피해는 주지 말아야지, 강 선생.

나는 부주은을 부축하여 응급실 침대에 눕힌다. 당직근무 중인 여의사가 달려온다. 강한과의 통화는 이쯤에서 포기해야겠다. 의사는 부주은의 아랫배를 이리저리 만져보곤 초음파실로 옮기라고 한다. 부주은을 급하게 초음파실로 옮긴다. 잠시 후 의사가 초음파검사 소견을 말한다.

"자궁 외 임신이네요. 수술 준비 들어가야겠어요."

아아, 말도 안 돼.

불임환자 중에는 시험관시술로 임신에 성공해도 자궁 외 임신으로 판명 나는 경우가 있다. 운이 나쁜 케이스다. 불운이나 불행을 생각할 여유가 없다. 시간을 끌면 환자의 고통만 커진다. 아내의 고통을 더는 참지 못하겠다는 듯 부주은의 남편이 수술 동의서에 급하게 사인을 한다. 곧바로 의사가 수술을 준비한다. 의사가 부주은의 음모를 면도할 것을 요구한다. 수술 시 절개부위에 털이 들어갈 수 있기 때문이다. 나 말고 수술실엔 당직 간호사가 있지만 그녀가 부주은의 음모를 면도하는 걸 꺼려하는 표정으로 나를 바라본다. 당직 간호사도 병원 내에 돌고 있는 나에 대한 소문을 알고 있는 것이다.

마취에 들어가기 전 면도 준비를 한다. 부주은이 소리 없이 울고 있다. 얼굴을 돌리고서. 그럴 줄 알고 크리넥스를 미리 준비했다. 나도 얼굴을 돌린 채 그녀에게 크리넥스를 내민다. 그녀의 얼굴을 보고 있지 않다는 걸 알리는 표시로 말이다.

정적이 우리 사이에 놓인다. 나는 위생장갑을 끼고 소독이 된

면도칼을 집어 든다. 타인의 음모를 면도하는 일은 기분이 참 묘하다. 에로틱하지 않고 성스럽지 않고 잡스럽지 않다. 나는 그녀의 음모를 면도칼로 정성껏 면도한다. 행여 작은 상처라도 내지 않을까 저어하면서.

스윽슥, 면도 소리가 우리 사이의 정적을 파고든다.

수술은 성공적으로 끝났다. 복강경 수술을 했기 때문이다. 자궁 외 임신 환자가 불운을 만나면 복강경 수술이 아니라 개복 수술을 해야 한다. 복강경 수술은 1센티미터 정도의 절개를 네 군데 하면 되지만 개복 수술은 배를 갈라야 한다. 복강경 수술과 개복 수술의 차이는 우선 고통의 차이가 어마어마하고, 회복기간도 어마어마하고, 수술비용도 차이가 난다.

황경미라면 이렇게 물었을 것이다.

"해봤어요? 어떻게 그렇게 잘 알아요?"

그러면 나는 친절하게 대답했을 것이다.

"해본 분들이 말씀해 주셨어요."

이런 걸 불행 중 다행이라고 한다. 다행 중 불행이 아니니 아직은 불행하다고 해야겠다. 어렵게 얻은, 아니 얻은 줄 알았던 아이가 자궁 밖에 착상 되었다가 세상 밖으로 떨어져 나갔기 때문이다.

아직 마취에서 깨어나지 않은 부주은을 회복실로 옮긴다. 강한은 정상적으로 오전에 출근해서 지금 진료실에 있다. 내 퇴근

시간은 한참이나 지났지만 나는 아직도 간호사 유니폼을 입고 있다. 어쨌거나 강한에게 업무보고를 해야 한다. 나는 진료실 문을 노크한다. 안에서 "네." 하는 짧은 대답이 들려온다. 진료실을 들어서니 샴푸와 비누와 치약 냄새가 풍긴다. 밤새 찜질방이라도 다녀온 걸까? 그래서 전화를 받지 않았나 보다. 오지 선다형에 익숙한 세대인 나는 금방 5개의 보기를 만들어낸다.

1. 부주은 환자가 새벽에 자궁 외 임신으로 실려 왔어요.
2. 당직의사가 복강경 수술을 했어요. 당신 없이 성공적으로.
3. 벌써 회복실에 있답니다. 당신만 수술 잘하는 줄 알았죠?
4. 아니, 왜 전화기를 꺼놔요? 제정신이에요?
5. 치약 냄새 좋군요. 여기까지 풍겨요. 난 이 시간까지 이빨도 못 닦았는데.

무슨 말부터 할까? 순간, 노크도 없이 한 사내가 진료실 안으로 쳐들어온다. 부주은의 남편이다. 상심한 얼굴이 몹시 화가 나 있다. 그는 다짜고짜 따진다.

"시험관아기 시술로 자궁 외 임신이 될 수 있다는 건 왜 안 알려줍니까?"

강한이 침착하게 대답한다.

"그런 경우는 드뭅니다."

"드물다고 말 안 합니까? 1프로의 가능성이라도 말해줬어야죠!"

"아이 낳다 죽을 수도 있죠. 그러나 모든 임산부들에게 그런 말은 안 합니다. 의사들이 모든 가능성에 대해 일일이 말해줄 의무가 있는 건 아닙니다."

"아니 뭐 이런 자식이! 당신 의사 맞아?"

부주은의 남편이 강한에게 달려든다. 멱살이라도 잡을 기세지만, 잡지는 않는다. 아직은 강한이 아내의 담당의사이고, 그의 아내가 회복실에 누워 있는 것이다. 그의 의도는 약간의 겁만 주고 공손한 사과를 받아내자는 것이지만, 강한은 눈 하나 깜짝 않고 자신의 주장을 펴나간다.

"자궁 외 임신도 임신입니다. 의학적으로는 임신 성공으로 봅니다. 부주은 씨는 불임이 아니라는 거죠."

"석녀가 아니니 감사하라는 거야, 뭐야?"

"다음 주기에 다시 시도해보지요."

강한이 시선을 깔고 자리에 침착하게 앉는다.

강 선수, 과연 쿨하다, 쿨해. 섹스 전후 전혀 안 바뀌는 남녀대회 1등 선수답다. 싸움까지 불사하려던 부주은의 남편이 고수의 냉정함 앞에서 기가 꺾인다.

"수술도 잘됐으니 걱정 말고 절대 안정 취하세요."

이 틈을 이용해 강한이 승리의 깃발을 꽂는다. 원래 이길 기세

였지만 확인 도장을 한 번 더 찍어 두려는 것이다. 나중에라도 군소리가 나오지 않도록 말이다.

강한은 부주은 사건을 이미 알고 있었다. 그리고 지금은 마치 자기가 수술한 것처럼 말하고 있다. 패배자는 승리자에게 예정에 없던 인사를 한다.

"그, 그럼……."

그리곤 축 처진 어깨를 하고서 문을 열고 나간다. 강한에게 설득당해 나가는 그의 뒷모습이 이렇게 말하는 듯하다. 왜 내 태도는 늘 이런 식이지? 싸움 아니면 굴복. 왜 중간은 없는 거야! 왜!

당장의 행복도 자세히 들여다보면 행복이 아닐 수 있다. 그것이 행복인지 불행인지 알려면 시간이 좀 지나봐야 한다. 10년 불임 끝에 얻은 시험관아기가 자궁 외 임신으로 판명되기도 하고, 여섯 내리 딸만 낳다가 드디어 힘겹게 얻은 아들을 불의의 사고로 잃기도 한다.

불행이 판정승을 거둘 때는 그리 많은 시간이 필요하지 않을 때도 있다. 사랑하는 아내의 유방암이 완치된 바로 그날, 행복에 겨워 병원에서 돌아오는 빗길에 가로수를 들이받고 부부 모두 교통사고로 죽기도 하니까.

그래도 지금 이 순간의 행복은 즐겨야 한다. 바로 다음 순간에 불행에게 자리를 내주게 되더라도 말이다.

이제는 정말 퇴근해야겠어. 탈의실에 들어서려는데 강한이

복도에서 날 부른다.

"계유자 환자 어떻게 된 거야? 자꾸 예약을 어기면 어떡해?"

맞아, 오늘 전화해 보기로 했지. 계란형 얼굴에 몸에서 유자향내를 풍기던 환자. 몇 번의 시도 끝에 지난달에 드디어 시험관 아기를 가졌는데 자꾸 예약시간을 어긴다. 힘겹게 아기를 가진 만큼 이제부터가 더 중요한데 말이다. 병원을 동네로 옮기고 싶은 건가? 유산되지 말라고 처방해준 착상주사는 날마다 동네병원에서 잘 맞고 있는지? 너무 궁금하다. 전화 한 통만 하고 퇴근해야겠다.

"계유자 씨! 여기 아이병원 불임클리닉인데요."

"……네에."

그녀가 한참을 끌다 겨우 대답한다. 그녀의 목소리가 다 죽어간다. 계유자 씨, 식사도 안 했어요? 앞으로 잘 먹어야 해요. 뱃속의 아이를 생각해요. 이제부터가 진짜 중요하답니다.

"별일 없으시죠? 예약 확인하려고요."

"흑흑."

갑자기 그녀의 울음이 터진다. 예감이 좋지 않다.

"무슨 일 있으세요?"

"흑흑."

나는 잠시 기다려준다. 그녀가 울음을 그치고 말할 때까지 말이다. 내겐 울면서 말해도 되는데.

쉬운 여자 79

"유산됐어요. 방금 수술하고 왔어요."

나는 할 말을 잃는다. 아무리 위로한다 해도 아이를 잃은 사실은 돌이킬 수 없기 때문이다.

"계류 유산이래요. 자궁이 약해서 아기가 오래 머물지 못했대요. 유산된 거 알고 나서도 열흘 동안 뱃속에 갖고 있었어요. 죽은 아기라도 따뜻하게 품어보고 싶어서……."

그녀가 전화기를 붙들고 운다. 계유자. 계류 유산된 환자. 그녀는 나머지 이야기를 해준다. 그녀는 유산하러 들어간 수술실에서 의식은 남겨둔 채 부분 마취를 해달라고 했다. 아기와 끝까지 함께하려고. 그런데 전신 마취를 한 줄 알고 의사가 그녀의 자궁을 긁어내며 이렇게 말했다고 한다.

"왜 이리 안 떨어져?"

부분 마취를 한 줄 알면서도 간호사가 이렇게 대답했다고 한다.

"원래 착상주사를 오래 맞으면 그래요."

의사가 이해가 간다는 듯 이렇게 말했다고 한다.

"그래서 찌꺼기가 이렇게 안 떨어지는군."

유산 예방용 착상주사가 올가미가 될 때도 있다. 착상주사를 오래 맞은 환자가 유산이 되면, 중절수술을 할 때 아기가 자궁에 착 달라붙어 밖으로 쓸려나가길 거부한다. 그래서 수술할 때 의사들을 힘들게 하는 것이다. 그들의 마음도 힘들었을까? 그랬다면 "왜 이리 안 떨어져? 찌꺼기가."라고 말할 수 있을까?

아기 몸의 일부는 자연적으로 쓸려나가고, 일부는 자궁 안에 남아서 찌꺼기를 이룬다. 그렇게 남아 있는 부분을 의사들은 '찌꺼기'라고 부르는 것이다.

"뭐? 왜 이리 안 떨어져?"

병원 복도를 반으로 쩍 가를 정도로 날카로운 목소리가 들린다. 의사의 말에 분개한 환자가 수술실에서 뛰쳐나오기라도 했나? 나는 전화기를 내려놓고 소리가 나는 쪽을 바라본다. 모두가 구경이라도 난 듯 목소리의 주인공을 바라본다. 나 역시 빠질 순 없지. 구경거리는 언제나 재밌으니까. 구경거리가 생겼으니 지금 퇴근하기도 글렀군.

목소리의 주인공은 이제 막 강한의 진료실 밖으로 쫓겨나고 있다. 그녀는 진료실에 대고 소리를 지른다.

"왜 이리 안 떨어지냐고?"

그리곤 복도를 오가는 사람들에게 들으라는 듯 악을 쓴다.

"그게 부인한테 할 소리야? 부인한테!"

그새 강한이 비밀 결혼이라도 했나? 왜 유명인들이 흔히 쓰는 수법 있잖아.

간호사들이 단합대회라도 하듯 복도에 전부 모여 있고, 어느새 내 옆에 와 있는 수정이 귀띔한다. 그녀는 강한의 전부인이라는 것이다. 군중을 얻은 강한의 전부인이 기세를 이어간다.

쉬운 여자 81

"부인한테 부끄럽지도 않아? 응!"

전부인과 부인은 의미가 다른데도 그녀는 계속 부인이란 단어를 고집한다. 세상의 모든 왕년의 부인, 왕년의 배우, 왕년의 작가, 왕년의 감독들은 왕년을 잊어야 한다. 왕년에 매달리기 시작하면 그 순간 이미 게임은 끝난 것이다. 더 이상 앞으로 나아갈 수 없는 순간이 왔기 때문이다.

그녀는 얼마 전 자비로 소설책을 냈다. 아이병원 간호사들의 말을 종합하면 완성도가 꽤나 떨어지는 소설이라는데 아직 읽어보진 않았다. 강한에게 연정을 품고 있는 간호사들은 그의 전처에게까지 할애할 시간이 있지만, 나는 그렇지가 않은 것이다. 특히 한소리 선배는 강한의 팬 중의 팬이다. 그래서 그의 전처를 적 중의 적이라 생각한다. 간호사들의 독후감을 종합해보면, 전처가 쓴 소설의 내용은 대략 다음과 같다.

1. 제목 : 어느 산부인과 의사 부인의 고백
2. 지은이 : 한지원
3. 주인공 : 산부인과 의사 부인 (불임클리닉 의사 전부인과 비슷하다.)
4. 주인공 남편 : 장한 (강한과 성만 다르다.)
5. 주인공 남편 직업 : 제목에서 알 수 있듯 산부인과 의사 (불임클리닉 의사와 비슷하다.)

6. 장르 : 에로틱 스릴러 (다분히 영화화를 염두에 둔 선택이다.)

7. 내용 : 장한이 산부인과에서 많은 간호사들과 관계를 갖고 (그중 한 명은 확실히 안다. 바로 나다.) 간호사들을 떠올리며 부인에게 수많은 섹스 체위를 요구한다. (여기부턴 잘 모르겠다.) 장한의 정체는 섹스중독자다. 이를 견디다 못한 부인이 위자료 한 푼 안 받고 인형의 집 노라처럼 그의 성(城)을 뛰쳐나가 그의 성(性)으로부터 자유로워지고, 전남편에 대한 복수도 성공한다는 이야기이다.

8. 감상 포인트 : 복수 과정이 나름 흥미진진하다. 전남편이 자신에게 요구했던 섹스 체위 중에서 자신을 특히 힘들게 한 체위를 따라서 그대로 복수한다.

강한의 입장에서 보자면 명백히 명예훼손에 해당되는 내용들이다. 그러나 그가 허구의 소설을 상대로 명예훼손 소송을 할진 알 수 없다. 그도 양식 있는 지식인이기 때문이다.

출판계의 일 역시 알 수 없기에 이 소설은 이달에 모 서점 집계 베스트셀러 부문에 올랐다. 유명 불임클리닉 의사의 전처가 쓴 실화소설이라는 소문 때문이다. 아이러니한 점은 실화소설이란 소문에도 불구하고 소문을 믿지 않는 독자들이 더 많다는 점이다. 강한에게 연정을 품은 간호사들은 합세하지 않고 따로따로 전처에 대해 뒷조사를 했다. 이중 한소리 선배가 제일 열심히 했다.

사람들의 관심은 여전히 유명 인사와 그의 배우자, 그리고 과거의 배우자에게까지 뻗쳐 있다. 이것은 텔레비전의 오락프로그램에 유명 연예인들의 배우자가 뻔질나게 출연하는 것과 같은 이치다. 간호사들이 강한의 전처에 대해 각개전투로 뒷조사한 내용을 종합하면 다음과 같다.

1. 전처의 부모가 벼락부자라 열쇠 몇 개를 주고 의사와 결혼시켰다.
2. 전처가 오히려 섹스광이다.
3. 전처는 바람피우다 현장에서 강한에게 들켰다.
4. 그 결과 전처는 위자료 한 푼 못 받고 이혼 당했으며, 아직도 이혼한 사실을 인정하지 않는다. 즉, 재결합을 원한다.
5. 실화소설이란 소문의 진원지는 전처다.
6. 대필 작가에게 돈을 주고 소설을 쓰게 했다는 소문도 돈다.
7. 전처가 드나드는 성형외과를 알고 있다. VIP라고 한다.

전처는 예약환자들을 젖히고 진료실 문을 두들기며 불같이 화를 낸다. 강한이 그녀의 자존심에 불을 질렀나 보다. 물과 불이었어. 화합하기 힘들겠군.

인간의 자존심이란 한번 상하고 나면 더 상하기 위해 작정을 한다. 공개적인 망신이 따르더라도 자신에게 상처를 준 상대에게 발톱을 세우고 달려든다. 그래서 한번 망가진 자존심을 다시는 회복할 길이 없게 만든다. 발톱이 부러지는 것이 아니라 아예 뽑혀버리는 것이다. 그들은 상대방을 망가뜨리기 위해 자신을 망가뜨리는 것을 즐긴다. 이미 버린 몸 안으로 만용이라는 주사액이 주입되었기 때문이다. 그들은 불행을 까발리고, 즐기고, 불행과 더불어 흥분하고 싶어 한다. 그 결과 전남편까지 흥분시킬 수 있다면 바랄 나위가 없을 것이다. 그녀는 마스터베이션보다는 공공장소에서의 섹스가 더 흥분되는 타입이다. 그녀의 이성은 이미 이성을 잃은 남편이 건널 수 없는 강을 건너고 난 다음에야 돌아온다. 그리고 그녀는 알게 된다. 때는 이미 늦었다는 것을.

강한이 오후의 진료 예약을 모두 취소한다. 예약 취소는 내 몫이고 다행히 촌각을 다투는 환자는 없다. 갑자기 그가 불행해 보인다. 쿨 가이, 당신이 그렇게 불행한 줄 몰랐어. 결혼한 남자들이 전부 행복하지 않듯, 이혼한 남자라고 해서 전부 불행하지 않은 것처럼 말이야.

드디어 퇴근을 한다. 퇴근길에 손님이 없는 미용실로 들어간다. 직원도 한 명뿐이다. 카운터에 앉은 원장의 얼굴이 불행해 보인다. 나는 간절히 빈다. 아아, 오늘 불행한 사람은 당신이 마지막이었으면 좋겠어. 내일은 내일의 불행이 새롭게 시작되더라도 말이야.

　나는 직원에게 머리를 조금만 잘라줄 것을 주문한다. 직원이 내 머리를 감겨준 다음 의자에 앉히고 드라이로 말려준다. 머리가 다 마르자 원장이 와서 요구대로 내 머리를 자르기 시작한다. 손님이 없을 땐 원장이 직접 잘라주는 모양이다. 잘린 머리가 바닥으로 버려진다. 나는 머리를 자를 때 기분이 좋다. 이 기분을 자주 맛보려고 머리를 조금씩만 자르는지도 모르겠다. 자기 소유의 무언가를 버리면 이렇게 기분이 좋아지는 걸까? 앞으로 더 많이 버릴 것을 결심하면서 원장에게 말을 붙인다. 먼저《어느 산부인과 의사 부인의 고백》이란 책을 읽어보았냐고 묻는다. 안 읽었다는 짧은 대답이 돌아온다. 다음 질문. 요즘 손님이 많으냐고 묻는다. 보시다시피 별루…… 라는 대답이 돌아온다. 아까보단 긴 대답이다. 진전이 있다. 다음 질문. 몇 시에 문을 열고 몇 시에 닫느냐고 묻는다. 오전 10시에 열고 저녁 8시에 닫는다고 한다. 파마 손님이 있으면 9시까지도 한다고 한다. 이번엔 비교적 길다. 더 나아갔다. 아직까진 전진의 의미 외에 별 재미는 없다. 다음 질문으로 휴일엔 무얼 하세요, 라고 물으면 이상하게 생각할까, 생각하는 순간 원장이 드디어 내게 질문한다.

　"파마할 생각은 없으세요?"

　나는 예정에 없던 파마를 결정한다. 삶이란 원래 예정에 없는 일의 연속이다. 그러니 아무리 사소한 일이라도 시비 걸지 말고 그냥 하면 된다.

 여전히 원장은 말이 없다. 서비스업에 종사하는 사람치고 말이 없는 타입이다. 말이 없어서 손님이 없는 것일까? 손님이 없어서 말이 없어진 것일까? 오늘만 말이 없나? 늘 말이 없나? 갑자기 이 모든 것이 궁금해지는 순간, 손님들이 들이닥친다. 원장의 얼굴에 갑자기 화색이 돈다. 나는 사람을 몰고 다니는 편이다. 내가 인기 있는 사람이란 뜻은 아니다. 아무리 파리 날리는 식당을 가도 내가 들어가면 손님들이 하나 둘 들어오기 시작한다. 그런 이유인지 요즘 두배 슈퍼의 장사가 잘되고 있다. 내가 사는 동네도 조만간 뉴타운으로 개발된다고 한다. 사실 처음부터 이런 이유로 인해 여길 들어온 것이다. 나는 알고 있었다. 내가 머리를 다 자를 무렵 손님들이 들어올 거란 걸. 하지만 내가 몰고 오는 것이 행운만은 아니라는 것을.

 내가 파마를 하는 동안 한 여자 손님이 커트를 한다. 이번엔 직원이 나선다. 원장이 내게 여성지를 가져다준다. 이달 호가 아니라 몇 개월 전 여성지다. 이해가 간다. 지나간 여성지는 싸게 살 수 있으니까. 여성지에서 강한의 인터뷰 기사를 발견한다. 그가 유명하긴 한가 보다. 철 지난 여성지에도 실려 있으니 말이다. '불임클리닉 명의(名醫) 아이병원 강한' 어쩌고저쩌고 하는 기사다. 경직된 표정의 강한 사진을 보자 웃음이 터져 나온다.

웃어요. 좀 웃어 봐요. 사진기자가 아무리 부탁해도 그는 웃지 않았을 것이다. 어쩜 마지못해 입술만 조금 움직여 웃었을지도. 포기한 사진기자는 그냥 찍었을 것이다. 웃으면 어디 덧나나, 덧니도 없으면서. 아무렇게나 찍으면서 사진기자는 이렇게 생각했을 것이다. 지 얼굴이지, 내 얼굴인가. 난 몰라. 데스크가 또 지랄하겠지. 자꾸 사진 이따위로 찍을 거야? 아아, 더 이상은 못해 먹겠어. 직업병인가 봐.

나는 사진기자의 근 미래를 상상하며 원장과 직원 몰래 강한의 인터뷰 기사를 찌익 찢어서 주머니에 넣는다. 갖고 있다가 웃기 싫을 때 봐야지. 그럼 절로 웃음이 나올 거야.

직원이 여자 손님의 머리를 다 자르자, 손님이 갑자기 화를 낸다.

"이게 뭐예요? 너무 짧잖아요! 내가 이렇게 주문했어요?"

내가 보기엔 어정쩡한 길이인데 손님이 난동을 부린다. 너무나 맘에 안 드니 머리를 도로 원상태로 돌려놓으라는 것이다. 원장의 얼굴이 사색이 된다. 그리고 시선 둘 곳이 없어서 나를 바라본다. 내게서 무얼 기대했는지? 좀 전에 내가 행운만 몰고 오는 건 아니라고 했을 텐데?

하지만 엎질러진 물도 주워 담을 수 있는 세상이 왔다. 붙임머리란 게 있으니까. 여자 손님은 붙임머리 가운데 머릿결이 가장 좋고 비싼 걸 요구한다. 원장은 묵묵히 손님의 머리를 붙이기 시작한다. 손님 한 사람이 더 들어온다. 이번엔 남자다. 대머리라 다듬을 구석이 없어 보이는데 무슨 일일까? 남자는 들어오자마자 전화기부터 때려 부순다. 술 냄새까지 펑펑 풍기는 걸 보니 손님이 아닌 모양이다.

"야, 이년아, 왜 전화 안 받아. 너 나 무시하는 거야? 그래! 너한테 위자료 한 푼도 못 줬다. 왜, 꼽냐?"

마지막 대사에서 그가 무심코 나를 바라본다. 나는 고개를 젓는다. 내가 꼬울 건 없으니까.

그는 원장의 전남편이다. 절대로 직원의 전남편은 될 수 없다. 만일 그렇다면 근무한 지 하루 만에 잘렸을 것이다. 언제나 전남편과 전처가 문제라니까. 전처를 괴롭히는 전남편이나, 전남편을 찾아다니는 전처는 제대로 이별하는 방법을 모르는 사람들이다. 하긴 제대로 사랑은 해봤을까?

원장이 직원에게 "경찰 불러."라고 작게 말하며 신고하란 눈치를 준다. 직원이 눈치 없게 그가 보는 앞에서 핸드폰으로 112를 누른다.

"신고해봐. 이년들아, 어떻게 되는지!"

남자의 발길질에 원장과 직원이 나동그라진다. 남자가 발길질하는 틈을 타서 나는 112를 누른다. 갑자기 원장이 여자 손님을 향해 돌진한다. 그리고 그녀의 머리카락을 잡아당기며 악을 쓴다.

"야, 이년아. 너 붙임머리가 얼만 줄이나 알아? 너 사기꾼 아냐?"

"아얏! 당신 미쳤어?"

소동이 끝나고 한참이 지나서야 경찰이 출동하고 오늘 미용실의 불행은 막을 내린다.

✜ ✜ ✜

나는 미용실을 나와서도 여전히 집으로 들어가지 않고 탱고 바를 향한다. 사실 저녁이 오길 기다렸다. 탱고 바가 문 여는 시간을 말이다. 요즘 새로 뛰어든 취미가 탱고다. 나는 여기저기 가리지 않고 뛰어든다. 세상은 춤판이다. 노래만 있다면 거기가 풀장이건, 호수건, 바닷가건, 빙판이건 가리지 않고 뛰어들어 춤을 추며 논다. 당연히, 놀이에는 요금이 붙는다. 코로 물을 먹고, 무릎이 깨지고, 얼음물 속으로 풍덩 빠지는 대가를 치르고 나면 내가 원하는 놀이의 기술 하나를 얻는다. 그러면 다음번엔 더 재밌게 놀 수 있다.

세상 어디에도 공짜란 없는 법이다. 마트의 시식용 와인 한 모금이나, 만두 한 개조차도 공짜가 아니다. 판매사원이 제품에 대해 설명하는 시간만큼, 그 시간동안 보이는 미소만큼, 내 시간과 미소도 지불해야 한다.

수정에게 전화를 해서 탱고 바로 불러낸다. 탱고 바에서는 술을 팔지 않는다는 이유로 수정은 나오지 않으려 했다. 하지만 음료수 한 잔 값이면 세 시간은 춤을 출 수 있다는 말에 수정이 뛰어나온다.

수정은 요즘 간호사란 직업에 회의를 느끼고 있다. 하루 일과를 찡그린 얼굴을 보는 것으로 시작하고, 찌그러진 얼굴을 보는 것으로 마감하는 게 너무 피곤하다는 것이다.

주사실에 주사를 맞으러 온 환자들은 모두가 얼굴을 찡그린다. 활짝 웃으면서 주사를 맞는 사람은 거의 없다. 수정이 마약을 주사해주지 않는 담에야 말이다. 수정은 하루 평균 50대의 주사를 놓는다. 그러니까 50명의 찡그린 얼굴을 대하는 것이다.

이렇게 일하고 집에 가서 대하는 엄마의 얼굴 역시 늘 찌그러져 있다. 불행이란 고질병을 앓고 있기 때문이다. 환자든 가족이든 하루 종일 찡그리는 얼굴만 대하다 보면 어느새 자신도 사람들을 대할 때 찡그리게 된다는 것이다.

간지럼을 태워주는 직업이 있다면 얼마나 좋을까? 하루 종일 사람들에게 간지럼을 태워주고 그들의 웃음을 바라보며 돈을 벌 수 있다면.

바에는 피아졸라의 탱고음악 '부에노스아이레스의 봄'이 흘러나온다. 한 남자가 수정에게 다가와 탱고를 청한다. 수정이 그의 손을 잡고 나간다.

수정의 파트너가 간지럼을 태워주는 직업을 갖고 있다면 좋겠다. 춤추는 동안만이라도 웃을 수 있게. 또 한 남자가 내게 와서 탱고를 청한다. 나도 그의 손을 잡고 나간다.

탱고는 사랑의 춤이다. 탱고를 추는 동안은 파트너와 사랑에 빠진다. 그 순간만큼 우리는 최선을 다해 서로의 연인이 된다. 한 곡이 끝나고 새 곡이 시작되면 새로운 파트너의 품에 안겨 또다시 최선을 다한다.

탱고는 상대방의 리듬에 맞춰주는 춤이다. 나는 그가 리드하는 대로 따라가며, 그의 리드에 완벽하게 내 몸을 맡긴다. 그를 믿으며, 실수를 감싸주고, 그의 테크닉을 따라한다. 그가 거칠게 대하면 나도 거칠어지고, 배려해주면 나는 더욱 친절해진다. 그가 완벽한 테크닉을 구사하면 나도 덩달아 완벽해진다.

오늘의 파트너는 완전 초짜다. 실수 연발이다. 리듬을 못 타고 자꾸 내 발을 밟는다. 나도 프로는 아니니 같이 헤쳐 나가야 한다. 미안해하지 말란 의미에서 입을 쫙 벌리고 그를 향해 "헤~" 웃어준다. 갑자기 내 웃음으로 인해 그가 더 미안해하면 어쩌나 하는 걱정이 앞선다. 하지만 이미 웃었으므로 결과는 그에게 맡긴다.

탱고는 춤 중에 가장 인간적인 춤이 아닐까 싶다. 탱고엔 반칙도 많다. 파트너에게 반해 데이트를 신청하면 반칙이다. 눈이 맞아서 밖에서 만나는 것도 반칙이다. 직업을 묻는 것도, 애인이 있냐고 묻는 것도 반칙이다. 탱고는 춤추는 동안만 상대와 뜨거운 사랑에 빠지면서 그에 대해 아무것도 묻지 않고 궁금해 하지 않는 양면성을 지닌다. 이것이 탱고의 매력이다. 탱고의 파트너는 돌고 돈다. 홀을 금방 떠나지 않고 계속 춤을 추면 모두를 파트너로 맞을 수 있다.

역시 매력적이야. 당분간 탱고를 좋아하게 될 것 같아. 그렇게 생각하는 순간 파트너의 손이 내 겨드랑이 안을 파고 들어온다. 당신 혹시? 간지럼을 태우는 게 직업? 그렇다면 수정에게 빨리 차례가 돌아가야 할 텐데, 하고 다시 생각하는데 그의 손이 스윽, 내 가슴 쪽으로 넘어온다. 그가 내 가슴을 더듬으려 하는 것이다. 명백한 반칙이다. 출입금지에 해당한다. 파트너의 손이 들어오는 걸 허용한다면, 나도 출입금지가 되리라.

나는 그의 손을 붙잡고 몸을 한 바퀴 회전한다. 그렇게 그의 손을 막는 걸 그는 눈치 채지 못한다. 그가 내 가슴을 더듬는 대신 나를 한 바퀴 더 돌린다. 탱고 음악 '부에노스아이레스의 봄'이 끝나고 '부에노스아이레스의 겨울'로 되돌아간다. 파트너도 돌아간다. 나는 그가 수정의 파트너가 되기 직전에 수정을 가로챈다. 이 정도면 그가 내 행동의 이유를 눈치 챘겠지?

나는 수정에게 춤을 청한다. 파트너를 가로채는 것도 반칙이지만 할 수 없다. 수정이 겨드랑이 사내의 파트너가 된다면 실제 상황은 따귀가 될 테고, 그럼 돌고 도는 이 춤판의 흥도 깨져버릴 테니까. 수정이 내 귀에 대고 속삭인다.

"언니야, 나 레즈비언이야."

"뭐어?"

나는 탱고 바가 떠나가라 소리칠 뻔했다. 내가 놀라면 수정은 이 고백을 후회하리라. 내가 소리 지른다면 수정은 자신이 레즈비언이란 사실마저 후회하리라.

"사실 그동안 뻥끼 친 거야. 강샘 꼬신다는 거."

"그런 줄도 모르고 너한테 키스했잖아."

"아니 언제?"

"내 생일에."

"몰랐는데? 다시 해봐."

수정의 커밍아웃에 나는 열광한다. 무명인의 커밍아웃이라 맘에 든다. 술 먹고 말하는 게 아니어서 더 믿음이 간다.

"수정아, 네가 좋아."

"언니야, 탱고가 좋아."

돌아오는 길에 두배 슈퍼에 들른다. 셔터 문이 내려져 있다. 시계를 본다. 11시. 영업시간이 끝났나? 전엔 12시에도 열려 있었는데.

나는 혹시나 해서 세 번은 짧게 세 번은 길게 셔터 문을 두들긴다. 그리고 열릴까 해서 주문을 왼다.

"열려라, 참깨."

하지만 내려진 셔터문은 다시 올라가지 않는다. 당연하지. 암호가 틀렸으니까. 우리의 암호는 "죽었니? 살았니?"인 것이다. 나는 목청껏 우리의 암호를 불러댄다. 그래도 대답이 없다. 아무래도 오늘은 그른 것 같다. 아침에 다시 들르리라 생각하며 발걸음을 돌리는 순간 수정에게 문자가 온다.

'나 불행해. 내가 간호사인 게, 레즈비언인 게, 알코올중독인 게, 엄마아빠의 딸인 게.'

집으로 돌아와 샤워를 한 후 냉장고 문을 열고 물을 꺼내 마신다. 냉장고엔 옆집 남자의 김치가 시어가고 있다. 주인이 찾아오질 않으니 더 빠른 속도로 시어가는 것이다. 왜 안 올까? 왜! 왜 안 가져갈까? 대체 왜! 김치 통이 옆집 남자인 양 나는 통을 노려본다. 옆집 남자가 김치를 안 찾아가면 내가 갖다주면 된다. 너무 쉽다. 왜 진작 이 생각을 못했지? 나는 벌떡 일어나 냉장고에서 김치 통을 꺼내 들고 옆집 남자의 아파트로 향한다. 나는 손목시계를 본다. 시계바늘이 자정을 향해 달려가고 있다.

이 시간은 예의 없는 시간일까? 예의 없는 시간의 기준이란 뭘까? 남들이 자는 시간? 갑자기 남들이 대개 몇 시에 자는지, 몇 시에 일어나는지, 잠을 안 자는 시간엔 뭘 하는지 나는 전혀 모르고 있다는 생각을 한다.

옆집 남자의 현관 벨을 누른다. 창문도 닫혀 있고 인기척도 없다. 자신의 불행과 함께 잠을 자고 있는 걸까? 아님 불행을 데리고 출타 중인 걸까? 그렇게 문을 꽁꽁 닫고 있으니 불행하기도 하겠지. 문이 열리지 않을 것을 알면서도 나는 벨을 누른다. 옆집 남자의 옆집 아저씨가 방범창살이 쳐진 창밖으로 고개를 반쯤 내밀곤 나를 흘끔거린다.

 우리는 모두 불행의 자식들이다. 친밀한 타인도, 완전한 타인도 우리의 어미에게서 자유롭지 못하다. 불행한 어미는 자식들을 불행이라는 새끼줄로 촘촘히 엮어놓는다. 혼자만의 불행은 외로운 탓에 우리는 한 알의 콩도 쪼개어 나눠먹듯 사이좋게 불행을 나누어 가진다. 그래서 우리는 언제 어디서나 원하건 원치 않건 간에 서로 엮일 수밖에 없는 존재들인 것이다.

 오늘 처음으로 내 직업을 후회했다. 간호사는 행복의 전령사가 아니다. 타인의 찡그린 얼굴을 바라보거나 타인의 불운을 전해 들으며 불행해 하는 자일 뿐.

 드디어 빈 방에 홀로 남았다. 나는 늘 이 순간을 두려워한다. 그래서 온종일 집 밖을 맴돌았는지 모른다. 눈물이 쏟아진다. 나는 우는 여자가 아닌데도, 대책 없이 운다. 아기집 안에 들어가 보지도 못하고 세상 밖으로 떨어져 나간 부주은의 아기와 아기집 안에서 심장이 멎은 채 한동안 머물다 세상 밖으로 떨어져 나간 계유자의 아기. 불행을 노래하는 수정이와 두배 할아버지와 강한과 옆집 남자. 지금 문을 걸어두고 빈 방에서 홀로 울고 있을 그들 때문에 말이다.

✢ ✢ ✢

 넌 남의 비밀을 잘 들어주지. 비밀을 털어놓게 만들고, 털어놓았다는 사실을 잊게 만들어. 그들은 돌아가서 이렇게 말할 거야.

 "스치는 바람에게 고백한 거야."

 누가 바람에게 고백한 걸 기억하겠니?

 넌 마음이 바빠. 들르는 가게마다 머무르고, 지나가는 사람마다 참견해대지. 위로에 중독이 된 아이야. 마약중독과 다를 바 없어. 의식이 없다는 점에서 말이야.

 사람들은 진심으로 마음을 여는 자는 무시한단다. 대신 가짜로 마음을 여는 자에겐 마음의 문을 열어주게 되어 있어. 가짜일수록 활짝 열어주지. 진심은 보이지 않으니까.

 그러니 울지 마라, 아가야. 이 이야기의 결론을 내줄 거라고 기대하지도 마라. 말해도 넌 못 들을 테니까.

불행은 유턴(U-Turn)하시오

평소보다 일찍 출근을 서두른다. 어제 퇴근길에 두배 할아버지와 게임을 못한 것이 마음에 걸리기 때문이다. 출근길에 들른 두배 슈퍼는 활짝 열려 있다. 이 시간에 문이 열려 있다는 것이 당연한 일임을 알면서도 반가움이 솟는다. 가게에 놓인 작은 텔레비전에서 아침 드라마가 흘러나온다. 할아버지가 〈용서〉라는 드라마를 보면서 초코파이를 먹고 있다.

참, 평온한 일상이야. 나는 저 일상에 얼마만한 보탬이 될 수 있을까. 할아버지가 먹다가 떨어뜨리는 초코파이 부스러기만큼만 되어도 좋겠는데.

슈퍼에 들어서는 순간 갑자기 할아버지가 소리친다.

"추물이야 추물! 너무 못생겼어!"

아아, 아침부터 심통이다. 어제 안 들렀다고 일부러 이러는 건가? 일부러 안 온 게 아닌데. 내가 예쁘지 않다는 건 알지만, 그가 노인이란 것도 알지만, 그래도 너무한 거 아냐? 아무리 내가 쉬운 여자라고 해서 못생겼단 말까지 쉽게 흘려들을 거라 생각하는 거야, 뭐야?

"요즘 나오는 것들은 하나같이 그 얼굴이 그 얼굴이야. 하도 뜯어고쳐서 어디 하나 성한 구석이 없어."

할아버지가 성형수술을 한 탤런트들을 욕하면서 불평을 늘어놓는다. 휴, 다행이다. 내 얘기가 아니다.

"거 엿가락처럼 더럽게 늘어지네. 아직도 할 말이 남았나? 내가 빨리 죽어야 저 늘어지는 꼬락서니를 안 보지."

그냥 텔레비전을 끄면 될 텐데. 할아버지는 툴툴거리면서도 텔레비전에서 눈을 떼지 못한다. 할아버지는 욕하기 위해서 연속극을 보는 것 같다. 연속극뿐 아니라 개그프로나 쇼프로도 마찬가지다. 트집을 잡기 위해 날마다 텔레비전을 틀어대는 것이다. 우리에겐 나날의 양식이 필요하고, 할아버지에겐 나날의 트집거리가 필요하다. 불평불만을 쏟아 부을 상대 말이다. 그러기엔 사람보다 텔레비전이 나을지도 모른다. 만일 사람이 대상이라면 날마다 싸워야 할 것이고, 할아버지는 매일같이 싸움에서 질 것이다. 아무리 심술궂은 노인이라도, 노인은 언제나 약자니까 말이다. 그럴 바엔 차라리 텔레비전을 보며 욕하는 게 낫다. 텔레비전이란 늘 욕을 먹으면서도 군소리 없이 오락거리를 제공하는 밸 없는 푼수니까.

나는 이것이 할아버지가 자신의 불행을 유턴시키는 방법이라고 생각한다. 이렇게라도 하지 않으면 외로워서 견디지 못할 것이다.

"부인이 남편을 용서하겠단 거야, 말겠단 거야? 한심한 것들. 도대체가 용서가 안 되는군. 작가나 배우나. 대본도, 연기도, 연출도 다 용서가 안 돼."

할아버지는 왕년의 배우답게 대본과 연기, 연출에 대한 평가지 한다. 그리곤 텔레비전에서 시선을 떼지 않은 채 내게 묻는다.

"어제 왜 안 왔어?"

"일찍 문 닫고 어디 가셨던데요? 데이트?"

"자넨 머릿속이 온통 그런 잡생각뿐이지? 사내놈들이 자네 집에 쉴 새 없이 들락거리니까 좋아? 어젠 어떤 놈팽이가 다녀갔어?"

〈용서〉의 스태프들에 대한 화살이 내게 돌아온다. 어쩜 내가 맞을 화살이 그들에게 먼저 날아가고 있었던 건지도 모른다.

"빨리 바른대로 말 못할까?"

나는 아무렇게나 둘러댄다.

"이병헌, 정우성, 장동건이 날 보러 떼거지로 다녀갔어요."

할아버지가 한심한 듯 나를 본다.

"쯧, 보는 눈이 낮구먼."

할아버지는 왕년의 배우답게 웬만한 탤런트나 배우 이름은 꿰차고 있다. 나는 씩 웃으며 맞장구친다.

"네, 그런 말 많이 들어요."

할아버지의 화가 조금 풀린 것 같다.

"설마 초코파이가 아침은 아니죠?"

"요즘은 단 게 당겨. 죽을 때가 되면 입맛도 어린 시절로 돌아가나 봐. 어릴 땐 초콜릿이나 눈깔사탕같이 단 거라면 환장을 했지. 이놈보다 더 단 초코 케익이 있으면 좋겠구먼."

할아버지가 한숨을 쉰다. 유년의 우울한 기억이 많을수록 사람들은 그 시절에서 도망치려고 평생을 방황하며 떠돈다. 그리고 오랜 세월이 지나면 다시 그 시절로 돌아가기 위해 몸부림친다. 자신의 인생에서 가장 빛나는 시절은 어린 시절이었음을 먼 훗날에 가서야 깨닫게 되는 것이다. 본디 힘들었던 시절에 대한 기억은 오래가는 법이다. 그 시절이 유년이라면 더욱.

할아버지의 현실은 쓰다. 할아버지가 그리워하는 옛날은 달다. 이것을 유행가로 부르면 "아, 옛날이여~"쯤 되겠다. 할아버지가 과거로 추억여행을 떠나고 싶은 표정이다. 나는 시계를 본다. 아직 출근이 늦진 않았다. 그의 과거를 물어주어야겠다. "경험 있습니까?"를.

"왕년에 인기 많으셨죠? 근데 왜 결혼 안 하셨어요?"

기다렸다는 듯 할아버지가 이야기보따리를 풀어놓는다. 노인이라면 누구든 이야기보따리를 여러 개 갖고 있다. 보따리 속에는 허풍도 함께 들어 있음은 물론이다. 할아버지의 보따리 속은 다음과 같다.

"여자들하고 연애하느라 결혼할 시간이 없었지."

"난 사랑밖엔 몰라. 이 세상에 여자들 꽁무니 쫓아다니는 일 빼면 재밌는 게 뭐가 남겠나?"

"세상엔 두 종류의 여자가 있어. 예쁜 여자와 못생긴 여자. 예쁜 여자는 연애 상대고, 못생긴 여자는 연애 상대도 못 되지."

"난 예쁜 여자만 골라서 쫓아다녔어. 용감한 사내가 미인을 얻는다는 믿음 하나로."

"못생긴 여자들은 남에게 피해를 주지. 혐오감에 불쾌감을 심어주거든."

"못생긴 여자들은 성질까지 못됐지. 사랑을 못 받으니까 저절로 악해지는 거야."

"어디 못되기만 한가? 시부모한테도 못하고, 남편한테도 못하고, 자식한테도 못하고, 살림도 못하고, 도대체가 잘할 줄 아는 게 하나도 없어."

"예쁜 여자만이 상품가치가 있어. 예쁘고 어릴수록 말이야. 한 살이라도 어릴수록 상품가치는 높아지지."

"난 여자들을 쫓아 다니면서도 여자들에게 돈을 쓰게 만들었지. 내 돈 써가며 연애한 일은 거의 없다네."

"내가 전에 김지미하고 윤정희 쫓아 다녔다는 얘기했었나?"

할아버지는 우선 보따리 한 개만을 풀어놓는다. 호기심 많은 젊은이가 다음번 방문을 잊지 않도록 나머지 보따리는 꼭 쥐고 있어야 하는 것이다. 사실 노인들의 옛날 이야기는 대개 흥미로운 것이 아닐 때가 많다. 범인(凡人)들의 자서전이 대개 흥미로운 것이 아니듯 말이다.

슈퍼를 나서는 내 등에 대고 할아버지가 쐐기를 박는다.

"퇴근길에 올 거지? 오늘 아침 건 어제 저녁 치여."

나는 웃으며 고개를 끄덕인다.

"그럼요."

할아버지가 초코파이 하나를 더 뜯으며 꽥 소리친다.

"왜 아무것도 안 사가?"

✚ ✚ ✚

점심시간에 병원 구내 서점에 들른다. 나는 인터넷에서 여러 물건들을 사지만, 책만큼은 인터넷으로 사지 않는다. 구내 서점에서 주문할 수 있는 데다 할인 폭도 비슷하기 때문이다. 이 서점의 여직원은 늘 불만에 가득 찬 얼굴을 하고 있고, 서점에 책을 주문하면 인터넷보다 더 늦게 배달된다. 하지만 바로 이점 때문에 나는 구내 서점을 이용한다.

어느 가게든 상냥한 여직원과의 대화는 재미가 없는 법이다. 그들은 대개 사무적이며, 한가한 시간엔 책을 읽는 대신 손톱을 다듬으며, 손님이 빨리 책을 골라서 나가길 바란다. 그녀들과의 대화는 대부분 이런 식이다.

"어서 오세요."

"네. 오늘 날씨 좋네요."

"그러네요. 무슨 책을 찾으시죠?"

"케익 만들기 책 있어요?"

"여기 있습니다. 좋은 하루 되세요."

"감사합니다."

혹은,

"요리책 코너에서 보시겠어요?"

"아, 그렇군요. 감사합니다."

당신이라면 재밌겠는가? 초보자용 영어회화 같은 위의 대화가?

반면 불만이 많은 직원과는 대화의 폭이 넓어진다.

"헤어스타일 별루네요. 어느 미용실에서 했어요?"라고 물으면 바로 스케일이 더 큰 보복이 돌아온다.

"쌍꺼풀 후지네요. 어느 병원에서 했어요?"

"이 병원 직원 중에서 당신 말고 누가 제일 재수 없나요?"라고 물으면 "그건 당신이죠."라고 답한다. 칭찬 모드로 바꿔도 재밌다.

"헤어스타일 멋져요. 나도 그 미용실 다닐래요. 소개시켜 줘요."라고 말하면 싫지 않은 표정으로 그녀는 대답한다.

"싫어요. 나만 다닐래요. 내가 왜 남 좋은 일 시켜줘요? 미용실 원장도 남이고 당신도 남이잖아요. 게다가 난 손님 많은 덴 딱 질색이에요."

주문한 책이 오기를 기다리는 동안 나는 행복해진다. 반드시 올 무언가를 기다리는 것은 행복한 일이다. 확신만 있다면 조금 늦게 도착해도 초조하지 않다. 약속된 기다림은 아무리 길어도 달콤하다. 더구나 그 행복은 내가 주문한 것이 아닌가? 따라서 인터넷으로 주문한 커피나 CD나 DVD 같은 물건들이 예정된 약속시간보다 늦게 도착해도 나는 화를 내지 않는다. 기다림의 달콤함을 연장해 준 고마운 택배회사에 화를 낼 이유가 없는 것이다. 이 같은 즐거움을 왜 매장에서 직접 사는 것으로 망치려 하겠는가?

나는 서점 여직원에게 초보자용 케익 만들기 책을 주문한다. 집에 들어가선 인터넷으로 오븐레인지를 주문해야겠다. 덕분에 한 달간 점심을 라면으로 때우게 생겼지만 말이다.

여직원이 퉁명스레 말한다.

"4일 뒤에 오세요."

인사를 하고 나오다 서점에 비치된 이번 호 여성지에서 강한의 인터뷰 기사를 또 발견한다. 나는 잡지를 넘겨 그의 사진을 미친 듯 찾아낸다. 기사 내용보다는 사진이 궁금해서다. 기사의 왜곡은 사진의 왜곡보다 더 심하니까 오히려 사진이 믿을 만하다. 그는 여전히 웃지 않고 있다. 웃지 않는 것이 자신의 트레이드마크인 줄 아나 보다.

당신 참 여러모로 인색해. 요즘은 증명사진을 찍을 때조차 웃는데 말이야. 여러모로 배우는 못 되겠어. 그들은 웃기 싫을 때도 웃거든.

이번 호는 몰래 찢어갈 수 없어서 할 수 없이 돈 주고 산다. 서점 여직원과 감시카메라가 사이좋은 동료처럼 날 노려보고 있기 때문이다.

이번엔 케익 만들기에 뛰어든다. 풍덩 빠져들 것인가, 발장구만 칠 것인가? 아직은 알 수 없다. 케익 만들기가 내 적성에 맞는지 알려면 케익을 만들어보는 수밖에 없다. 내가 만든 케익이 맛있는지 알려면 먹어봐야 알 수 있듯 말이다.

나는 만들리라. 초코 케익을. 그리고 먹으리라. 테두리는 눈깔사탕으로 둘러야지.

✛ ✛ ✛

　퇴근시간이 다가온다. 수정이 상담데스크로 다가와 저녁에 자기 대신 소개팅을 하라고 한다. 달랑 단행본 한 권을 낸 서른 먹은 만화가라고 미리 귀띔을 하면서. 내가 거절하면 자신이 곤란해질 거라고 덧붙인다. 수정의 커밍아웃은 내게만 해당되는 것이다. 언제까지가 될지는 모르겠지만 아직까지는 말이다. 거절할 이유가 없지 않은가? '대신'하는 것이야말로 내 전문인데. 어차피 저녁은 해결할 수 있을 것이다. 혼자서가 아닌 누군가와 함께 말이다.

　수정은 급히 퇴근하고 나는 천천히 소개팅 장소로 향한다. 서두르면 미용실에서 드라이라도 하고 갈 시간이 있지만 굳이 그러고 싶진 않다. 내겐 소개팅용 머리와 의상이 따로 없다. 늘 즉흥에 기대고 거기서 새어나오는 음으로 춤춘다. 거울을 꺼내 들고 립스틱만으로 입술에 포인트를 주며 즉흥곡에 가사를 붙인다.

　모르는 일이 저녁에 일어나길 바랐어. 그럼 아침부터 설레거든. 깜짝 생일파티, 폭죽, 선물상자, 선물에 달 리본과 포장지. 모두 내가 좋아하는 것들이지. 사실 좋아하긴 해도 받아본 적이 없어. 그래서 막상 받는다면 정말로 좋을지는 잘 모르겠네.

　약속시간에 맞춰 커피숍에 들어선다. 먼저 온 서른의 만화가

가 먼저 주문한 커피의 계산서 뒷면에 그림을 그리고 있다. 만화가는 자투리 시간에 무얼 그리는지 궁금해진다. 갑자기 개구리가 떠오른다. 그가 그리고 있는 게 개구리라면 좋겠는데. 못생긴 개구리. 그럼 당신을 내 인연이라 생각할 텐데.

우리는 간단히 통성명을 한다. 만화가가 말한다.

"자기소개는 생략하죠."

잘됐네. 나도 자기소개를 하러 나온 건 아니니까. 서론을 생략하면 본론은 얼마만큼 멋져야 할 것인가.

"자러 가고 싶네요. 거기한테 첫눈에 반했어요."

그의 표정이 불행해 보여서 마치 죽으러 가고 싶네요, 하는 것처럼 들린다. 정말 죽이네요. 이게 당신이 여자 꾀는 방법인가요? 죽도록 불행한 얼굴로 자러 가자고 처음부터 들이대는 게? 나는 머뭇거리느라 대답할 시간을 놓친다.

"집에 일찍 가야 되나요?"

"네. 고양이가 기다려요."

"그럼 일어나죠. 미안합니다."

그가 상심하며 일어선다. 앗, 멜빵바지다. 그리고 물방울 머플러라니⋯⋯. 소개팅 나온다고 나름 옷차림에 신경을 썼구나. 당신도 참, 나처럼 패션 감각이 특이하단 소리 많이 듣겠어.

갑자기 미안해진다. 이런 방법은 어떤 여자에게도 통하지 않을 걸 생각하니 그가 불쌍해진다. 그제야 그가 한쪽 다리를 전다는 사실을 눈치 챈다. 발이 저려서 다리를 저는 건 아닐 것이다. 지금 앉은뱅이책상에 앉았다가 일어선 게 아니지 않은가. 나는 그를 붙잡는다.

"사실, 집에 가도 할 일은 별로 없어요."

그의 얼굴이 조금 환해진다. 조금 덜 미안하다. 그와 저녁을 해결하진 못할 것 같다. 그는 다른 걸 해결하러 나온 것 같으니까. 그는 모텔비가 없다면서 DVD방으로 갈 것을 너무 쉽게 제안한다. 그를 내 집으로 데려갈까 잠깐 생각하곤 포기한다. 내 집으로 가는 길은 멀다. 이 남자와 멀리 가진 못할 것이다. 다리가 불편하니까. 그가 손을 내밀지 않아서 나는 그에게 손을 내민다. 이제 자러 갈 사이가 아닌가? 좀 더 친하게 굴어도 괜찮을 것이다. 그는 내 손을 잡는 대신 계산서를 집는다. 커피 값도 남자가, 모텔비도 남자가, 섹스 제안도 남자가.

진부하다. 쉬운 걸 진부하다고 말한다면 그는 나의 인연일 것이다. 계산서 뒷면에 개구리까지 그렸다면 말이다. 나는 그에게 묻는다.

"뒷면 좀 보여줄래요?"

"네?"

그가 보여주기도 전에 나는 본다. 개구리가 아니라 S.E.X. S.E.X. S.E.X. 온통 S.E.X.뿐인 영문 글씨를.

그가 치르고 싶어 했던 모텔비를 내가 대신 치르고 룸으로 향한다. 엘리베이터에 오르며 그가 혹시 변태섹스광이 아닐까 하는 생각이 잠시 스친다. 아마 아닐 것이다. 섹스란 글씨를 공공장소에서 드러내놓고 낙서하는 사람치고 섹스광은 없을 테니까. 원래 흉악범이란 별로 의심가지 않는 지극히 소심하고 평범한 이웃인 경우가 많지 않은가? 그는 이웃도 아닌 데다 특이한 차림새까지 했으니 안심해도 될 것이다.

우리는 다정하지 않은 초짜 연인처럼 룸에 들어선다. 그는 또 서론을 생략한다. 즉 바지만 벗은 것이다. 멜빵바지만. 그리곤 급하게 내 위에 올라타서 드라마의 한 대사를 이빨 사이로 내뱉는다.

"복수할 거야, 나쁜 년……."

벌써 나에게 복수할 일이 생긴 건 아닐 테니 내게 대고 하는 욕은 아닌 게 분명하다. 그가 내 얼굴에 다른 여자를 겹치고 있다. 옛 애인이거나 현재진행형이거나 나 홀로 진행 중인 여자일 것이다. 누구인진 모르지만 다른 여자 대신 나는 그와 섹스하고 있다. 이럴 바에야 나보다 예쁜 여자라면 좋겠다. 섹스 하는 동안만큼은 잠시나마 예쁜 타인으로 살아보게 말이다. 복수심이 그에게 쾌락을 불러일으킨다. 애초에 갖고 나온 의도에 하나를 더 얻은 것이다. 또다시 즉흥곡에 가사를 붙인다.

난 하루치의 계획밖엔 없어. 내일은 내가 뭐로 살지 몰라. 근데 하루치의 계획도 변변한 게 못 되나봐. 이런 걸 헛다리 긁는다고 하지. 당신, 브레이크 줄 알고 밟았는데 액셀이네. 운전은 생초보라서. 장애물은 없으니 그냥 달려도 되겠지? 어제 난 튀어 올랐었어. 탁구공으로 살았거든. 그런데 오늘은 대타네. 큭.

그가 묻는다.

"왜 웃죠?"

나는 대답한다.

"웃고 싶으니까요."

그가 또 묻는다.

"좋아?"

그가 다른 여자에게 묻고 있는 게 분명하다. 다정한 어투의 반말로 바뀌었으니 말이다. 나 역시 다정하게 대답한다.

"아니. 하지만 괜찮아."

분명한 내 목소리가 그를 상상에서 깨운다. 그가 비로소 다른 여자의 대답이 아닌 나의 대답이란 걸 깨닫는다. 얼굴은 눈을 감고 상상력으로 어찌해서 바꿔볼 수 있었지만 목소리는 바꾸지 못한 것이다. 제정신으로 돌아온 그가 부리나케 일어서서 옷을 입는다. 그래도 본론은 끝냈으니 다행이란 표정이다. 그는 작별 인사 없이 룸을 먼저 나선다. 낯선 여자에게 남자로 인정받지 못해 자존심이 상한 데다, 자신의 애인인 다른 여자에게 미안해진 탓이다.

그의 뒷모습은 보지 않는다. 뒤돌아보지 않기 위해서다. 이제

나는 뒤돌아보는 게 싫어졌다. 뒤돌아보면 앞으로 나아갈 수 없게 되고 그것은 나와, 내 이름과도 어울리지 않는다. 그를 잊을 것이다. 그를 쉽게 잊기 위해 이름 3행시는 짓지 않겠다. 하긴 벌써 잊은 것 같다.

잘 가, 잊은 사람. 깜짝 파티도, 폭죽도, 선물상자도 없었지만 당신의 예의 없음이 나를 놀라게 해서 재미있었어. 혹시 낯선 여자랑 섹스하면서 애인을 떠올리는 게 당신의 불행을 유턴시키는 방법?

집으로 돌아오는 길에 두배 슈퍼에 들른다. 할아버지의 입 안에서 공이 굴러다닌다. 눈깔사탕인가 보다. 텔레비전의 '흘러간 가요' 프로에서 왕년의 가수가 나와 흘러간 노래를 부르고 있다. 할아버지가 노래를 따라 흥얼거린다. 내가 들어서자 노래를 뚝 멈추곤 기다렸다는 듯 불평을 늘어놓는다.

"에잉, 저것도 노래라고…… 주둥이 닥치지 못할까?"

나는 씨익 웃으며 초코우유 하나를 들고 할아버지에게 다가간다. 그에게 초코 케익을 대접할 생각을 하니 기분이 나아진다. 할아버지의 요구대로 오늘은 '죽었니? 살았니?' 게임을 두 번 했다. 초코우유 값과 함께 오늘의 계산을 마친다.

오는 길에 새집에도 들른다. 동네에 새집이 생겼기 때문이다. '헌집 줄게 새집 다오'의 새집이 아니라 새를 파는 가게 말이다. 나는 가게 주인이 권하는 앵무새를 산다. 가게 주인이 권하는 물건이란 원래 주인이 빨리 팔고 싶은 물건이다. 대개 품질이 안 좋은 물건이기 때문에 어서 팔아치우고 싶은 것이다. 그런 이유로 나는 무조건 가게 주인이 권하는 것을 산다. 내가 사지 않으면 다른 손님에게 권할 것이기 때문이다. 그러면 속아서 물건을 사간 손님은 그 가게를 다신 찾지 않을 것이고, 그런 손님이 많아지면 그 가게는 머지않아 문을 닫을 것이다. 나는 문을 닫는 가게가 없었으면 좋겠다. 나는 닫힌 문을 싫어한다. 내가 가는 곳은 어디든 활짝 문이 열려 있길 바란다.

이 년 전, 애견센터에서 주인이 권하는 강아지를 샀었다. 원래 강아지를 사려던 수정을 따라간 것이었는데 수정은 맘에 드는 강아지가 없다고 했다. 한참을 구경하고 물어본 것이 미안해서 나는 주인에게 강아지 한 마리를 골라달라고 했다. 젖을 뗀 지 얼마 안 된 그 강아지는 우리 집에 온 지 며칠 안 돼서 죽었다. 이름도 지어주지 못했는데 말이다. 그때 수정은 말했다. 처음부터 병든 강아지였다고. 내게 사지 말라고 몇 번이나 눈짓을 했는데도 내가 알아보지 못했다는 것이다.

나는 알고 있었다. 수정이 내게 눈짓을 보내고 있다는 것을. 그걸 알아채긴 너무 쉬웠다. 주인도 알아챌 정도였으니까. 하지만 모른 체하기도 쉬웠다는 것을 밝혀둔다.

나는 새집 주인이 새장에 넣어준 앵무새를 받아든다. 그리고 "앵무새야, 안녕?"이라고 말한다. 앵무새가 "앵무새야, 안녕?"

이라고 따라 말한다. 나는 어린 시절부터 나를 지나치는 모든 이에게 "안녕?"이라고 말했다. 까치야 안녕, 잠자리야 안녕, 비둘기야 안녕, 개나리야 안녕, 친구야 안녕, 사람들아 안녕, 안녕, 안녕이라고.

그 시절 열 가운데 하나라도 내게 "안녕?"이라고 제대로 대답해 주었다면 나는 지금 어떻게 되었을까? 지금과는 많이 다른 사람이 되었을까? 이따금 궁금해질 때가 있지만 여전히 나는 지금과 같은 나이지, 나일 거란 생각을 한다.

나는 다시 앵무새에게 "안녕?" 하고 말한다. 앵무새도 나를 따라 "안녕?" 하고 말한다.

앵무새야, 너도 쉬운 새니? 나처럼 너도 가벼운 새니? 빠른 새니? 그래서 벌써부터 날 닮아가는 거야? 어쩜 그렇게 내 말을 잘 따라 하는 거야?

드디어 첫 작품이 나왔다. 내가 만든 케익이 맛있는지 알기 위해 한 조각 먹어보았지만 알 수 없었다. 그래서 한 조각을 더 먹는다. 여전히 알 수 없다. 한 조각을 더 먹을까 고민하다가 수정에게 전화한다. 원래 처음에 느낌이 오지 않으면 그다음도 마찬가지다. 쓸데없이 느낌을 가지려고 애쓰다 헛배만 불릴 필요는 없는 것이다.

모든 케익은 시간과 온도가 중요하다. 그리고 무엇보다 달걀 거품이 성공 여부를 결정한다. 달걀에 멍울이 지지 않게 거품을 잘 푸는 것이 말이다. 내가 한 말은 아니고 케익 만들기 책에 쓰여 있다. 그러니 케익에 대해 궁금한 것이 있으면 내 말을 듣기보다 케익 만들기 책을 볼 것을 권한다. 하지만 오늘은 반드시 테이블 위에서 대접하리라 결심했으므로 케익 만드는 시간보다 테이블을 치우는 시간이 더 걸렸다. 케익을 만드는 데 필요한 재료들을 테이블 위에 전부 올려놓았기 때문이다. 집에는 병원의 호출이라 거짓말을 하고 수정이 달려왔다. 수정이 들어서자마자 소개팅에 대해서 묻는다.

"어땠어?"

"으음, 재밌었어."

"또 만날 거야?"

"아니."

"그럴 줄 알았어."

수정이 더 이상 묻지 않는다. 그럴 줄 알았어, 라니. 그 말은 이미 아는 사이란 뜻? 나도 수정에게 더 이상 묻지 않는다. 수정에게 어떤 의도가 있었다면 그건 수정의 의도지 나의 의도는 아닌 것이다.

나는 테이블 위에 식탁보를 깐 다음 수정을 의자에 앉힌다. 그리고 접시 위에 케익 한 조각을 올려놓고 포크와 함께 내민다. 내친 김에 와인 잔에 샴페인도 따라준다. 샴페인 잔이 없기 때문이다. 머릿속에 한 문장이 떠오른다. 근사해!

나는 칭찬받고 싶은 학생의 심정으로 수정을 바라본다.

"이게 언니 처녀작이란 말이지?"

"응."

수정이 힘주어 말한다.

"처녀작."

"그렇다니까."

우리의 웃음이 동시에 터진다. 이어 동시에 배를 잡고 웃는다. 같은 생각을 하고 있기 때문이다. 대사는 수정의 입에서 먼저 터진다.

"호호호, 처녀래, 처녀. 재수 없지 않아? 왜 총각작은 없는 거야?"

"그러게. 호호호호."

우리는 눈물이 나도록 깔깔댄다. 웃다가 배가 고파진 수정이 포크를 들고 시식을 한다. 처음 한 조각을 다 먹을 때까지 수정은 말이 없다. 수정이 고개를 갸우뚱한다.

"모르겠어. 한 조각 더 줘봐."

나는 한 조각을 더 내민다. 한 조각을 더 먹고 나서도 수정은 여전히 고개를 젓는다. 나는 똥 마려운 강아지처럼 보챈다.

"그래도 모르겠어?"

"응."

나는 세 번째 조각을 접시에 올린다.

"그만. 더 이상 못 먹겠어."

"안 돼. 수정아, 난 꼭 알아야 돼. 이게 맛있는지."

갑자기 수정의 눈물이 터진다.

"맛없어. 진짜 맛없어. 이렇게 맛없는 케익은 태어나서 첨 먹어봐."

수정이 소리 내어 운다.

"아무도 주지 마. 정말 맛없어. 딴 사람도 다 그렇게 말할 거야. 언니가 케익을 만든 사실까지 후회하게 될걸? 아니 케익 만든 걸 저주할 거야."

접시에 코를 박으며 수정이 서럽게 운다.

"왜 울어? 그렇게 잔인하게 말하니까 미안해서 우니? 울려면 내가 울어야지."

"언니 주변엔 나말곤 바른 말 해주는 사람이 없잖아. 그래서 우는 거야. 언니가 불쌍해서. 흑흑."

"눈물 나게 고마운데, 바른대로 말 안 해?"

"진실은 달콤하지 않아. 이 케익도 달콤하지 않아. 이게 진실이야."

나는 눈을 부릅뜨고 소리 지른다.

"야!"

드디어 수정이 진실을 말한다.

"그 애랑 헤어졌어. 흑흑흑."

확실한 여성스러움이 맘에 들었던 화끈한 숏컷 머리의 여자. 그녀가 수정의 애인이다. 아니 애인이었다. 수정이 실연당했다. 나는 흥분한다. 나는 남의 실연에 쉽게 흥분한다.

"아니 언제, 왜?"

"어제. 여자끼린 안 그럴 줄 알았는데 가난하다고 차였어. 기분 너무 더러워. 흑흑흑."

나는 수정의 어깨를 다독이며 위로할 말을 찾는다. 수정이 먼저 고백한다.

"내가 부담스럽대. 우리 집 처지가 부담스럽대. 데이트 비용도 부담스럽대. 그러면서 화를 내는 거 있지."

"원래 똥 싼 놈이 화내잖아."

"큭."

이번에도 우리의 웃음이 동시에 터진다. 이번에도 동시에 배를 잡고 웃는다. 역시 같은 생각을 했기 때문이다. 볼에 눈물이 마르기도 전에 웃어버린 수정이 이번에도 먼저 말한다.

"왜 똥 싼 년이 아니고 똥 싼 놈이지?"

"그러게. 왜 하필 놈일까?"

"여성 차별하는 속담이 얼마나 많은데……. 참 기특하다. 누가 지었을까?"

"수정아, 우리 앞으로 똥 싼 놈이 화낸다는 말 자주하자. 우린 남성 차별적인 농담, 무지 좋아하잖아?"

수정이 맞장구치며 웃는다. 나는 수정이 웃도록 내버려둔다. 그녀를 잠시 잊도록. 울다가 웃으면 어디에 뭐 날까 봐 조금 걱정이 되긴 하지만 말이다.

훌륭한 창작품은 주로 여자들이 만들고(처녀작), 배설물은 주로 남자가 만든다고(똥 싼 놈) 생각하니 우울한 기분이 좀 가시는 듯했다. 우리에게 남자에 대한 적개심이 있어서 그런 건 절대 아니다. 단지 우리가 여자라는 이유 때문이다.

수정아, 우리 웃자. 사소한 일이건 큰일이건 웃고 넘겨버리자. 한바탕 웃음으로 모른 척하기엔 우리가 받은 상처가 너무 클지 모르지만, 웃고 웃고 웃다 보면 마침내 언젠가는 우리가 원하는 지점에 다다를 수 있을지 몰라. 그럼 그때 가서 우리의 불행을 유턴시켜 버리는 거야. 보란 듯이. 아무도 봐주진 않겠지만 말이야. 응?

✚ ✚ ✚

쉬는 날이다. 세 번은 짧게 세 번은 길게 문을 두들기는 소리가 들린다. 옆집 남자가 드디어 김치를 가지러 왔다. 그런데 가지러 온 것이 아니라 가져가지 않겠다는 말을 하러 온 것이다. 그는 내게 김치냉장고가 없다는 점과 짧지 않은 보관기간을 고려한 결과, 김치는 시었을 거라고 장담한다. 신 김치는 김치찌개를 해먹어야 제 맛인데 자기는 요리를 못한다는 것이다. 요리라는 거창한 표현에 웃음이 나온다.

"너무 어렵게 생각하지 마세요. 생각보다 쉬워요. 너무 쉬워서 매일 해먹고 싶을 정도라니까요."

쉽다는 나의 말에 솔깃해진 듯 그가 묻는다.

"정말 그렇게 쉽습니까?"

나는 자신 있게 답한다.

"네. 우선 참기름을 냄비에 깔고 김치를 넣어 달달달 볶다가 물과 소금을 넣어요. 팔팔 끓을 때 양파, 두부, 파를 마저 넣으면 끝. 양파가 없으면 설탕을 조금 넣고, 두부도 없으면 넣지 말고, 파도 다듬기 귀찮으면 넣지 말아요. 참, 라면사리도 일품이죠."

김치를 볶을 때 고추장을 넣어서 볶으면 더 맛있을지 모르겠지만 나는 이 말은 생략한다. 쉬운 인상을 심어주기 위해 최대한으로 재료를 생략해준 것이다. 그의 안색이 변한다. 나는 그에게 그동안 안 좋은 일이 있었냐고 묻는다.

"배가 고파서 그럽니다. 며칠 동안 굶었어요."

현기증이 난다는 듯 그가 이마를 짚는다.

"지금 김치찌개 냄새가 나는 것 같아요."

그리곤 아프리카의 결식아동 같은 표정으로 날 바라본다. 굶주린 표정으로 말이다.

"왜요? 쌀이 없어요?"

"그동안 아팠어요. 누구의 보살핌도 못 받았기 때문에 아직도 아프다고요. 나이지 씨, 간, 호, 사, 맞습니까?"

나더러 찔리라는 듯 그가 간호사란 단어에 힘을 준다. 당장 김치찌개를 끓여주고 싶지만 그의 위가 오랜만에 받아들일 음식으로는 적합하지 않은 것 같아 그에게 돌아가서 기다리라고 말한다. 기다리는 자가 더 맛난 죽을 먹을 수 있나니. 나는 찬밥을 꺼내 김치를 송송 썰어 넣고 김치죽을 끓여다 준다.

오늘은 두 번이나 '세 번은 짧게 세 번은 길게' 문을 두들기는 소리를 들어야 했다. 그 소리는 라면사리를 넣은 김치찌개로 막 저녁식사를 하려던 참에 들려왔다. 그에게 김치찌개 요리를 강의해 놓고 해보지 않는다는 건 말이 안 된다. 김치찌개 요리가 쉬운지 알려면 직접 해봐야 하는 것이다. 나는 아쉬운 마음으로 젓가락에 집힌 라면 가닥을 내려놓곤 자리에서 일어선다.

두드려라. 열어줄 것이다.

현관문을 여니 옆집 남자가 환한 표정으로 서 있다. 그러면서 자기도 가끔은 기분파라며 데이트를 제안한다. 김치죽에 대한 고마움의 표시로 데이트 비용은 자기가 다 낸다는 것이다. 평소 같으면 약속이 두 개쯤 있었을 텐데 오늘은 아무 약속도 잡질 않왔다. 내겐 나날들이 많지 않은가? 그러니 그냥 흘러가는 대로 가는 날도 있는 것이다.

그가 10분 후에 데리러 올 테니 나갈 준비를 하고 있으라고 한다. 나는 거절하지 않는다.

라면을 먹고 나가기에도, 화장을 하기에도, 시간이 모자라다. 그래서 이빨만 닦기로 한다. 나는 라면을 건져 음식물 쓰레기통에 버리고, 김치찌개는 그대로 남겨놓는다.

오늘 그를 통해 세 번 웃을 거라 결심한다. 짧게 웃건, 길게 웃건 세 번은 웃을 것이다. 결심은 중요하지 않다. 웃는다는 게 중요하다. 나는 서둘러 가벼운 외출복으로 갈아입는다. 그리고 시계를 본다. 10분이 지났다. 그는 오지 않는다. 30분이 지나도, 한 시간이 지나도 그는 오지 않는다. 그래서 내가 그에게 가기로 한다. 산이 내게 오건 말건 상관하지 않고 내가 가는 마당에, 그가 오건 말건 상관없이 그에게 가지 말란 법은 없다. 게다가 옆집은 산에 비해 얼마나 가까운가? 그러니 자주 간다 해도 상관없을 것이다.

현관문을 여는 순간, 옆집을 나서는 그가 보인다. 그의 말대로 기분파가 맞나 보다. 때 빼고 광을 낸 그를 보니 화 대신 픽 웃음이 나온다. 짧게 한 번. 대체 얼마나 때를 벗겨낸 걸까? 피부가 원래 저렇게 아기 기저귀처럼 보송보송했었나? 아님 천연 화장을 한 걸까? 갑자기 그의 얼굴을 만져보고 싶어진다. 요즘은 남자들도 간단한 기초화장을 하니까. 혹시 화장한 거 아니냐고 물으면 그가 이렇게 화를 내겠지?

"내가 화장이나 하는 한심한 남자로 보입니까?"

그 말이 사실인지 확인하기 위해 얼굴을 만져봐도 되냐고 물으면 또 이렇게 화내겠지?

"내가 화장한 걸 안 했다고 거짓말하는 남자로 보입니까?"

그러니 아예 묻지를 말자. 넥타이를 매진 않았지만 캐주얼한 정장 차림의 그가 사뭇 달라 보인다. 레스토랑이라도 가려는 걸까? 나비넥타이라도 있다면 목에 걸어주고 싶은 심정이다.

거리로 나서자 그가 앞만 보고 걷는다. 발걸음이 새처럼 빠르다. 도저히 따라갈 수가 없다. 데이트 신청한 거 맞아? 나란히 걷는 법을 모르나? 우리 집 앵무새랑 소개팅 시켜줄까? 뒤에서 그를 원망스레 바라보는 순간 그가 동네의 한 연탄 조개구이집으로 들어선다.

조개구이집은 임대아파트 근처 대로변에 있었지만 나는 모르고 있었다. 사람들이 찾지 않는 뒷골목의 가게들만 찾아다녔으니 알 턱이 없다. 그를 따라 조개구이집에 들어서는데 픽 웃음이 나온다. 두 번째로 짧게.

그가 "왜요?" 하고 묻는다. 나는 그의 복장을 가리킨다.

"옷차림이 이 집하고 안 어울려요."

그는 웃지 않고 대답한다.

"거기도 마찬가지요."

오늘 내가 입고 나온 옷은 풍덩 치마에 악어 캐릭터 티셔츠다. 내가 이름을 붙여준 이 풍덩 치마는 풍덩해서 풍덩 치마다. 풍덩 치마는 내가 아끼는 치마로 원래 용도는 옷을 갈아입을 때 입는 치마였다. 처음에 이 치마를 시장에서 집어 들었을 때 판매용인 줄 알았다. 매장이 아니라 시장, 즉 새벽시장에서 말이다. 나는 옷 갈아입는 곳이 버젓이 있는 매장에서는 옷을 사지 않는다. 시장보다 비싸기 때문이다. 그러니 시장엔 옷 갈아입을 때 입는 치마가 있을 수밖에. 이런 치마가 없다면 사람들은 자신의 속옷을 거리에서 내보이며 사고 싶은 옷을 입어보아야 하리라.

직원은 이 치마를 가리켜 일명 손님접대용 치마라고 했다. 너무 많은 손님들이 입어봤기 때문에 낡아서 팔기가 미안하다는 것이다. 나는 직원의 말을 듣는 동안 풍덩 치마의 매력에 풍덩 빠져들었다. 그래서 사겠다고 박박 우겼다. 직원이 팔겠다고 너무 쉽게 마음을 돌렸으므로 박박 우길 필요까진 없었다는 걸 사자마자 알게 됐다.

나는 이 치마가 불쌍했다. 다른 옷을 파는 데 도움을 주기만 할 뿐 자신은 평생 가도 팔릴 일이 없기 때문이었다. 게다가 허구한 날 공기도 안 좋은 시장에만 있으니 얼마나 답답할 것인가? 이 치마도 어디든 갈 권리는 있다. 아무리 낡아빠진 치마일지라도 신선한 바람을 쐬어야 할 권리가 있는 것이다.

어쨌거나 차림새가 어울리지 않아도 손님을 차별하지 않는 게 이 집 주인의 방침인 것 같다. 한참을 기다린 후에 옆집 남자가 주문한 조개가 나온다. 조개를 들고 온 직원이 선심 쓰듯 설명을 해준다. 첫판은 자기가 올려주지만 다음 판부터는 손님이 알아서 구워 먹어야 한다고. 이 집은 직원의 방침도 따로 있나 보다. 세상엔 마땅히 자기가 해야 할 일을 하면서도 선심 쓰듯 해주는 사람들이 많다.

옆집 남자가 나더러 다음 판부터 조개를 구울 수 있냐고 묻는다. 자신은 집안일을 안 해봐서 조개를 못 굽는다고 한다. 이건 바깥일이에요, 라고 말해주려다 관둔다. 그는 자신도 처음이라 이 집의 방침이 조금 당황스럽긴 하지만 손님에게 우선권을 주는 점은 높이 사고 싶다고 한다.

연탄 냄새를 맡아가며 조개를 먹는 일은 괴로운 일이다. 굽는 일은 더 괴로운 일이다. 사람들은 왜 이렇게 괴로운 일을 사서 할까? 사서 할 즐거운 일도 많은데. 그래도 구워야 한다. 그의 부탁인 데다 굽다 보면 즐거워질지도 모르니 말이다.

그가 조개를 대하는 태도는 가히 장관이다. 조개 앞에서 어찌해야 할 줄 모르고 진땀을 흘리며 쩔쩔매고 있다. 혹시 껍질까지 먹어야 하는 줄로 알고 미리 벌벌 떠는 거 아냐? 다 먹고 난 다음엔 조개껍질 묶어 내 목에 걸어주는 거 아냐? 그럼 난 훌라춤이라도 춰주어야 하나?

나는 가위를 들어 큰 조개는 한 입 크기로 썰고, 작은 조개는 젓가락으로 집기 쉽게 미리 껍질에서 떼어놓는다. 그리고 초고추장과 간장와사비를 그 앞으로 내민다. 나는 장 종류는 안 먹으니까 그가 전용으로 먹으면 된다. 그래도 모를까 봐 덧붙인다.

"조개국물이 보글거리면 잘 익은 거니까 조개만 집어서 입맛대로 찍어 드세요."

조개만 집으라는 말을 껍질까지 먹으면 안 된다는 말로 알아들었겠지?

그가 고개를 끄덕이며 첫 조개를 집어 초고추장에 푹 찍어 맛있게 먹는다. 조개는 조개 맛이지 장맛이 아닌데도 초고추장을 많이도 찍는다. 나는 농담조로 묻는다.

"처음이죠?"

"뭐가 말입니까?"

뭐긴 뭐겠어. 당신이 지금 먹고 있는 게 조개 말고 또 뭐가 있어. 아, 소주도 있구나. 설마 소주가 처음일라구? 그래도 설마가 사람 성질 돋우니까 성실하게 답해주자.

나는 웃으며 답한다.

"조개요."

그가 화내며 말한다.

"날 뭐로 보는 겁니까?"

"네?"

"처음이란 걸 비아냥거리는 말투네요. 처음이라고 무시하는 겁니까? 그러면 세상의 1학년 학생들은 첫 등교하는 날 모두가 수치심을 느껴야겠군요. 초등학교, 중학교, 고등학교, 대학교에 처음 가니까요."

사실 1학년 학생들은 첫 등교하는 날 학교에 처음 가는 게 아니라 입학식 날 처음 간다. 대학생은 그보다 먼저 원서 접수 날 처음 간다. 이 말을 하는 건 그의 화를 더 키우는 일이 될 것이다.

"미안해요. 난 그냥……."

"처음 아닙니다."

그가 내 말을 자르며 필요 이상으로 흥분한다. 거봐, 토 안 달길 잘했지. 이 정도로도 충분히 흥분해 있다고.

"혼자서 지겹도록 먹어 봤어요. 서서도 먹고, 앉아서도 먹고, 누워서도 먹어 봤어요."

누워서까지? 에이 설마. 누워서 떡 먹기란 말은 들어봤어도 누워서 조개 먹기란 말은 처음…… 아이, 말을 말자. 하지만 화나게도 하지 말자. 나는 고분고분하게 말한다.

"네에, 그랬군요."

"아, 누군가와 함께 먹는 것과 혼자 먹는 것의 차이가 있겠군요. 늘 혼자서 먹었으니까. 이렇게 마주 앉아 함께 먹는 건 처음이라고 할 수 있겠네요. 앞에 어떤 관용어가 붙느냐에 따라 해석상의 차이가 있겠는데요."

그가 흥분을 가라앉힌다.

"맞습니다. 같이 먹는 건 처음입니다."

지금도 혼자 먹고 계세요. 난 조개 굽느라 한 개도 못 먹고 있거든요.

그가 소주병이 빈 것을 알게 된다. 흥분이 사라지니 새로운 사실에 주목하게 된 것이다. 그는 주인에게 손을 번쩍 들어 소주 한 병을 더 시킨다.

"이지 씨는 사람을 몰고 다니나 보죠?"

나는 두 번째 판에 조개를 올리느라 그의 말을 놓친다.

"네?"

"봐요. 앉을 자리가 없잖아요."

그제야 나는 가게를 둘러본다. 정말 앉을 자리가 없다. 그런 말 많이 듣는다고 했다간 잘난 척한다고 잔소리를 늘어놓을 게 뻔하다. 그래서 그냥 "그러네요." 한다.

"그동안 주기만 하다가 얻어먹으니까 기분이 어때요?"

"좋아요."

"이지 씨가 좋다니까, 좋군요."

하지만 정작 혼자서 기분을 내고 있는 건 그다. 조개를 굽지 않기 때문에 먹는 일 말고는 별로 할 게 없는 그가 소주를 바쁘게 마셔댄다. 나는 조개를 굽느라 조개고 소주고 제대로 먹을 여유가 없다. 잠시 짬을 내어 급히 익힌 조개 하나를 급하게 입으로 가져가려는 순간, 풍덩 치마에 조개가 톡, 떨어진다. 치마에 떨어진 조개, 아니 조개가 떨어진 치마를 보며 세 번째로 푸웃, 웃는다. 세 번째는 길게. 이제부터 웃는 건 덤이다.

옆 테이블 남녀가 아까부터 찰싹 붙어 앉아 쪽쪽대고 있다. 지하철이든 공원벤치든 포장마차든 흔한 풍경이건만, 옆집 남자는 그들이 무안할 정도로 흘금댄다. 그들에게 들으라는 듯 그가 말한다.

"세상은 섹스중독자들로 넘쳐나요. 체위도 밤하늘의 별만큼 다양합니다. 섹스를 업으로 삼거나, 취미로 삼거나, 섹스애호가들은 앞 다투어 신무기를 개발해서 들고 나타나지요. 별 희한한 체위가 다 있어요. 아마 체위만 연구해도 논문을 써서 박사학위까지 딸 수 있을 겁니다."

황경미라면 이렇게 말했을 것이다.

"해봤어요? 어떻게 그렇게 잘 알죠?"

하지만 옆 테이블의 남녀는 옆집 남자의 말을 듣고 있지 않다. 그들에게 섹스란 강의보다 실천일 테니까.

"사실 섹스중독자만 넘쳐나는 건 아닙니다. 세상은 여러 종류의 중독자들로 넘쳐납니다. 불행에 중독된 인간들은 행복한 순간에도 자신이 불행하단 생각을 합니다. 행복한 순간이 지나가면 곧 불행이 찾아올 거란 생각 때문에 계속 불행한 거죠. 피해의식에 중독된 인간들은 자기 혼자서 이 세상의 모든 피해를 보고 있다고 생각하며 억울해 합니다. 이 밖에도 술, 마약, 성형, 춤, 산…… 나열하자면 오늘 밤을 새도 모자라요."

내 눈앞의 조개를 다 구우려면 밤을 새도 모자랄 것 같다. 이 남자의 수다까지 다 들어주려면.

"이렇게 세상엔 다양한 종류의 중독자들로 이미 포화상태죠. 이것이 생의 다양성입니다. 나는 생의 다양성을 존중하지 않아요. 생의 획일성을 증오하기도 바빠 죽겠는데 언제 그 많은 걸 존중하고 다니겠습니까?"

다양한 사람들을 멀리서 찾을 필요도 없다. 강한은 단어 아끼기에 중독되어 가고, 두배 할아버지는 초코파이에 중독되어 가고, 옆집 남자는 수다에 중독되어 간다.

"내가 중독 이야기를 통해 뭘 말하려는 것 같습니까?"

이제부턴 퀴즈쇼야, 하는 표정으로 그가 조개에 초고추장을 찍어 한 입에 쏙 넣는다. 간장와사비는 그의 취향이 아닌가 보다. 그는 내 대답도 듣지 않고 결론을 말해준다.

"오늘부터 조개중독자가 될 것 같군요. 조개의 매력에 푹 빠졌어요."

초고추장을 그렇게 찍어 먹으면서 조개에 중독될 거 같다고? 내가 보기엔 당신, 초고추장의 매력에 푹 빠진 사람 같아.

사람들이 흔히들 어디에 중독되었다고 말할 때 거기에 중독된 게 아닐지도 모른다. 어디에 빠졌다는 건 자신만의 착각인지 모른다. 수정은 탱고에 빠졌다고 생각하지만 탱고라는 '춤' 자체가 아니라 '같이 춘다는 사실'에 빠진 건지 모른다. 탱고는 혼자 추는 춤이 아니라 같이 추는 춤이니까. 두배 할아버지는 '초코파이'에 빠졌다고 생각하지만 단맛이라는 '향수'에 빠진 건지 모른다. 유년의 향수 말이다. 한소리 선배가 빠진 건 강한이라는 '남자'가 아니라 강한이라는 '유명인'인지도 모른다. 불임환자들이 빠져 있는 건 아이를 '갖고 싶다'는 열망이 아니라 아기가 '없다'는 고통인지도 모른다. '존재'가 아니라 '부재'란 사실에 말이다.

자신이 어디에 빠져 있는지를 제대로 아는 것은 중요하다. 그러면 자신이 어디로 가야할지를 정확히 알 수 있다. 헤매지 않고 말이다.

옆집 남자가 생각에 빠져 있는 나에게 화를 낸다.

"왜 아까부터 나만 말하죠? 이지 씨는 입이 없나요? 나한테 궁금한 것도 없어요?"

이 남자는 늘 보챈다. 어른아이 같다. 그러지 않아도 궁금한 걸 물어보려 했는데. 우선은 그의 작업의 의미를 모르니까 "무슨 작업하세요?"라고 물은 다음, 그가 하는 작업이 뭔지 말해주면, "요즘 무슨 작업하세요?"라고 물어야겠다.

쿵, 그가 테이블에 코를 박고 쓰러진다. 나는 그제야 테이블 위의 빈 소주병을 헤아린다. 하나, 둘, 셋. 내가 오늘 웃은 횟수와 같다. 무의미한 계산이다. 주인이 와서 곧 가게 문을 닫아야 하니 미리 계산할 수 없겠느냐고 묻는다. 주문한 음식은 늦게 나오고 계산은 문 닫기 전에 미리 하는 것. 이것이 이 집의 주요 방침이다. 그렇다고 만취한 그의 지갑을 뒤질 순 없다. 소심하면 안주머니에 있겠고, 대범하면 뒷주머니에 있겠지만 나는 내 지갑을 꺼낸다. 그리고 계산을 한다.

옆집 남자를 부축해 조개구이집을 나선다. 그가 뒷골목의 한 오뎅 바 앞에서 갑자기 멈춰 선다. 설마 2차로 여길 들어가려고?

우에엑. 그가 오뎅 바 출입문 앞에 대고 오바이트를 하기 시작한다. 온전한 모양새를 갖춘 조개들이 줄줄이 튀어나온다. 씹지도 않고 통째로 삼킨 조개들이. 토사물이 내 치마에 튄다. 주인이 나와서 치우라고 방방 뜬다. 나는 고무장갑을 빌리고 싶었지만 일회용 비닐장갑도 못 빌린 채 맨손으로 그의 토사물을 치운다. 다 치우고 나서도 욕을 조금 더 얻어먹은 다음 겨우 그 자리를 떠난다.

드디어 그의 집 앞에 도착한다. 평소 같았으면 5분 만에 가뿐하게 날아올 거리를 30분은 족히 걸려 캑캑대며 걸어온 것이다. 취한 사람을 부축해서 걸으면 진도가 늦다는 걸 뼈저리게 깨닫는다. 그리고 취한 남자는 무겁다는 것도. 지금 그의 몸은 물에 젖은 솜, 아니 술에 젖은 솜이다. 나는 그의 주머니를 뒤져 열쇠를 꺼낸다. 그의 현관을 따고 문 안까지 바래다주는 걸로 오늘의

접대를 마친다.

    드디어 내 집으로 돌아온다. 손님접대용 치마에서 연탄 냄새와 조개구이 냄새, 토사물 냄새가 진동한다. 나는 치마를 벗고 샤워를 한다.

    오늘의 교훈 : 그날 입은 옷이 그날의 행동을 결정해준다.

✛ ✛ ✛

    자궁 외 임신으로 난리를 쳤던(사실 남편이 쳤지만) 부주은이 회복되었다. 그리고 바로 시험관아기 재 시도에 들어갔다. 병원에선 원래 3개월 이상을 회복기간으로 잡지만 부주은의 시댁 쪽에서 나이 때문에 미룰 수 없다고 고집을 부렸다. 그래서 바로 오늘이 정자를 받는 날, 말하자면 씨를 받는 날이다.

    오전 10시, 약속시간에 맞춰 부주은의 남편이 참담한 표정으로 도착한다. 배탈이 난 채로 시험장에 들어서는 수험생의 표정 같다. 왼손에 붕대를 감고 있으니 그럴 만도 하다. 수험생이 시험에 자신이 없으면 시험운도 없는 것이다.

    왜, 왜 하필 오늘 같은 날 붕대를…… 화상인가? 괴로워서 주먹으로 벽을 쳤나? 그래도 오른손은 쓸 수 있으니 다행이다.

    간호사들이 종이컵을 내밀면 남편들은 컴컴한 네모방으로 들어간다. 네모방은 남편들이 사정하는 방이라 하여 간호사들 용어로 '사정방'으로 통한다. 자위행위로 사정(射精)하는 방이기도 하고, 정자더러 나와 달라고 사정(事情)하는 방이라 해서 사정방이라 부르는 것이다.

남편들은 사정방에서 자위를 한다. 성공적으로 사정을 하면 배출된 정자를 종이컵에 담아주면 되는 것이다. 이렇게 살아 있는 정자들은 재빨리 배양실로 보내지고 채취한 난자와 함께 수정란을 만든다. 내가 만드는 건 아니다. 나는 정자가 담긴 종이컵을 재빨리 배양실로 옮기는 역할을 맡는다.

남편들의 사정 시간은 대개 10분에서 20분 정도 걸린다. 빠르면 5분, 늦으면 30분 넘게 걸리는 사람도 있다. 더 늦으면 아예 안 나온다. 한 시간이 넘게 시간을 끌어도 사정에 실패하는 것이다. 한번은 3분 만에 나온 남편이 있는데 모두가 놀란 듯 본능적으로 그의 아랫도리로 시선이 쏠렸다. 의기양양했던 그의 얼굴이 순간, 수치심으로 붉어졌다.

대중의 시선이란 잔인한 것이다. 평범한 사람을 한순간에 영웅으로 만들기도 하지만, 한순간에 변강쇠로 만들어 버리기도 한다.

'이봐 변강쇠, 거기서 혼자 하니까 좋다?'

수치심이란 아무나 가르치는 것이 아니다. 타인에게 수치심을 가르치기 전에 그것이 부끄러워해야 할 일인지 아닌지를 자신이 먼저 정확히 알아야 하지 않을까? 남들이 괜한 일에 낯붉

히는 걸 즐기는 사람은 잔인한 취미를 가진 사람이다.

아이병원의 사정방에는 다른 병원처럼 포르노 테이프도 포르노 잡지도 제공되지 않는다. 이것이 다른 병원과 다른 우리 병원만의 방침이다. 다른 병원과 다르다고 무조건 자랑할 일은 아니다. 누가 세운 방침인지 모르지만 칭찬해주고 싶진 않으니까. 덕분에 우리 병원 사정방에선 20분을 넘기는 남편들이 많다. 아이병원의 '사정방'은 '남편 고문방'이기도 하다.

그들은 사정방에서 자위를 하는 동안 무슨 생각을 할까? 오로지 아기라는 한 가지 선물만을? 그 선물이 현재 아기가 없는 자신들의 불행을 유턴시켜 줄 거라고? 부인의 자궁 사정이나, 나팔관 사정만 좋았어도 이런 고생은 안 할 거라고? 사정을 위한 자위도 씁쓸하고, 자위를 위한 사정도 씁쓸하다고?

그들의 생각은 알 수 없지만 내 생각은 분명히 알 수 있다. 내가 만일 포주라면 맘씨 좋은 창녀를 보내줄 것이라고. 그러나 가정은 가정일 뿐 현실이 될 수 없다.

종이컵을 받아든 부주은의 남편이 귓속말을 한다.

"그게 사실입니까?"

"뭐가요?"

"환자들의 부탁을 잘 들어준다는 게?"

"그런 말 많이 들어요. 뭐 부탁할 일 있으세요?"

사람들이 내게 부탁을 하는 경우의 수는 네 가지다. 쉬운 부탁을 쉽게 하는 경우, 쉬운 부탁을 어렵게 하는 경우, 어려운 부탁을 쉽게 하는 경우, 어려운 부탁을 어렵게 하는 경우.

쉬운 부탁은 쉬워서 재밌고, 어려운 부탁은 어려워서 재밌는 까닭에 나는 네 가지 경우의 수를 대부분 소화한다. 그런데 소화불량은 대부분 부탁을 해온 쪽에서 걸려버린다.

"혹시 간호사님 손 좀 빌릴 수 있습니까?"

그의 말이 마치 불 좀 빌릴 수 있습니까, 로 들린 탓에 나는 의아한 표정으로 그를 바라본다. 간호사인 내가 병원에서 담배를 피울 리가 없잖아. 그것도 불임클리닉에서.

"초면에 이런 말 실례인 줄 알지만…… 아, 구면인가요?"

그가 아까보다는 조금 더 반가워진 얼굴로 사정 설명을 한다. 그는 지극히 사적인 이유로 어젯밤 왼손을 다쳤다고 한다. 자신은 늘 왼손으로만 자위를 해왔고, 오른손으로는 한 번도 해본 적이 없다고 한다. 게다가 왼손은 오른손 모르게 자위행위를 해온 터라, 오른손과는 실력차이가 꽤 날 거라고 한다. 왼손이 프로라면 오른손은 초짜라는 것이다. 따라서 오른손 자위는 서툴러서 어디로 튈지 모르니 사정하는 동안 종이컵을 들어달라는 것이다. 즉, 내 두 손으로 잘 받쳐달라는 것이다. 마지막으로 강요하는 건 아니라는 말을 덧붙이면서 말이다.

어디서나 그렇겠지만 불임클리닉에선 특히 시간을 잘 지키는 것이 성공의 지름길이다. 착상주사 맞는 시간, 정자 받는 시간,

난자 채취하는 시간, 배아 이식 하는 시간, 시간, 시간. 이 시간들을 지키지 않으면 아기를 갖겠다는 꿈은 한순간에 날아가 버린다.

지금은 정자를 받는 시간이다. 이 시간을 지켜야 한다. 안 그러면 배양실에서 정자를 기다리고 있는 난자 또한 물거품이 되어 날아가 버릴 것이다. 난자 혼자서는 아기를 만들 수 없으니 말이다.

나는 사정방의 문을 안으로 소리 나지 않게 잠근다. 원래 커튼이 쳐져 있으니 새로 칠 필요는 없다. 그는 부끄러운 듯 지퍼를 내린다. 나는 고개를 숙인 채 종이컵을 들고 그의 올바른 조준을 기다린다. 서로 눈빛은 마주치지 않는다. 이 방을 나갈 때까지 마주치지 않는 게 상책일 것이다. 그는 오른손을 바라보고 나는 종이컵을 바라본다. 하지만 그의 오른손은 우리의 뜻대로 사정하지 못한다. 그의 오른손이 우리에게 미안해하는 동안 시간은 자꾸 간다. 드디어 우리의 눈빛이 마주친다. 침묵 속에서 공감이 이루어진다. 바통 체인지다.

나는 들고 있던 종이컵을 그에게 내민다. 오른손이든 왼손이든 내 손으로 그의 사정을 도와주려는 것이다. 이번엔 그가 종이컵을 잘 들고 있어야 한다. 그나 나나 이 순간 다른 상상이 필요하다. 나는 부주은에게 '축하드립니다. 임신입니다.'라고 전화를 하는 상상을 한다. 그녀에게 전화를 하는 순간 오르가즘에 도

달하는 내 모습을 그려본다. 그리고 소젖을 정성껏 짜고 있는 내 모습을 바라본다. 상상 속에서 말이다.

그는? 그의 상상에 맡긴다. 지금은 그의 상상에까지 관여할 시간이 없으니까. 가정이 현실이 되는 순간이다. 나는 이 순간 포주인 동시에 맘씨 좋은 창녀다. 나는 의사가 아니라 간호사야. 그는 환자가 아니라 환자 남편이야. 우린 섹스 하는 게 아니라 사정만 하려는 거야. 그러니 '환자와는 섹스하지 않는다.'는 의사들의 히포크라테스 선서는 내게 해당이 안 돼.

음메~

드디어 소가 종이컵에 느릿느릿 배설물을 쏟아낸다. 꼬리를 유난 맞게 흔들며.

✝ ✝ ✝

병원 구내식당에서 점심을 먹는다. 늦은 점심이라 혼자지만 오늘따라 유난히 맛이 있다. 원래 강도 높은 노동 후엔 참맛이 느껴지는 법이다.

자판기에서 커피를 뽑아 마신 후 강한의 진료실로 올라온다. 그는 병원 구내식당 밥을 싫어한다. 자판기 커피도 싫어한다. 그래서 혼자 식사를 하러 나갔으니 나보다도 더 늦게 들어올 것이다. 한 잔에 사천 원이 넘는 커피전문점의 커피까지 사들고 온다면 더욱 늦을 테지. 혼자서 맛있는 걸 사먹으러 갈 생각을 하다니, 대단해.

나는 강한의 책상 위에 스크랩북을 거만한 표정으로 척 올려놓는다. 아무도 보는 사람이 없는 데다, 지금껏 그의 인터뷰가 실린 기사들을 정성껏 모아 스크랩한 것이니 잠시나마 이런 표정을 지어도 괜찮을 것이다. 그가 다분히 시킬 수 있었던 일이지만, 내게 시킨 일은 아니다. 내가 자진해서 한 일이다. 나는 상사가 시키지 않은 사적인 일을 자진해서 할 때가 많다. 상사가 시킨 사적인 일을 할 때도 많지만 말이다. 결론은 항상 '한다'는 것이다.

나는 스크랩북을 펼쳐본다. 스크랩한 그의 사진들은 웃고 있는 게 단 한 장도 없다. 그간 나온 인터뷰 기사를 하나도 빼지 않고 전부 모았으니 한 번도 웃은 일이 없다는 뜻이 된다. 나는 입술을 삐죽이며 그를 놀리듯 바라보곤 엄지손가락 하나를 치켜든다. 그리고 혼잣말을 한다. 대단해!

스크랩북만 올려놓은 건 아니다. 편지도 곁들인다. 혹시 아는가? 편지 한 장이 더 맛난 양념 역할을 할지.

음, 스토커는 아니고요.

그간 선생님이 모아 두셨을지 모르지만 저도 그냥 한번 모아봤어요.

그리고 사진을 스크랩하는 동안 선생님이 웃지 않는다는 걸 알게 되었어요. 웃지 않는 사람은 기분이 좋을 때도 나빠 보인답니다.

기분 좋을 때 웃어 봐요. 기분이 더 좋아진답니다.

기분 나쁠 때 웃어 봐요. 나쁜 기분을 숨기기에 좋답니다.

그러니 그냥 웃어요. 진짜로 기분이 좋아질지 웃기 전엔 모르니까요.

왜 시키지도 않은 일을 했냐고? 이유는 별거 없다. 그가 웃으면 나도 따라 웃고 싶기 때문이다. 그는 내 상사니까. 쿨 가이, 당신이 시키지 않은 일을 했다고 해서 오해하진 마. 섹스 하잔 건 아니니까. 실수로 바지 고무줄이 끊어졌다고 해서 섹스로 이어질 필요는 없듯이 말이야. 하기야 당신도 그동안 나름대로 선서를 해둔 거 같아서 다행이긴 해.

'같은 간호사와는 두 번 섹스 하지 않는다.'

✥ ✥ ✥

황경미가 임신을 했다. 자가 주사를 놓지 못해 비번인 날 불러내 황당하게 부탁했던 황경미. 그녀는 이후로도 많은 산을 넘었다. 옆에서 지켜보는 동안 정말이지 아슬아슬했다. 수험생을 지켜보며 뒷바라지하는 학부모처럼 말이다.

아이에 대한 열망 때문에 불임환자들은 원래 고통을 잘 참는다고, 의사들은 말한다. 나는 생각한다. 원래 고통을 잘 참는 사람은 없다고.

원래 처음부터 무언가를 잘하는 사람은 없다. 네 손가락의 피아니스트도 처음부터 피아노를 잘 친 건 아니다. 천재 물리학자 아인슈타인은 일곱 살 때까지 말을 하지 못했다고 한다. SF영화 〈가타카〉에서 주드 로는 열성인자의 조합으로 태어났다. 그러나 목숨 건(유전자를 조작하지나 않을까 의심하는 감시자가 많았으니 목숨을 걸 수밖에 없다) 노력으로 자신의 유전인자를 우성으로 바꾸고 그가 태어난 도시를 당당하게 떠난다. 자신을 열성인간으로 만들어 세상 밖으로 내보냈던 원망스런 도시를.

애니 설리번 선생의 망나니 제자였던 그 유명한 헬렌 켈러 역시 보지도, 듣지도, 말하지도 못하는 장애가 있었기에 평생토록 장애인들을 위해 헌신할 수 있었던 것이다. 자신에게 결핍된 열성인자가 욕망을 만들고, 자신의 장애요소에 도전하게 만들고, 마침내 최고가 되게 만든다. 우리 중 그 누구도 정해진 자신의 운명대로 살아가고 싶은 사람은 없는 것이다. 운명이란 게 있다면 말이다.

황경미도 원래 처음부터 고통을 잘 참는 타입은 아니었다. 그녀는 맨 처음 자가 주사를 자신의 배에 놓을 때 이렇게 말했다.

이렇게 아플 줄 몰랐다고. 이런 줄 알았다면 안 했을 거라고. 난자 채취할 때도, 배아 이식할 때도 같은 소리를 했다. 이렇게 아플 줄 몰랐다고. 이런 줄 알았으면 안 했을 거라고.

그리고 지금은 이렇게 말한다. 맨 처음 자가 주사를 놓을 땐 그게 제일 아픈 줄 알았어. 그다음엔 난자 채취가 제일 아픈 줄 알게 됐어. 그런데 지금 보니 배아 이식이 제일 아파. 어떻게 갈수록 이렇게 아픈 거지? 이 과정이 얼마나 아플지 알았다면 시작도 안 했을 거야. 나는 시험관으로 임신해서 아기 낳는 엄마들이 인간 가운데 가장 독종이라고 생각해.

그리고 이제 황경미 자신이 바로 독종의 당사자가 될 것이다. 그녀는 아이를 낳는 순간에 이렇게 말하겠지.

아아, 애 낳는 게 제일 아파. 몰랐어. 몰랐다구! 젠장!

우리가 자기 앞에 놓인 생에 예정된 고통을 미리 안다면, 너무 고통스러워 견딜 수 없을 것이다. 첫발을 내딛을 용기조차 생기지 않을 것이다. 하지만 우리는 모르기 때문에 용감하게 시험관아기를 시도하고, 히말라야에 오르고, 사막을 횡단하고, 이혼을 서두른다. 그리고 이렇게 말하는 것이다.

이렇게 예쁠 줄 몰랐어. 당장 둘째 아기를 시도해야지.

이렇게 자유로울 줄 몰랐어. 다음엔 에베레스트를 정복해야지.

이렇게 멋질 줄 몰랐어. 다음엔 오아시스 없는 사막을 횡단해야지.

이렇게 외로울 줄 몰랐어. 당장 재혼해야지.

황경미에게 전화를 한다. 이미 30분 전에 했어야 하는 전화다. 조금 늦게 전한다고 기정사실이 변하는 건 아니니 괜찮을 것이다. 덕분에 내 행복을 30분 연장하지 않았는가?

"축하합니다~ 축하합니다~ 경미의 임~신을 축하합니다~"

온전히 타인의 것인 행복을 내 목소리로 전달해주는 일. 타인의 행복을 바라보며 즐거워하는 일. 이것이 내가 불행을 유턴시키는 방법이다.

황경미, 경사 났네. 미치도록 좋겠네.

+ + +

퇴근길에 두배 슈퍼에 들러 캔 맥주 한 박스를 산다. 햇반과 함께 맥주를 마시려고 산 건 아니다. 냉장고가 너무 비어 있어서 샀다. 냉장고를 채울 수만 있다면 맥주가 아니어도 괜찮다. 냉장고에 넣을 수만 있다면 코끼리라도 상관없다. 코끼리가 얼어 죽지만 않는다면 말이다. 살다 보면 살 생각이 없었던 물건이라도 그냥 살 때가 있는 것이다. 잘 생각이 없었던 남자와 잘 때도 있듯 말이다.

집에 와 맥주를 넣으려고 냉장고를 열다가 초코 케익을 발견한다. 내 생애 첫 케익의 마지막 한 조각이다. 두배 할아버지를 위해 초코파이보다 달게 만들었다. 수정이가 맛없다고 불평했던 처녀작인데 버릴 수가 없어서 넣어둔 것이다. 맛없다고 해서 버려진다는 사실이 불쌍해서였다. 케익도 내 마음을 읽었는지 이렇게 물었다.

'버리기 전에 다시 한 번 생각해 봐. 네가 날 버릴 권리가 있는지.'

나는 고개를 저었다. 누구도 널 버릴 권리는 없어. 먹을 순 있어도.

그리고는 냉장고에 넣어놓은 것이다. 나는 초코 케익을 꺼내 든다. 그리고 부리나케 집을 나서서 슈퍼로 향한다. 케익을 들여다보며 고민할 시간에 그냥 갖다주기로 한다. 이게 바로 나다. 고민할 시간에 그냥 가는 여자. 슈퍼에 들어서니 할아버지가 이제 막 초코파이의 비닐포장을 뜯으려 하고 있다.

"잠깐!"

나는 미친 듯 할아버지에게 달려가 초코파이를 뺏는다. 비닐을 뜯으면 팔 수 없어진다. 먹는 수밖엔. 초코파이를 먹은 사람에게 초코 케익을 권하는 건 아무래도 무리다. 나는 초코파이를 제자리에 갖다두고 나서 할아버지에게 초코 케익을 내민다.

"처녀작인데요, 드셔 보세요"

나는 생각한다. 앞으론 케익을 사서 줘야겠어. 그리고 할아버지는 모르게 해야지. 주변 사람의 충고는 받아들이는 편이 나을 거야. 특히 가까운 사람의 충고는 말이다.

"무슨 케익이 이렇게 못생겼어? 좀 예쁘게 못 만드나?"

할아버지는 서툰 솜씨밖에 내세울 게 없는 며느리의 첫 밥상을 받는 시어머니처럼 투덜댄다. 서툰 며느리인 나는 나무젓가락을 공손하게 내민다. 공손함으로 점수라도 따려고 말이다. 그래봤자 점수는 음식 솜씨로 매겨질 것이다.

시어머니는 입을 크게 벌려 케익을 먹는다. 곧 시어머니의 품평회가 있겠지만 나는 시어머니가 마지막 한 입을 떠 넣기 전에 얼른 슈퍼를 나선다. 같은 욕을 다른 사람에게 또 먹는다는 건 견디기 힘든 일이다. 할아버지가 내 뒤통수에 대고 소리친다.

"누가 식사 도중에 자리를 떠? 어른이 젓가락도 안 내려놨는데, 원……."

전부 그놈의 달걀 거품 때문에 망한 거야. 달걀 거품이 잘 안 풀려서 멍울이 지는 바람에 케익을 망쳐버렸어. 나는 생각한다. 마음에 멍울이 있으면 달걀도 잘 안 풀리는 거라고. 이로써 나의 케익 만들기는 발 담그기만 하고 끝이 난다.

집에 돌아와 욕조에 새로 산 거품비누를 풀고 발을 담근다. 발이나 담그자고 거품비누를 풀진 않았다. 다음엔 하반신 그다음은 상반신이다. 모든 일에는 순서가 있듯 전신목욕에도 순서가 있는 것이다.

저녁에 돌잔치가 있다. 좋은 일도 한꺼번에 온다. 황경미가 임신한 것도 기쁜데 강한의 환자였던 베트남 처녀, 아니 베트남 부인의 아기가 이제 돌이 되었기 때문이다.

불임클리닉의 의사나 간호사가 불임클리닉에서 얻은 아기의 백일이나 돌잔치에 초대받는 경우는 매우 드물다. 대부분의 부모들은 자신의 아이가 시험관아기란 사실을 숨기고 싶어 한다. 불임클리닉에서 얻은 아기를 마치 비밀입양이라도 한 듯 쉬쉬한다. 역시 매우 드문 경우지만 베트남 부인은 둘째 아기를 자연임신했다. 겹경사다.

베트남 며느리 가족 일동은 지금 얼마나 기쁠까? 생각만 해도 콧노래가 절로 나온다. 신나게 콧노래를 부르며 머리에 샴푸를 하는데 누가 미친 듯 현관문을 두들겨댄다. 누구겠어. 옆집 남자지.

13평 임대아파트 욕실엔 샤워기뿐이지만 나는 얼마 전 내 몸에 꼭 맞는 욕조를 사들였다. 즉, 면적은 작으면서 키만 큰 대야 말이다. 경험해 본 사람은 알겠지만 키만 큰 대야 속에는 들어가긴 쉬워도 나오긴 어렵다.

나는 일어서서 두 손으로 대야를 쥐고 어렵게 점프한다. 장대높이뛰기 선수가 따로 없다. 그리곤 부리나케 목욕 가운을 걸쳐 입고 거실 바닥에 비눗물을 뚝뚝 흘리며 뛰어나가 문을 연다. 늦게 열어주면 그가 투덜댈 것이고 그러면 뒷감당이 더 힘들어진다. 차라리 비눗물이 떨어진 거실 바닥을 닦는 게 더 쉬울 것이다.

 혹시 그의 주방에 불이라도 난 걸까? 요리도 못하는 남자가 요리를 한답시고 설쳐대다가 불을 낸 게 아닌가 말이다. 참, 그에겐 전화가 없지. 비눗물이 눈에 들어가는 것을 수건으로 막으며 문을 연다.

 "불났어요? 119 불러줘요?"

 그가 난감한 표정을 짓고 서 있다.

 "방금 사발면을 끓였는데 나무젓가락이 없더군요. 난 세상에서 불어터진 사발면을 제일 싫어합니다."

 이 남자, 친절하기도 하지. 그에게 뭘 제일 싫어하냐고 묻진 않았는데. 그가 덧붙인다.

 "불어터진 사발면이 어울리는 장소는 단 한 곳, 쓰레기통이죠."

 그의 말이 끝나기가 무섭게 나는 주방으로 달려간다. 그리곤 젓가락을 찾아와 그에게 냉큼 내민다. 스테인리스 젓가락을.

 "빌린 젓가락은 씻어서 돌려주는 겁니다. 설거지는 내게 어울리는 개념이 아니죠. 행동은 더욱 아니고요. 그래서 난 냄비를 더럽히는 라면이 아닌 사발면을 고집합니다."

 그러면서 그는 나무젓가락을 빌려갈 것을 고집한다. 나는 그를 안심시키려고 말한다.

 "설거지 안 하고 그냥 돌려줘도 돼요."

쉬운 여자 147

그는 고개를 젓는다.

"난 빌리는 걸 싫어해요. 젓가락이든, 책이든, 돈이든, 여자든 일단 빌리면 갚을 마음이 없어지니까. 이런 심리는 화장실을 들어갈 때와 나올 때의 심정이 다르다는 것과 마찬가지죠."

자신의 비유가 촌스럽다는 듯 그가 풋 웃는다. 내가 끓여준 김치죽을 혼자 먹고, 내 돈 내고 내가 구워준 조개도 혼자 다 먹어치운 그가 이젠 기운이 펄펄 나나 보다. 그래서 날 새로운 방법으로 괴롭히기로 작정했나 보다.

그래. 이게 당신의 불행을 유턴시키는 방법이라면 그렇게 해. 불행을 유턴시키는 방법을 찾는 중이라도 그렇게 해. 아픈 만큼 성숙해지는 인간이 있는가 하면 아픈 만큼 퇴행하는 인간도 있으니까.

나는 다시 주방으로 달려가 나무젓가락을 가져다준다. 그는 이젠 나무젓가락도 필요 없다며 싸늘하게 돌아선다.

"3분이 지났어요. 사발면이 익는 시간 말입니다."

내 생각엔 10분은 지난 것 같은데 말이다. 나는 그를 붙잡는다. 그리곤 내가 가진 여분의 사발면과 나무젓가락을 그의 손에 쥐어주고 나서야 문을 닫는다. 나는 바란다. 불어터진 사발면은 음식물 쓰레기통에 버리고, 용기는 물에 헹구어 재활용 쓰레기로 보관해놓기를. 조만간 그는 다시 재활용 쓰레기를 내밀 것이고, 그때 씻지도 않은 사발면 용기에 라면 가닥이 붙어 있는 걸 보면 괴로울 것 같으니까 말이다.

+ + +

또 택시를 탔건만 베트남 부인의 아기 돌잔치에 무려 20분이나 늦게 도착했다. 옆집 남자 때문에 10분. 꼭대기 층으로 가는 엘리베이터를 늦게 타서 5분. 화장실 들리느라 5분. 엘리베이터는 1분이면 될 것을 마지막으로 나만 타면 삑 소리가 나서 도로 내려 5분. 화장실은 2분이면 될 것을 내 뒤의 할머니에게 양보한다고 5분 걸렸다. 사실은 새치기 당했다. 양보할 맘이 있었는데도.

나는 헉헉대며 뷔페로 들어선다. 강한이 먼저 와 있다. 날 기다리려고 먼저 와 있는 건 아니다. 하지만 옆자리는 비어 있다. 나는 강한 옆자리에 가서 앉는다.

"내 자리 맞죠?"

나는 그를 보며 배시시 웃는다. 그는 여전히 웃지 않는다. 내가 준 스크랩북은 삶아서 먹었나 보다. 아님 박박 찢어버렸나? 애초에 기대하지도 않았어, 쿨 가이. 그래도 조금만 웃어보는 게 어때? 잔치도 시작됐는데.

나는 일어서서 베트남 부인과 남편에게 가서 축하한다는 인사를 한다. 그리곤 수정에게 빌려온 카메라를 들고서 사진을 찍는다. 수정의 재산 목록 1호인 이 카메라는 디지털 주제에 수동 카메라처럼 생겼다. 헤드 부분에 라이트만 달면 영락없는 전문가용 카메라가 된다. 그래서 종종 전문가용 카메라로 오해받는다. 수정의 말에 의하면 고가품이라 한다.

상대방이 나로 인해 오해를 하면 오해 값을 치러야 한다. 오해가 오해로 끝나지 않도록 말이다. 당장 신랑 측 친구가 나를 전문가로 오해하고 사진 컨셉을 주문한다. 우선은 부부 중심으로, 다음엔 아기 중심으로, 마지막엔 가족 중심으로 찍으라는 것이다. 이 모든 중심 가운데 핵심은 어디까지나 아기라는 것을 잊지 말아달라고 주문한다.

그의 주문은 쉬웠다. 오늘의 주인공은 아기니까. 아기가 제일 잘 나오면 되는 것이다. 나는 그의 주문대로 사진을 찍어대느라 현실의 떡을 그림의 떡으로 바라봐야만 했다. 그러다 보니 어느새 잔치가 끝이 난다.

쿨 가이가 날 임대아파트까지 데려다 준다. 그에게 건드리라고 권하지도 않았지만 그는 내 손끝 하나 건드리지 않는다. 그는 내 몸에 털끝 하나라도 닿는 순간 감전사라도 할 것처럼 조심한다. 이 순간 내가 고슴도치로 변할 수 있다면 좋겠다. 그가 더욱 조심할 테니 말이다. 항아리 바지 사건 이후 그는 스스로에게 금욕이란 처방전을 내린 것 같다. 때늦은 그의 배려에 감사할 따름이다.

그는 아무 말도 하지 않는다. 운전 중엔 말을 하지 않는 타입인가 보다. 운전 중 핸드폰도 안 하고, 담배도 피우지 않는 타입 말이다. 바람직하다. 이런 사람 때문에 교통사고가 줄어든다. 옆 사람은 재미가 줄어든다. 지금 그에게 술을 권하면 뭐라고 할까? 술 권하는 간호사는 싫다고 할까? 돌잔치에서 슬쩍 들고 나온 캔 맥주도 있는데.

차가 신호에 걸려 정차하자 기다렸다는 듯 그가 말한다. 캔 맥주는 권하지 않는 게 낫겠다.

"그렇게 다른 사람들 일 다 봐주다가 자기 일은 언제 하지?"

전에도 이런 질문을 했었다. 내게 물어볼 게 이것뿐인가? 아님 내게 물어볼 걸 미리 생각해두지 않은 탓에 아무거나 물어보는 건가? 같은 질문을 반복해서 하는 건 우연의 일치인가? 한마디로 내게 관심이 없어서 물어본 걸 또 물어보는 건가?

나는 같은 질문에 대해 새로운 대답을 한다.

"안 하죠."

썰렁했나? 그의 표정이 굳는다. 피, 농담도 못하나. 웃을 때 입만 조금 벌리는 것도 귀찮아서 이젠 아예 안 웃기로 작정했나 보다. 만일 우리가 결혼한다면 이런 썰렁한 농담이나 주고받으며 살 것 같다.

내가 왈, "한쪽 벽이 맞은쪽 벽에게 말했대요."

그가 왈, "뭐라 그랬는데?"

내가 왈, "모서리에서 만나자."

그가 왈, "안 웃겨."

내가 왈, "나도요."

이번엔 그가 말한다. 그답게 문제와 답을 동시에 말한다. 말을 아껴야 하니까.

"한쪽 벽이 맞은쪽 벽에게 말했대. 이 벽창호야!"

"호호호."

"이게 웃기니 넌?"

"웃으라고 한 얘긴 줄 알았는데요."

더 이상은 상상하지 말아야지. 바로 얼마 전 만일이 현실이 되는 경우를 경험했으니까.

신호가 바뀌자 그가 시속 60킬로로 달리기 시작한다. 제한 속도 70인 구간에서 말이다. 이젠 천천히 달리면서 나와 대화하기로 맘을 바꿨나 보다. 하기야 신호등 정차시간은 차 안의 남녀가 대화하기에 너무 짧은 시간이다. 꼭 연인 사이가 아니라도 말이다.

"하루 다섯 시간씩 몸단장에 투자한 남자 이야기 아냐?"

당연히 모르죠. 그런 멋쟁이 있으면 소개시켜 줘.

"아니요. 멋있겠다. 빨리 소개……."

나는 재빨리 말을 바꾼다.

"얘기해 주세요."

"한 시간은 몸에 꽉 끼는 반바지 입고, 한 시간은 머리 손질, 두 시간은 맘에 들 때까지 넥타이를 풀었다 맸다 하는 데 썼지."

그가 내게 이렇게 길게 말하는 건 처음이다. 선로를 바꾸기 전에 빨리 올라타자. 그러지 않으면 다음 기차는 언제 올지 모른다.

"그 남자 요즘도 그렇게 지낸대요?"

"자살해 버렸어. 단추를 풀었다 채웠다 하는 권태로운 생활을 더 이상 견딜 수 없다는 유서를 남기고."

"아니 그런……."

멋쟁이 바보가 어디 있어요, 하려다가 입을 다문다. 아직 지금 분위기에 맞는 반응이 아닌 것 같기 때문이다.

"지독하게 슬픈 이야기네요."

슬프다고 말하니까 갑자기 슬퍼진다. 길 위에서건 차 안에서건 나는 쉽게 슬퍼지는 여자인 것이다. 왜 이 남잔 이렇게 기쁜 날, 슬픈 이야기로 좋은 기분을 망치려 드는 걸까? 혹시…… 웃는 얼굴에 침 뱉는 게 당신 취미?

"그래도 오늘 기쁘시죠? 돌잔치에서 공개적으로 명의로 소문 났잖아요. 축하드려요."

이건 진심이다. 축하받을 사람은 강한이다. 일 년 전 베트남 부인의 시험관아기 임신을 성공시킨 장본인이니까. 그날 강한의 노련한 손이 없었다면 오늘의 돌잔치도 없다. 그런 의미에서 그의 손을 잡고 악수라도 하고 싶지만 참는다.

"나는 환자들이 일거리로 보여. 단추를 풀었다 채웠다 무의미하게 반복하는 일과 똑같아. 환자 한 명당 일거리는 열 개나 되지. 환자가 늘면 일거리는 백배로 늘어나."

"무의미하다니요. 얼마나 의미 있는 일인데."

적어도 그 아이들은 시작부터 축복받은 탄생이잖아. 부모가 간절히 원해서 태어나는 아이들이잖아. 나처럼 부모가 원하지 않는 아이들도 있다고. 진짜 무의미한 게 뭔지 말해줘? 나처럼 원하지 않는 아이들이 시도 때도 없이 태어나는 거야. 크리스마스에만 원하지 않는 애들이 태어나는 건 아니라고. 알아?

"그건 내 손이 하는 일이지. 마음이 하는 일은 아니야. 마음이 차가워질수록 손은 침착해지고 기술이 늘거든. 마음이 뜨거운 사람은 잡념이 많은 사람이야. 의사는 될 수 없지. 수술 중에 딴생각을 하니까."

당신이 달리 강 쿨이겠니, 이 냉혈한아.

"《냉혈한》 읽어봤나?"

《냉혈한》은 그의 전처의 두 번째 소설이다. 《냉혈한》에 대한 세간의 평도 한소리 선배가 가장 먼저 입수했다. 이번에도 의사를 주인공으로 내세운 다중인격자 이야기다. 이번엔 정신과 의사지만 강한을 겨냥했음이 틀림없다. 정신과 의사라 그런지 주인공 이름은 '정한'이다. 쉬운 선택이다. 참고로 전작 《어느 산부인과 의사 부인의 고백》의 주인공은 '장한'이었다. 《냉혈한》은 주제나 문체는 여전하지만 전작에서 한 걸음 나아갔다는 평을 얻었다고 한다. 한 선배가 출처를 밝히진 않아서 누구의 평인지는 모르겠다. 아직까지 전작보다 많이 팔리진 않고 있다. 한 선배가 직접 읽어본 소감은 전작보다 형편없다. 섹스에 대한 묘사만 한층 더 수위가 높아졌을 뿐, 다 읽고 나면 정작 기억나는 문장이나 대사는 하나도 없다고 한다. 한 선배는 '하나도' 없다는 말을 강조했다. 명문장이나 명대사가 '하나라도' 있다면 그건 괜찮은 소설이라고 덧붙이면서.

아직 《냉혈한》을 읽진 않았다. 앞으로도 읽을 예정은 없다. 무인도에 《냉혈한》이라는 책하고 함께 떨어져 남은 평생을 지내게 되더라도 안 읽을 거다. 이유는 단순하다. 제목이 맘에 안 든다. 가뜩이나 쿨 가이 땜에 병원에서 춥게 지내고 있는데, 사람을 춥게 만드는 사람은 더 이상 가까이하고 싶지 않다. 그런데 그런 사람을 주인공으로 쓴 책까지 읽으라고?

나는 그가 실망할까 봐 거짓말을 한다.

"병원 서점에 주문했는데 아직 도착 안 해서요. 내일이면 받을 수 있을 거예요. 읽은 사람들 말로는 유치하다던데."

"유치하게 재미있단 뜻이군."

"재결합엔 관심 없으세요?"

"이런 식으로 내 관심을 계속 끈다면 관심 없지."

1프로의 가능성은 있다는 얘기다. 자신은 이미 강을 건넜지만 돌아올 방법이 있는 거다. 통통배를 타고서라도 말이다. 물론 통통배의 키는 전처가 쥐고 있다. 그러니 그녀가 배를 띄워야 할 것이다.

"이게 다 사랑 때문이라고? 나 간호사는 사랑하는 사람을 이런 식으로 괴롭히나?"

그가 흥분했다. 나까지 들먹일 필요는 없으세요. 화제를 바꿔주자.

"아이는 없나 봐요?"

"세상 사람들이 다 가지려고 애쓰는 아이를 뭐 하러 나까지 가지겠어?"

그가 계속해서 흥분한다.

"아이가 있었다면 지금보다 훨씬 복잡해졌겠지. 이혼도 더 힘들었을 테고. 새 출발도 더 힘들 테고."

계속 부정적이야, 쿨 가이. 아이가 있다면 재결합은 더 쉽잖아.

"혼자 사나?"

새랑 살아요, 하려다가 그냥 "네." 한다.

"사람은 누구나 혼자지. 혼자가 싫어서 결혼을 하고, 둘이 싫어서 이혼을 하지. 혼자가 싫어서 재혼을 하고, 재혼을 하면 다시 둘이란 사실이 싫어지지. 그래서 결국 혼자가 되는 거야. 하하하."

그가 드디어 웃는다. 스크랩북 덕분인가? 편지 한 장 덕분인가? 하지만 나는 누구의 덕분도 아님을 알게 된다. 이 웃음의 의미는 다분히 비관적이다. 결론적으로 부정적이야. 쿨 가이. 한 문장에 싫다는 단어가 몇 개니?

그가 평소에 웃지 않는 이유를 이제 알겠다. 한마디로 안 어울린다. 웃는 모습도, 웃음소리도. 영리한 남자다. 자신에게 무엇이 잘 어울리고 안 어울리는지를 안다.

그의 전처는? 그에게 어울리는 사람이었나? 병원의 간호사들은? 그에게 어울리는 사람들인가? 그렇지 않다. 물과 불에, 물과 기름들이다. 다른 사람과 어울리는 사람이 되기 위해 자신을 바꿔보려는 노력은 해보았을까? 어쩜 냉정과 오만, 다른 사람과 어울릴 수 없는 점 때문에 그의 인기가 치솟는지도 모른다. 그는 늘 사람을 내려다본다. 그러니 사람들은 그를 올려다볼 수밖에.

사람들은 다른 사람이 자신과 다른 점을 가졌다는 이유만으로 그를 좋아한다. 다른 점이 타인의 단점이건, 약점이건, 콧등에 붙어 있는 복점이건 간에 말이다.

병원에서 있었던 전처의 난동 이후 그의 인기가 조금 더 올라갔다. 불같은 전처의 성질 때문에 같이 사느라 힘들었을 거라며 간호사들에게 동정표를 얻은 까닭이다. 한 선배는 읽고 나서 남는 게 하나도 없는 전처의 소설 덕분에 상대적으로 그가 더 불쌍해 보인다고 했다.

한 사람과 사는 삶이란 객관성을 상실하며 사는 삶이다. 남편이 부인을 추녀로 생각하면 아무리 미인대회 1등 출신의 미인이라도 그녀는 100프로 추녀다. 남편의 생각이 그녀에겐 전부이기 때문이다. 반대의 경우도 성립된다.

네 부인은 너에게만 천사야. 다른 사람한텐 못됐다는 뜻이다.

내 남편은 발기불능인가 봐. 다른 사람과 바람피우는 중인지도 모른다.

이렇게 부부는 명백히 주관적인 세계 속에서 서로를 오해하며, 오해 속에서 서로를 이해하며 살아가는 것이다. 이 주관적인 세계가 지긋지긋해질 무렵, 서로를 떠날 때가 왔음을 인정한다.

마침내 입구에 도착했다. 강한에게 고맙다는 말을 하며 안전벨트를 푼다. 나는 올라오라는 말을 하지 않는다. 이 시간에 그에게 "커피 마시고 갈래요?" 할 순 없다. 그가 후식으로 나온 커피를 마시는 걸 보았기 때문이다. 그렇다고 해서 "맥주 마시고 갈래요?"라고 물어볼 순 더더욱 없다. 돌아가는 길은 음주운전이 될 테니 말이다. 그가 이 늦은 시간에 속력을 장기로 하는 대리운전을 부른다는 건 상상할 수 없다.

그는 동승자 없이 혼자서 자기 삶을 유턴하길 원한다. 그가 원하는 것을 나도 원한다. 그는 조만간 개인병원을 차려서 나갈 예정이다. 거기에 나를 데리고 나간다는 소문을 다른 간호사에게 들었다. 소문의 주인공인 나는? 잘 모르겠다.

그가 자신의 불행을 유턴시키려면 어떻게 해야 하나? 결국 혼자가 되려면? 개인병원을 차리고, 재결합도 재혼도 하지 않은 채 싱글 상태를 유지하고, 타인과 어울리지 않기 위해 내려다보는 것? 쿨 가이, 지금 혼자가 되기 위한 노력을 하고 있는 거, 맞아?

사람들의 노력은 늘 둘 중의 하나다. 누군가와 헤어질 결심을 하면 혼자가 되기 위해 노력한다. 누군가를 만날 결심을 하면 둘이 되기 위해 노력한다. 강한은 혼자가 되기 위해 노력하고, 수정은 둘이 되기 위해 노력한다. 수정이 와인 바에서 문자를 보내왔다.

"새 출발 OK!" "러브 기상대 쾌청!" "첫 키스는 달콤해."

빠르다. 수정에게 벌써 새 여자친구가 생겼다. 탱고 바가 아니더라도 둘이 될 만한 장소는 어디든 있는 것이다. 문제는 사람이지 장소가 아니다. 스팸문자인 줄 알고 지우려 했던 게 미안해진다. 유치한 문구지만 연애 중엔 누구나 유치해지는 법이다. 그걸 막을 법은 없다. 차라리 다 같이 유치한 평등 세상이 왔으면 좋겠다. 누군 유치하고 누군 유치하지 않다니 너무 불공평하다.

엊그제 수정이 "언니에게만 말하는 건데……" 하며 말해준 사실이다. 알코올중독자 모임에 나간 첫날, 여자는 둘뿐이었다.

수정과 그녀. 그래서 모임이 끝나고 따로 나가 얘기하다가 그녀도 레즈비언인 걸 알게 되었다. 둘은 너무 반가운 나머지 키스까지 했다. 숨이 막힐 정도로 긴 키스였다. 키스를 마치며 그녀는 빙그레 웃으며 말했다. "키스한 지가 너무 오래되어서요. 입에 거미줄이 생겼어요."

그 키스는 일명 '거미 여인과의 키스'였다, 레즈비언 클럽에서 만나는 것보다 알코올중독자 모임에서 만난 게 훨씬 신선한 경험이었다, 숏컷과 숏컷의 이름은 벌써 잊었다, 뭐 이런 얘기다.

수정은 뭐든 빠르다. 회복도 빠르고 새 출발도 빠르다. 소녀가장도 빨리 됐고, 술도 빨리 배웠고, 간호사도 빨리 됐다. 나는 가끔 수정과 3년의 나이 차에도 엄청난 세대 차를 느낀다. 하지만 어리다고 마냥 놀리면 안 된다. 유머도 제법 어른스러울 때가 있다. 오늘 오전 근무시간에 수정이 내게 다가와 물었다.

"언니, 요즘 그거 많이 쓰고 있나?"

"뭐?"

"그거 말이야."

"뭐어?"

나는 짐작 가는 게 있긴 하지만 그게 뭐냐고 자꾸 물었다. 수정과 대화하는 걸 좋아하니까.

"그거 열심히 써라. 아끼다 거미줄 생긴다."

"알았어. 근데 그게 뭐냐?"

"그걸 내가 어떻게 알아? 언니가 정해야지. 언니 인생인데."

수정의 초등학교 3학년 생일날이었다고 한다. 아빠가 처음으로 수정을 위해 호빵을 사들고 왔다. 그래서 아쉬운 대로 호빵에 초를 꽂고 생일파티를 했다. 수정은 호빵을 한꺼번에 다 먹기가 아까워서 한 입만 먹곤 그대로 광 속에 감춰놓았다. 오빠 몰래 말이다. 그리고 학교에서 계속 호빵 생각만 했다. 집에 가서 호빵을 먹을 생각에 그날은 학교에서도 내내 행복했다. 수업을 마치고 집에 와 광을 열어보니 호빵이 뜯긴 채 거미가 앉아 있었다. 너무 놀라 광을 둘러보니 사방에 거미줄이 쳐져 있었다. 수정은 말한다. 호빵 아껴 먹으려다 거미줄만 생겼다고.

수정의 이야기가 너무 천연덕스러워 거짓말이 아닐까 잠깐 의심했지만 그냥 믿기로 한다. 의심보다는 믿는 게 내겐 더 쉽다. 의심하게 되면 의심하는 걸로 끝나지만 믿으면 그다음 행동이나 생각으로 나아갈 수 있다. 나는 생각한다. 아끼다 거미줄 생기는 게 뭐가 있는지. 잘 모르겠다. 살아오면서 별로 뭘 아껴 본 적이 없어서.

갑자기 참을 수 없는 허기가 느껴진다. 돌잔치에서 뭘 먹었더라? 그림의 떡과 슬쩍 해온 캔 맥주? 아니 캔 맥주 한 모금도 못 마셨다. 아직 핸드백 안에 그대로 있다. 아끼다 핸드백 속에 거미줄 생기기 전에 마셔야겠다. 1인용 햇반을 전자레인지에 돌려 미지근한 캔 맥주와 함께 먹는다. 정말로 어울리지 않는 밥과 반

쉬운 여자

찬이지만 이 정도는 쉽게 견딜 수 있다. 게다가 소주에 밥 말아 먹는 사람도 있다는데 어디 사는 누구인진 몰라도 그를 생각하니 위안이 된다. 사실 일 인분의 햇반과 맥주 한 캔은 생각보다 맛이 있다. 허기라는 반찬도 곁들였으니까. 그래서 먹어보기 전엔 맛을 모르는 것이다.

생은 일인극은 아니지만 일 인분임엔 확실하다. 우리는 혼자 들어간 레스토랑에서 이 인분의 식사를 주문하진 못한다. 주문한다 해도 혼자서 먹어치우지 못한다. 우리는 결국 일 인분밖에 감당하지 못한다. 일 인분의 쓰레기를 처리하고 일 인분의 고독을 감당한다. 우린 고작해야 자신밖에 챙기지 못하는 존재들이다. 그럼에도 필사적으로 이 인분이 되려고 버둥거린다. 이 인분이 되려는 관문을 통과하기가 어렵지, 일단 통과하고 나면 삼사 인분이 되는 건 시간문제다. 그래서 우리는 누군가를 만나 이 인분이 되고, 그의 아이를 낳아 삼 인분이 되고, 아이의 동생을 낳아 사 인분이 되는 것이다. 그리고 우리는 아이들의 쓰레기를 처리해준다. 하지만 아이들이 자라면 부모를 고독 속으로 팽개쳐 버린다. 그즈음 늙은 배우자도 세상을 떠난다. 그러면 다시 일 인분이 되는 것이다. 그때 가서야 우리는 깨달을지 모른다.

아아, 일 인분도 살 만한걸.

나는 둘 중에 어떤 노력을 하는가 생각한다. 강한처럼 노력하는가? 혹은 수정처럼 노력하는가? 글쎄. 모르겠다. 혼자가 되려는 노력을 온몸으로 거부하면서도 둘이 되려고 노력하진 않는다. 혼자가 싫을 뿐 반드시 둘을 고집하진 않는다.

사실 난 늘 사람들과 시소타기를 하고 싶었다. 그들과 더불어 아슬아슬한 균형놀이를 즐기고 싶었다. 하지만 언제부터인지 내가 탄 시소는 움직이질 않는다. 그들은 너무 무겁고 나는 너무 가벼워서 그들이 움직이기 전에는 도저히 시소타기가 되질 않는 것이다.

사람들은 남자든 여자든 나랑 연애할 생각은 않고 내 앞에서 전부 자신의 연애사를 늘어놓는다. 내가 연애 상대로 안 보이는 걸까? 너무 편해서? 너무 쉬워서? 아님 너무 가벼워서? 연애 상대로 부적합하다는 기준이란 게 대체 뭘까? 적합 판정은 무얼 근거로 내리는 걸까? 33-22-33이라는 무의미한 숫자로?

나는 앵무새를 바라본다. 앵무새도 날 바라본다. 우리의 관계는 비교적 공평하다. 내가 "안녕?" 하면 앵무새도 "안녕?" 한다. 내가 먹이를 주면 앵무새는 똥으로 보상한다. 내가 "나는 이지야." 하면 앵무새는 '나는'을 빼먹고 "이지야."라고 말한다. 내 이름을 불러주는 것이다. 그러면 나는 앵무새에게 날아가 꽃이라도 되고 싶어진다.

앵무새는 안녕새다. 인사를 너무 잘해서 내가 최근에 붙여준 이름이다. 처음 왔을 때부터 많이 약하긴 했지만, 지금은 더 쇠약해졌지만, 예전에 죽은 강아지보다 잘 버티고 있으니 괜찮다.

나는 생각한다. 외로움을 같이할 상대는 반드시 사람이 아니어도 괜찮다고.

✢ ✢ ✢

정기검진을 받고 간 황경미가 가다가 도로 왔다. 가는 길에 화장실에 들렀는데 피가 비쳤다는 것이다. 황경미는 혹시 유산된 게 아닌지 너무 불안하다며 무조건 자기 먼저 봐달라고 황당하게 물고 늘어진다. 나는 길게 늘어선 환자들을 보며 잠깐 새치기해 줄 테니 조금만 기다리라고 말한다.

그동안 강한이 계속 양수검사를 하라고 말해도 그녀는 들질 않았다. 고령 임산부일수록 기형아나 다운증후군 아이를 낳을 확률이 높아지므로 양수검사로 기형아인지 아닌지 판별한다는 것이다. 그녀는 만일 양수검사를 해서 기형아나 다운증후군 아이를 임신한 걸로 나오면 어떡하느냐고 물었다. 강한은 이렇게 대답했다.

"그럼 유산시켜야죠."

기껏 시험관아기 임신을 시켜놓고, 이제는 유산을 시킬지 안 시킬지를 결정하기 위한 검사를 하겠다니 잔인하다. 강한은 유산의 확률을 설명해 주었다.

"양수검사를 하면 2프로의 유산 확률이 있습니다."

그래서 그녀는 양수검사를 계속 거부해 왔다. 양수검사를 안 해도 기형아나 다운증후군 아이가 아닐 확률도 있을 뿐더러 2프로의 유산 확률이 무섭다는 것이다. 사실 단 1프로의 확률이라도 자신에게 일어나면 100프로가 된다. 그때 그녀는 비장한 표정으로 말했다. 만일 장애아가 태어난다고 해도 자신의 운명으로 알고 떠안겠다고.

이기적이야. 나는 그 순간 모성애는 근본적으로 이기적이라고 생각했다. 그건 당신의 운명이 아니야, 아기의 운명이라고.

얼마 지나지 않아 황경미의 차례가 왔다. 그녀는 오래 기다렸다고 투덜댔지만 말이다. 똑같은 시간이라도 견디는 사람에 따라 길이가 다르게 느껴지는 법이다. 시간 개념이란 것도 따지고 보면 주관적인 것이다.

강한이 그녀를 다시 진료해보곤 유산의 위험이 있다고 한다. 그녀가 진료실이 떠나가게 소리친다.

"아니, 양수검사도 안 했는데 왜요?"

강한이 황당한 듯 웃는다.

"꼭 양수검사로만 유산되는 건 아니죠. 부딪힐 수도 있고, 넘어질 수도 있고, 약물중독도 있고······."

"난 부딪힌 적도, 넘어진 적도 없어요. 약은 입에 대지도 않았어요. 저번에 감기 걸렸을 때도 약 먹을 생각은 꿈도 안 꿨다고요. 파스도 무좀약도 안 발라요. 파마 약 무서워서 파마도 안 한다고요."

강한이 내게 눈짓을 한다. 알아서 내보내라는 뜻이다. 그녀가 태도를 바꾸고 매달린다.

"유산되지 않으려면 어떻게 해야 하죠? 제발 가르쳐 주세요, 선생님."

"절대 안정 취하세요."

강한이 더 이상은 그녀에게 볼일이 없다는 어투로 "나 간호사! 다음 환자 들여보내."라고 말한다. 밀폐된 공간이므로 그녀가 잘 들을 수 있도록 말이다. 그녀는 다음 환자에 굴하지 않고 매달린다. 사실 불임환자가 임신을 해서 유산 위험이 생기면 지푸라기에라도 매달리게 된다. 한 올의 머리카락에라도.

"선생님, 차라리 입원하면 안 되나요? 병원에서 절대 안정 취하게요."

"생각 좀 해봅시다. 약간의 출혈로 입원한 사례는 아직 없어요."

다음 환자에게 밀려서 나간 황경미는 집에 가지 않은 채 복도 대기석에 앉아 있다. 한참을 저러고 앉아서 무슨 생각을 하고 있을까? 아아, 어떻게 얻은 아긴데…… 다시 일 인분이 되는 건 너무 두렵다고, 알아?

전화벨이 울린다. 시술실 간호사가 부주은의 임신 소식을 전해준다. 부주은이 드디어 시험관아기 재도전에 성공했다. 이번엔 쌍둥이 임신이니 200프로 성공이다. 전에 자궁 외 임신으로 잃은 아이를 생각하면 제대로 보상이 돌아온 셈이다. 그날, 내 손의 수고도 보상받은 셈이다. 그녀가 아기를 낳아서 내게 주진 않겠지만 말이다. 부주은의 남편과 축배를 들 순 없으니 혼자서 두 잔을 들어야겠다.

한 잔은 부주은의 남편을 위해, 한 잔은 수고한 내 손을 위해. 장하다, 강 선수! 사람들이 또 줄줄이 줄 서겠네.

들뜬 마음으로 퇴근길에 두배 슈퍼에 들러 와인을 산다. 요즘엔 먼지 쌓인 와인이 별로 없다. 내가 자주 사러 오기 때문이다. 와인의 위치가 진열대의 맨 위 칸으로 바뀌었다. 할아버지가 내 다리를 훔쳐볼 시간을 늘리기 위해 바꾼 것이다. 이제부턴 사다리 끝까지 올라가야 한다. 나는 행여 헛딛을까 천천히 사다리를 딛고 올라갔다가 내려온다. 할아버지와 나를 위한 일이니까 일석이조다. 할아버지, 오늘 당신의 이름은 욕심쟁이.

집으로 돌아와 와인을 잔에 따르며 부주은의 임신을 축하한다. 내가 대모가 되어준다는 제안을 하면 그들이 뭐라고 할까? "꿈 깨!"라고 할까? 두 손 들어 환영할까? 오버한다고 할까? 와인을 보니 다섯 잔은 족히 나올 것 같다. 처음부터 다시 계산해야겠어. 한 잔은 부주은, 한 잔은 부주은 남편, 한 잔은 쌍둥이1, 한 잔은 쌍둥이2, 마지막 한 잔은 수고한 내 손……이 아니라 강한의 손을 위해 건배하는 게 낫겠다. 강한이 나보다 더 수고했으니까.

첫 잔을 마시고 내려놓는 순간, 세 번은 짧게 세 번은 길게 문을 두들기는 소리가 들린다. 잘됐어. 옆집 남자랑 마시자. 혼자보다는 함께 축배를 드는 게 나을 거야. 더구나 쌍둥이가 아닌가?

반가운 표정으로 현관문을 여니 옆집 남자가 와인을 들고 서 있다. 와인 따개를 빌리러 온 건가? 아님 와인은 한 번도 따본 적이 없으니 나더러 따달라고 온 건가? 따주면 혼자 마시겠다며 도로 들고 돌아가는 게 아닐까? 이 세 가지 걱정이 동시에 몰려온다.

그가 퉁명스럽게 묻는다.

"같이 마실래요?"

다행이다. 그가 들고 온 와인은 우리의 와인이다. 이심전심, 우리가 통할 때도 있구나. 오늘 처음으로 당신을 초대하려 했는데 말이야. 그가 현관 안으로 들어선다. 그동안 현관 밖에서만 볼일을 마치고 돌아갔기 때문에 안으로 들어오는 건 처음이다. 처음답게 그가 수줍은 표정을 짓는다.

"이런, 벌써 한잔 했군요. 이 시간에 혼자서 와인을 마시다니 애주가인 모양입니다? 아님, 알코올중독?"

나는 대답 대신 그에게 소파에 앉으라고 권한다. 애주가이면 어떠하고 알코올중독이면 어떠하리. 즐겁게 마시고 취하면 그뿐인걸.

  나는 냉장고에서 막대기 치즈를 꺼내 그에게 내민다. 치즈가 있었다니 다행이다. 없다면 그가 안주 없는 와인은 싫다고 투덜댈 것이고, 이 시간에 슈퍼에 안주를 사러 나가면 할아버지가 "오늘은 또 어떤 놈팽이야?" 물을 거고, 나는 둘러댈 말을 생각할 여유가 없어서 옆집 남자가 와 있다고 솔직하게 대답할 것이다. 그러면 옆집 남자가 싫어할 것이다. 자기 얘기를 동네 슈퍼 영감에게까지 떠벌리고 다닌다고 신경질을 내면서 말이다. 택배기사에게 자신의 사인을 해주는 것도 질색을 하는 인간이 아닌가? 그러면 할아버지는 잔소리를 늘어놓을 것이다. "이젠 옆집 놈팽이까지? 여자가 그렇게 쉬워서야, 원……." 하고 혀를 찰 것이 뻔하다. 그럼 나는 "아무 사이도 아니에요." 하며 상냥하게 대답하고 나서 인사를 하고 돌아오면 옆집 남자는 치즈를 사러 가서 만들어 왔냐고 다시 투덜댈 테니까.

  어쨌거나 치즈를 아껴 먹어야 한다. 차라리 옆집 남자만 먹는 게 낫겠다. 와인이 두 병이나 되는데 치즈가 떨어지면 사러 나가야 하니까. 오늘 처음 온 손님을 남겨두고 주인이 자리를 비우는 건 실례다. 게다가 지갑엔 현금도 없다. 할아버지는 카드결제를 싫어한다.

  막대기 치즈를 들고서 그가 묻는다.

  "고추장 있어요?"

"없는데, 왜요?"

"찍어 먹게요. 안주로 치즈만 먹으려니 느끼해서요."

당신, 조개중독자가 아니라 고추장중독자 맞다니까. 나는 다시 한 번 강조하듯 말한다.

"우리 집에 고추장은 없어요. 그러니 그냥 드세요, 네?"

단호한 내 표정에 그가 꼬리를 내린다. 원래 집주인은 텃세를 부리는 것이다. 그가 변명하듯 말한다. 자기는 원래 구린 사람이라고. 느끼한 체질이라기보다 구린 체질에 가깝다고. 그래서 고추장은 물론 된장도 좋아한다는 것이다. 느끼한 인간보단 구린 인간이 낫지 않느냐고 하면서. 하지만 자기 말엔 신경 쓰지 말고 그냥 마시자고 한다. 그래서 그냥 그와 건배를 한다.

그는 항상 테마를 들고 내게 찾아온다. 그에겐 언제나 테마가 있다. 맨 처음 테마는 고양이, 그다음은 쓰레기, 김치, 조개, 중독, 나무젓가락, 그리고 오늘은 와인...... 인 줄 알았는데 오늘의 테마는 '따위'다. 그럴 리는 없겠지만 언젠가 그가 글을 쓴다면 주제에 충실할 거라는 생각을 한다. 주제가 무엇이든 간에 그의 글이 재밌기만을 바랄 뿐이다.

그가 나를 상대로 일대일의 강연을 펼친다.

"어떤 단어 뒤에 '따위'를 붙이면 그 단어를 무시하는 기분이 들고, 매달릴 필요도 없어지고, 그 단어를 초월하는 기분이 듭니다. 자신에 대한 우월감까지 생겨서 기분이 좋아지죠. 예를 들어보겠습니다. 시험 따위, 직장 따위, 승진 따위, 명예 따위, 재산 따위, 학벌 따위……. 나는 평생 이 따위들에 목숨을 걸어 왔습니다. 이제 와서 내가 내린 결론은 이따위 것들은 아무것도 아니라는 것입니다. 내가 아무것도 아닌 것처럼."

혹시 그가 공무원 시험에서 연신 미끄러졌나? 학벌과 재산이 없어서 실연당한 뒤에? 그래서 존재감을 상실했나, 하는 생각이 들었지만 중간에 말을 막을 순 없다. 그는 중간에 끼어드는 걸 싫어한다. 언젠가 그는 끼어드는 차가 싫어서 아예 차를 몰지 않는다고 말한 적도 있다.

"그런데 나만 아무것도 아닌 건 아닙니다. 세상의 너무 많은 것들이 아무것도 아닙니다. 다시 예를 들어볼까요? 이번엔 앞에 '그깟'을 넣어보겠습니다. 위의 예보다 더 무시하고 싶은 단어들로요. 경우에 따라선 '이깟'을 넣어도 되고 지그재그로 넣어도 무방합니다. 그럼 시작합니다. 그깟 사랑 따위, 그깟 예술 따위, 이깟 슬픔 따위, 그깟 외로움 따위, 그깟 죽음 따위."

"그만."

죽음이란 대목에서 나는 손을 든다. 그의 '따위' 이론을 그만 듣고 싶다. 그따위 이론을.

"아직은 그만둘 때가 아닙니다."

"제발, 그만 하고 와인이나 들어요."

나의 강경한 어조에 그가 잠시 움찔한다. 하지만 그만둘 자신이 아니라는 듯 마무리한다. 집주인의 텃세는 약발이 한 번뿐이다. 이제부턴 손님이 왕이다. 왕께서 말씀하신다.

"우리 그깟 섹스 따위 해봅시다. 그깟 콘돔 따위 쓰지 말고, 그깟 임신 따위 신경 쓰지 말고, 섹스가 세상에서 가장 경멸의 대상인 것처럼, 무시하듯 해봅시다."

강의를 마친 왕이 침묵한다. 다음 대사는 종의 차례라는 듯.

그거야? 결국 당신이 원하는 것도? 차라리 처음부터 그렇다고 말을 하지. 나는 단도직입적으로 묻는다.

"나랑 섹스 하러 왔죠?"

그도 단도직입적으로 답한다.

"그렇다고 볼 수 있죠."

나는 웃는다.

"쉬운 얘기를 참 어렵게도 하시네요."

섹스가 쉽다는 얘기가 아니라, 섹스 하자는 얘기가 쉽다는 말이다. 요즘은 "우리 섹스 할래?" 하는 얘기가 "우리 밥 먹을래?" 하는 것처럼 쉬운 얘기가 되어 버렸다. 사실 이번 부탁은 4가지 경우의 수 가운데 4번째에 해당한다. 어려운 부탁을 어렵게 하는 경우. 확률은 4분의 1이고, 주사위는 내가 쥐고 있다. 그러니 내가 먼저 던져야 하리라.

나는 밝히는 여자는 아니다. 인심이 후할 뿐이다. 나는 쾌락보다는 재미를 추구한다. 쾌락과 재미는 다른 범주에 속하니까. 옆집 남자와 섹스 하는 것이 재밌는지 아닌지 알려면 해보는 수밖에 없는 것이다.

나는 스탠드로 조명을 바꾸어 실내를 어둡게 만든다. 그가 앵무새를 가리킨다. 그는 쥐건 새건 어둠 속에서 자신을 지켜보는 게 싫다고 한다. 나는 손수건으로 새장을 가린다. 앵무새가 "이지야." 하고 부른다. 이 말은 손수건으로 가리지 말라는 뜻?

그가 천천히 내 옷을 벗기기 시작한다. 그의 손이 가늘게 떨린다. 마지막 속옷에선 내가 눈치를 챌 정도로 말이다. 괜찮아. '이깟' 옷 벗기는 일 '따위'에 그렇게 떨 건 없잖아.

나는 그를 도와주기 위해 마지막 속옷을 벗는다. 진짜 본론으로 들어가려는 순간 그는 본격적으로 떨기 시작한다. 이번엔 사시나무 떨듯 말이다. 그의 얼굴이 너무 불쌍해 보여서 차라리 웃음이 나올 지경이다. 처음이다. 말하지 않아도 알 수 있다. 그래서 조개구이집에서 섹스중독자 강의까지 펼친 거다. 처음인 걸 숨기려고 말이다.

사람들은 자신의 비밀이나 본심을 감추려고 일부러 정반대의 상황을 연출한다. 왜 일부러 그렇게 어려운 길을 택하는 것일까? 그래야 안 들킨다고 생각하는 걸까? 그럴수록 더 빨리 들키게 되는데 말이다.

본론으로 들어가기까지, 본론에 들어가서, 본론을 끝내고 나서도, 그는 시간을 끈다. 좀 헤매도 참아야지. 지루해도 재촉하면 안 돼. 첫 수업이니까. 그가 시간을 끌며 나라는 우주를 여기저기 탐험하는 동안 나는 다른 생각을 한다. 적어도 지금의 이 우스꽝스러운 상황보다는 재밌는 상상 말이다.

톡, 갑자기 내 가슴 위로 그의 눈물 한 방울이 톡 떨어진다. 무슨 뜻일까? 채식주의자 모임에서 만난 '쉘 위 키스'의 눈물과는 달리 온기가 느껴진다. 어라? 상상 속에서 그와 대화를 펼친다.

'당신도 다른 사람들처럼 나를 만만하게 보는 부류군요. 당신이 다른 사람과 다를 거란 기대는 하지 않았지만.'

'아닙니다. 난 당신과 소통하고 싶었어요. 난 우리 집 알전구하고도 소통하고 싶다고요. 설령 알전구 갈다 감전사하더라도 알전구를 쓰다듬고 싶었다고요.'

'오늘의 테마는 알전구예요? 당장 집어치워요. 그놈의 알전구 이론. 요즘 누가 알전구를 써요? 당신 아파트 화장실엔 알전구가 달려 있나 보죠? 난 안 쓴 지 오래됐어요.'

상상 속에서나마 그를 한번 이겨봤다. 그가 탐험을 끝내고 내려왔으므로 오늘은 여기까지.

✚ ✚ ✚

아가야, 삶에서 배움이란 끝이 없단다. 그런데 누군가를 가르치는 일은 정말 힘든 일이야. 저절로 가르치는 것만이 가르치는 것이니까. 누군가를 가르치려 들면 이미 가르치는 것이 아니란다. 저절로 가르치는 자 앞에선 절로 배우게 되지만 가르치려 드는 자 앞에선 오만조차도 제대로 배우기 힘드니까.

세상은 스승을 자처하는 사람들로 넘쳐난다. 그런 사람들은 자기가 사랑하는 사람에게조차 가르치려 들지. 그 결과 겸손을 자처하는 애들은 세상에 대고 자신의 사랑을 이렇게 떠들고 다닌다.

"난 사랑하는 그이를 존경하기까지 한답니다."

나도 한때는 그 애들 중 한 사람이었음을 부인하진 않겠다.

아가야, 저절로 가르치는 자와 가르치려 드는 자를 구분할 줄 알아야 해. 고개를 숙이게 만드는 자와 고개를 들게 만드는 자를 말이야. 그것은 진짜와 가짜를 가릴 줄 아는 능력이고, 진짜 사랑을 알아보는 능력이란다. 그것만 있으면 되는 거야. 그게 바로 세상을 살아가는 능력이니까. 그 능력만 갖춘다면 그땐 불행은 저절로 돌아서 가버린단다.

당신은 누구십니까?

 병원에서 호출이 와서 달려갔다. 택시정류장까지 어떻게 뛰었는지 모른다. 내가 근무하는 아이병원이 아니라 제이병원의 응급실이다.

수정이 자살을 기도했다. 아직 성공하진 않은 거다. 응급실에 있으니까. 수정은 역시 빠르다. 새 여자 친구를 만나 불행에서 유턴한 지가 엊그제인데 벌써 불행으로 직진하다니. 응급실로 들어서자 산소마스크를 낀 수정이 침대에 누워 있다. 안 돼, 수정아 죽으면 안 돼!

너무 당황해서 어찌해야 할지 모르겠다. 다른 사람들은 이럴 때 뭘 하지? 아아, 기도. 나는 두 손을 모은다. 하느님, 예수님, 부처님, 공자님, 또 누가 있지? 암튼 수정이 살려주세요. 빨리 낫게 해주세요.

순간 담당의사가 다가와서 말해준다. 고비는 넘겼으니 곧 입원실로 옮길 거라고 한다. 벌써 기도를 들어주시다니, 어느 신이 들어주셨는지는 모르지만 그 신에게 경배를! 수정은 뭐든지 빠르니까 기도의 응답도 빨리 받는 거다. 감사하는 마음으로 수정의 손을 잡는다. 그리고 속으로 주문을 외운다. 수정아, 넌 곧 일어날 거야. 넌 원래 회복이 빠르잖아.

핸드폰이 울린다. 이번엔 아이병원의 호출이다. 나는 퇴근 후 수정에게 들르리라 결심하며 자리에서 일어선다.

아이병원에서도 골칫거리가 생겼다. 강한과 내가 연애한다는 소문이 돌고 있기 때문이다. 베트남 부인의 돌잔치에 강한이 날 대동했다는 이유로, 다른 선배 간호사나 동료 간호사, 인턴과 의사를 제쳐두고 나만 선택되었다는 이유로, 그와 내가 싱글이라는 이유로, 그 밖에 내가 모르는 별로 알고 싶지도 않은 다른 이유들로 인해서 말이다.

사람들은 소문을 믿고 싶어 한다. 인정하고 싶지 않은 소문일수록 믿고 싶어 한다. 그래서 자신이 믿고 싶은 부분에 새로운 이야기를 덧붙여 헛소문을 낸다. 그리고 소문이 헛소문으로 드러날 때까지 잠깐의 시간도 참지 않으려 한다. 강한과 나에 대한 소문을 한소리 선배가 냈다는 소문이 있다. 사실일까? 헛소문일까? 별로 궁금하진 않지만 나름의 상상력을 발휘해 보겠다. 예상외로 재밌는 결론이 나올지 모르니까. 1년 전으로 거슬러 올라간다.

1. 한 선배는 베트남 부인의 배아 이식 날, 대기실에서 "기도가 필요하세요?"라고 물었다.
2. 베트남 부인은 한 선배의 기도를 완강하게 거부했다.
3. 그냥 거부해도 될 것을 완강하게 거부하는 건 한 선배 입장에서 이해가 안 갔다.
4. 약간의 상처로 인해 한 선배는 임신되지 말라는 저주의 기도를 내렸다. 과연 저주의 기도도 먹힐까, 하는 단순한 호기심에서였다.
5. 하지만 신은 그런 기도를 들어주지 않았다. 베트남 부인은 보란 듯이 사내아이를 임신해서 순산하고 성대하게 돌잔치까지 했다.
6. 한 선배는 돌잔치에 초대받지 못했다.
7. 담당의사이자 연모의 대상인 강한은 나를 대동하고 돌잔치에 갔다.
8. 강한이 개인병원을 차리면 나를 수석간호사로 데리고 나간다는 소문이 있다.
9. 한 선배는 자신이야말로 수석간호사감이라고 자부한다.
10. 그녀는 15년차 베테랑 간호사니까.
11. 게다가 요즘 그녀는 아이병원 간호사 일이 슬슬 지겨워진

다. 간호사란 직업이 무의미하게까지 느껴진다. 가장 큰 이
유는······.
12. 후배 간호사들이 그녀의 말을 새겨듣지 않는 것이다. 속된
말로 한참이나 어린년들이.
13. 어린년들 중에 새로운 연적이 나타났다.
14. 그건 바로······.

"나 간호사!"

한 선배가 신경질적으로 나를 부른다. 나에게 매우 화가 나 있다는 뜻이다. 당직근무를 바꿔달라고 하는 건 아닐 것이다. 이런 톤의 목소리로는 말이다. 하지만 설불리 판단하진 말자. 한 선배는 능히 이런 톤의 목소리로도 당직근무를 바꿔달라고 할 수 있으니까. 수틀리면 천사의 목소리로 저주의 기도를 내릴 수도 있는 것이다. 잘 안 먹혀서 탈이지만. 그런데 당직근무를 바꿔준 게 몇 번이지? 바꿔주고 제대로 찾아먹지 못한 게? 하도 많아 기억이 안 난다.

요즘 한 선배의 잔소리가 날로 늘어간다. 이젠 후배 간호사뿐 아니라 다른 분야 종사자에게까지 잔소리의 영역을 넓혀가고 있다. 어제는 직원탈의실 바닥에 머리카락이 떨어져 있었다고 청소부 아줌마에게 잔소리를 했다. 오늘은 직원화장실 비누에 머리카락이 붙어 있다고 잔소리를 해댔다. 점심시간엔 병원 구

내식당의 감잣국에서 머리카락이 나왔다고 조리사의 눈에서 눈물이 쏙 빠질 정도로 잔소리를 했다. 그녀는 자기 집 청소기의 먼지제거기에서 손님의 음모라도 발견한 것처럼 호들갑을 떨었다.

"내가 아줌마 딸이라면 이런 감잣국을 먹이겠어요?" 하고 큰 소리를 질러가며 말이다. 그녀의 상상력이 너무 발칙해서 나는 속으로 웃었다. 한 선배와 조리사는 동갑이기 때문이다. 조리사의 나이를 뒷조사한 건 아니고, 식당 벽에 붙은 조리사 자격증에 인쇄된 생년월일을 보고 알게 됐다.

한 선배, 동갑내기 엄마를 갖고 싶었어? 불가능한 일은 아니야. 선배 아버지가 재혼 상대로 서른아홉의 여자를 구하면 돼. 새엄마도 엄마니까. 대신 부모님이 황혼 이혼하는 모습을 쓰라린 가슴 안고 지켜봐야겠지.

한 선배는 유난히 털을 싫어한다. 그녀는 긴 생머리의 여자들을 배척하고 자신은 항상 짧은 머리를 유지한다. 직원탈의실에서 훔쳐본 그녀 겨드랑이에 제모가 잘되어 있는 것을 보면 정말 털을 싫어하는 것 같다. 언젠가 그녀와 사우나에 갈 일이 생긴다면 그녀의 아랫도리부터 살펴볼 예정이다. 그녀의 음모도 겨드랑이처럼 깔끔하게 면도되어 있는지 말이다. 만일 그녀가 자신의 음모를 면도하는 일이 서툴러서 내게 부탁을 한다면 기꺼이 해줄 용의가 있다. 해본 경험도 있는 데다 기분도 나쁘지 않았으니까.

상상 속에서 한 선배와 대화를 한다.

"한 선배님! 혹시 털 알레르기 있으세요?"

"그건 왜 묻지?"

"유난히 털을 싫어하잖아요."

"맞아, 나 털 혐오증 환자야. 개털, 고양이털, 새털, 오리털 기타 등등의 털이란 털은 다 싫어해. 여자가 빡빡머리를 하고 다녀도 아무렇지 않은 세상이 왔으면 좋겠어. 내 머리도 확 밀어 버리게."

"두상이 예뻐서 잘 어울릴 것 같은데 안타깝네요."

"자기가 생각해도 그렇지?"

"그럼요."

"흑……"

그녀의 눈물이 터진다.

"제가 무슨 서운한 말이라도……"

그녀가 고개를 도리도리 젓는다.

"아냐. 예전에 가슴에 털 난 남자 만났다가 된통 당했거든. 그래서 털을 싫어하는 거야."

그녀가 갑자기 이를 간다.

"아니, 증오해."

내 상상에 감자를 먹이듯 증오로 가득 찬 표정을 하고서 한 선배가 따지듯 캐묻는다.

"환자 대기실에 음료수 잔뜩 갖다둔 거 나간(나 간호사) 맞지?"

"네. 너무 더워서요. 대기실에서 목마를까 봐."

"환자 보호자들이 공짜라고 가방에 넣어가는 거 몰라?"

"남으면 괜찮은데 모자라면 곤란하잖아요."

"그게 다 병원 재산이야. 자기 것도 아닌데 그렇게 선심 쓸 거야? 병원에 드나드는 목마른 사람들, 나간이 전부 책임질 수 있어? 응? 다 책임질 거냐고!"

그리곤 내 귀에 대고 속삭인다. 본론은 언제나 귓속말인 것이다.

"그동안 혼자 점수 다 땄네? 착한 척은 혼자 다하고?"

"네? 무슨 말씀인지……."

"이 부탁 저 부탁 다 들어주는 척하면서 한 개인병원의 인심을 통째로 샀잖아! 이래도 몰라? 넌 시장조사도 안 했잖아! 강샘 엑스 와이프에 대해 최소한의 알 권리도 포기했잖아! 그런 주제에 날로 먹으려고?"

피식 웃음이 나온다. 그녀의 말에 틀린 데가 한두 군데가 아니기 때문이다. 나는 부탁을 들어주었지 들어준 척한 적은 없다. 강한의 전처에 대해 알 권리는커녕 그 어떤 권리도 없다. 객관적으로 판단해도 분한 건 내 쪽인데 씩씩대는 건 그녀다. 너무 씩

씩대다 보니 그녀의 코털까지 벌름거린다. 삐져나온 걸 보니 코털은 증오하지 않나 보다. 그래도 이해해 주어야지. 가슴에 털 난 남자한테 당한 그녀의 과거를 상상하면서 말이야.

강한과의 연애가 헛소문으로 드러날 때까지 기다리지 못하는 사람이 또 있었다. 잠깐의 시간을 견디지 못하는 사람 말이다. 병원 구내 커피숍에서 누가 날 기다린다는 전화가 왔다. 누군진 모르지만 누군가를 기다리게 하는 일이 미안해서 미친 듯 달려간다. 멀리서 누가 나를 향해 손을 흔든다. 누구지? 여자임은 확실하다. 한 선배가 싫어하겠군. 긴 생머리야.

그녀를 향해 다가가 "누구시죠?" 묻기도 전에 그녀는 "닥터 강 부인이에요."라고 말한다. "한지원이에요."라고 그냥 자기 이름을 말하면 될 것을. 말하지 않아도 그녀란 걸 눈치 챘지만 말이다. 내가 의자에 앉아 주문을 하기도 전에 그녀는 종업원에게 "커피 둘."이라고 말한다.

정말 잠시의 시간도 못 견디는군. 남편, 아니 전남편처럼 단어 아끼기에 관심이 있다면 차라리 "커피?"라고 물었다면 좋았을 텐데. 내가 주문하지도 않은 커피가 나오기도 전에 그녀는 벌써 내게 다른 역할을 주문한다.

드라마 〈부부클리닉〉에 나오는 남편의 철부지 내연녀 역할을 말이다. 그리고 자신은 억울한 본처 역을 맡는다. 아니, 억울한 내연녀와 철부지 본처다. 현실은 다르다. 억울한 부하직원과 예의 없는 전처? 그녀의 질책과 회유, 한숨과 협박이 쉴 새 없이 테이블 위로 쏟아져 나오기 시작한다.

"도대체 몸가짐을 어떻게 했길래 병원에 소문이 나죠?"

"닥터 강 여자 보는 눈이 이렇게까지 떨어졌나. 아무리 궁해도 그렇지."

"당신이 먼저 유혹한 거 아냐? 너무 쉽게 보인 거 아니냐구!"

"난 그이와 재결합하려고 끊임없이 커뮤니케이션을 시도하고 있어요. 내 소설로요."

"내 소설 읽어봤어요? 난 독자층이 다양한 편이죠."

"난, 나를 알고 싶어 하는 사람들에게 날 만나기 전에 내 소설을 먼저 만날 것을 권해요."

"내 노력에 찬물 끼얹지 마! 적어도 방해는 말아야지."

"나처럼 사랑할 자신 있어요? 그렇게 인색한 남자를! 잠자리는 하이라이트야! 나니까 사랑하지."

"잠자리에서 어떻게 인색하냐고 묻지 마. 절대 말 안 해줄 거야!"

"좋은 말로 할 때 알아먹어! 간호사 주제에 어딜 넘봐, 넘보길."

그녀는 갖은 욕은 다해놓고 나서 좋은 말로 했다고 한다. 그녀에게 좋은 말이 바로 갖은 욕인가 보다. 내가 마치 남의 집 담장을 넘보기라도 했다는 듯, 강한이 담장 안의 강아지라도 된다는 듯 그녀는 길길이 날뛴다. 자기가 그 강아지, 아니 강 강아지의 천생연분임을 강조하면서 말이다. 그녀는 정말 공공장소를 즐기는 타입이다. 보는 눈이 많을수록 신나게 춤추는 광대 같다. 광대의 일인극을 보기 위해 군중들이 모여든다. 광대를 보며 군중들이 수군댄다. 광대 앞에는 말 못하는 허수아비가 앉아 있다. 철부지 내연녀 허수아비 주제에 입이 열 개라도 무슨 할 말이 있겠는가?

나는 너무 재밌어서 웃음이 나올 지경이었다. 하지만 지금 웃는다면 코미디가 된다. 지금 운다면 신파가 된다. 그래서 웃지도 울지도 못하고 고개를 숙인다. 허벅지라도 꼬집어서 아픔으로 웃음을 잊어볼까? 한순간에 웃음이 터지면 곤란해. 가뜩이나 사람들이 보고 있는데, 내가 웃으면 그녀가 곤란해지잖아. 군중 가운데 한 선배도 있다면 좋겠다. 그럼 날 보면서 고소해 할 테니 말이다. 손도 안 대고 코를 풀었으니 덤으로 시원함까지 얻을 텐데.

"닥터 강, 다신 안 만나겠다고 약속해요, 네?"

그녀가 일인극의 마지막 대사를 던지고 떠난다. 마지막 대사치곤 재미가 없다. 별 설득력도, 현실성도 없다. 더구나 강한과는 매일 만나야 하는 사이가 아닌가? 그는 내 직장 상사란 말이다. 차라리 "강 강아지를 다신 안 만나겠다고 약속해요."라고 했다면 재밌었을 텐데.

자신의 애완견과 사랑에 빠진 내연녀. 내연녀를 질투하는 주인여자. 주인에게 마음이 떠나버린 간 큰 애완견······. 이쪽이 어쩐지 상상력을 자극한다. 하긴 첫 대사도 재미없긴 마찬가지였어. 처음부터 그녀의 소설을 읽지 않겠다고 결심한 건 잘한 일이다. 앞으로도 읽지 말아야지.

집으로 돌아와 내일 아침에 버릴 재활용 쓰레기를 미리 분리해둔다. 내일은 수요일이고 일기예보에도 비가 오지 않는다고 했으니까. 나는 몇 년째 읽지 않고 책꽂이만 차지하고 있는 철 지난 잡지들을 꺼낸다. 철 지난 잡지는 냄비받침대로 쓰기도 힘들다고 언젠가 옆집 남자는 말했었다. 뜨거운 냄비 바닥에 잡지의 얇은 표지가 눌어붙어 냄비를 닦는 데 애를 먹는다고. 그는 내게 냄비받침대를 하려거든 안 읽는 소설책을 사용하라고 권해주었다. 소설의 표지는 잡지보다 두껍고 질이 좋아 잘 눌어붙지 않는다고 말이다.

강한의 전처가 이 말을 들으면 길길이 날뛸지도 모르겠다. 언젠가 그녀의 소설책이 누군가의 냄비받침대로 사용된다면, 그래서 그 사실을 그녀가 알게 된다면 휴우, 그녀가 어떻게 날뛸지 상상하기도 힘들다.

그러고 보니 세 번은 짧게 세 번은 길게 문을 두들기는 소리를 3주째 듣지 못했다. 옆집 남자가 재활용 쓰레기를 3주째 맡기러 오지 않는다. 무슨 일일까? 3주 동안 그는 대체 뭘 하고 있는 걸까? 재활용 쓰레기 하나 안 만들고. 그도 저축하고 있나? 쌓아두었다가 한꺼번에 쓰레기를 맡기려고? 순전히 날 골탕 먹이기 위해서 말이다.

+++

쌍둥이 임신을 한 부주은이 정기검진을 왔다. 초음파검사를 하고 나서 강 선생이 임신한 쌍둥이 중 하나를 선택 유산시켜야 한다고 한다. 부주은은 초산에다 서른다섯의 고령임신이라 쌍둥이를 낳는 것이 위험하다는 것이 강한의 소견이다. 미숙아 출산의 가능성도 있고, 자칫 욕심을 내다간 둘 다 잃을 수도 있다고 한다. 그래서 둘 중에 열성을 선택하여 유산시키자는 것이다.
강 선생이 부주은을 위로한다.
"불행 중 다행이라고 생각하세요."
두 아이 중 하나를 잃어야 하니 불행이고, 두 아이 중 하나는 살아남으니 다행인 거다. 방점은 다행에 찍혀 있다. 다행히 황경미도 아슬아슬하게 유산의 위기를 넘겼다.
사실 세상의 경쟁이란 세상 밖으로 나와서 시작하는 게 아니다. 세상 밖으로 나오기 전부터 시작된다. 쌍둥이들은 엄마 뱃속에서부터 경쟁한다. 엄마의 영양분을 더 많이 빨아들이고, 더 많이 튼튼해지기 위해 싸우는 것이다. 그리하여 우성은 선택되어 살아남고, 열성은 도태된다. 우성이 경쟁에서 이기고 살아남는다. 열성들은 노력할 기회도 얻지 못하고 태어나기 전에 저 세상으로 보내져 버리고 마는 것이다.

인생의 주기나 생리주기처럼 불임환자들의 아기에게도 주기가 있다. 환자들 아기의 주기는 돌고 돈다. 나고 자라고 죽고, 나고 병들고 죽고, 나지 못하고도 죽고.

처음에 부주은은 시험관아기 임신에 성공했다. 행복한 일이다. 그 아기가 자궁 외 임신으로 판명되어 수술했다. 불행한 일이다. 시험관아기를 재 시도해서 쌍둥이 임신을 했다. 두 배로 행복해졌다. 쌍둥이 중 열성은 유산시켜야 한다. 끔찍하고 불행한 일이다. 행복과 불행은 돌고 돈다. 날마다 행복도 날마다 불행도 없다. 그런데 사람들은 불행의 주기에 빠지는 순간 헤어나질 못할 거라고 생각한다. 불행에서 다시는 헤어나지 못할 거라고. 그리고 행복의 순간이 오면 불행했던 기억을 싹 잊어버린다. 다시는 불행해지지 않을 거야, 다짐하면서.

인간은 망각의 동물이다. 행복하면 불행했던 순간을 잊고, 불행하면 행복했던 순간을 잊고, 임신하면 불임의 시절을 잊고, 유산하면 뱃속에 아이를 품었던 순간을 애써 잊는 것이다.

부디, 주님! 은혜로 부주은의 유산될 아기를 잊지 말고 천국에서 보살펴주소서. 지금껏 태어난 아기나 버려진 아기들, 앞으로 태어날 아기나 버려질 아기들도 지상에서 더불어 살펴주소서.

퇴근길이다. 병원을 나서는데 부주은의 남편이 날 막아선다. 내가 퇴근할 때까지 병원 앞에서 기다렸다는 것이다.

"간호사님! 따로 인사를 드려야 하는데…… 한번 만납시다. 언제가 좋습니까?"

"글쎄요? 아무 때나 괜찮은데."

"그럼 내일 저녁에 만납시다."

"좋아요. 어디서 만날까요?"

"청진동에서 만나죠. 맛있는 쌈밥집을 아는데 거기 갑시다. 된장에 고추장을 섞은 쌈장이 기가 막혀요. 서비스로 나오는 청국장도 일품입니다."

마치 쌈밥집을 홍보하러 나온 사장처럼 그가 신나서 말한다. 갑자기 내 얼굴이 붉어진다. 사실 나는 장 종류는 모두 싫어한다. 간장, 된장, 고추장, 쌈장 등 장이란 장은 모두 싫어한다. 그래서 집에 된장도 고추장도 간장도 없는 것이다. 나는 많은 것을 좋아하지만 모든 것을 좋아하진 않는다. 마찬가지로 많은 사람을 좋아하지만 모든 사람을 좋아하진 않는 것이다. 내게도 싫어하는 것과 싫어하는 사람을 가질 권리가 있다. 내가 아무리 쉬운 여자라 해도 말이다. 이 남자가 싫다. 이 남자와의 식사도.

"참 내일은 당직인 걸 깜박했네요. 다음에 만나요. 다른 데서요."

"죄송합니다. 젊은 아가씨한테 괜히 청국장 이야긴 해가지고……."

그가 머리를 긁적인다. 그리곤 지극히 유부남다운 제안을 한다. 쌈밥집은 생략하고 술을 마시며 남산타워가 올려다 보이는 레스토랑에서 낭만적인 데이트를 하자는 것이다. 사는 얘기도 하고 말이다. 다음 코스는 노래방에 블루스겠지? 노래방에서 제발 트로트는 뽑지 말기를. 트로트를 뽑더라도 내게 마이크만은 넘기지 말기를 바란다. 내게 트로트는 정말이지 너무 어렵다.

엄마처럼 살기 위해서 이 남자를 따라갈 수도 있을 것이다. 엄마처럼 살지 않기 위해서 이 남자를 거부할 수도 있을 것이다. 하지만 나는 당신의 라라가 될 순 없다. 나는 나이지가 아닌가. 나는 그저 지팡이도 없이 길을 나선 노인을 도왔을 뿐. 잠시 그의 지팡이가 돼주었을 뿐이다. 나는 그를 다독인다.

"제가 연락드릴게요. 대신 이런 식으로 불쑥 나타나심 안 돼요. 아셨죠?"

그가 돌아선다. 그도 분별 있는 사내다. 막무가내는 아닌 것이다. 당연하지. 이제 애 아빠가 될 몸인데. 순간, 병원 앞에 서서 나를 지켜보고 있는 한 선배를 발견한다. 언제부터 저기 서 있었지? 그녀가 내게 다가와서 귓속말을 한다. 그녀에게 귓속말은 본론을 의미하니까.

"나간, 너무 막나가는 거 아냐? 이젠 환자 남편까지?"

한 선배의 표정이 달떠 있다. 내가 막나가는 게 그녀에게 신나는 일인가 보다. 나는 한 선배의 오리털 파카에서 삐죽 삐져나온 털 하나를 발견한다. 그렇게나 털을 싫어하면서 털이 든 옷을 입고 다닐 생각을 하다니, 인간이란 참 모순된 존재다. 나는 오리털 하나를 빼서 선배의 얼굴에 대고 간지럼을 태운다.

"아악! 나, 나간!"

한 선배가 비명을 지른다.

"나한테 왜 이러는 거야! 나랑 원수졌어?"

나는 씨익 웃으며 돌아선다. 삐져나온 코털을 뽑아 간지러움을 태웠다면 더 좋았을걸. 막나가는 건 이런 거다. 상대방이 가장 싫어하는 일을 하는 것.

환자의 남편과 내가 연애한다는 헛소문이 아이병원에 돌아다닐 날도 머지않았다고 생각하며 제이병원으로 발걸음을 옮긴다.

수정은 어제 회복실로 옮겼다. 이제부턴 침대에 기대앉을 수도 있고, 대화도 가능하다고 수정은 문자를 보내왔다. 병실에 들어서니 수정이 멍하니 창밖을 보고 있다. 병실 밖 자작나무 가지 끝에 까치 한 마리가 위태롭게 서 있다. 수정이 나를 보자마자 흑, 눈물을 터뜨린다. 까치야, 왜 하필 혼자 서 있니? 그러니까 수정이가 울잖아.

"수정아, 왜 그랬니? 응?"

"완전 밑 빠진 독에 물 붓기야. 예금을 깨서 부어도, 월급을 타다 부어도 한도 끝도 없어. 끝도 안 보이는 길을 내가 왜 가야 하지?"

수정이 가족 이야기를 하고 있다. 자신이 생계를 책임지고 있는 부양가족을. 길이잖아, 수정아. 길이니까 가는 거야. 사람들은 원래 길이 아니면 안 가.

수정이 이를 악물며 말한다.

"밑 빠진 독은 어떻게 버리는지 알아? 재활용도 안 돼. 그냥 망치로 부숴버리는 거야. 그리고 쓰레기통에 갖다버리는 거야."

크리스털, 정말 그럴 수 있겠니? 네 말대로 그럴 용기 있어? 하지만 난 망치를 들고서 독을 깨는 네 모습이 상상이 잘 안 가. 이를 악무는 네 모습이. 네가 미치지 않고서야 그럴 수 있어?

"언니야, 나 또 차였다?"

"알코올중독자 모임에서 만났다는?"

수정이 고개를 끄덕인다. 역시 빠르다 빨라. 만난 지 얼마나 되었다고.

"아니, 왜! 뭐 땜에?"

나는 수정의 연이은 실연에 부르르 몸을 떨며 흥분한다. 나는 냄비다. 빨리 끓어오른다. 누군가 뚜껑을 빨리 열어주지 않으면 넘쳐버릴 것이다.

"내가 그렇게 가난한 줄 몰랐대. 너무 웃기지 않아? 우린 여자끼린데……."

"그건 전에 숏컷 친구가 한 말 아니니?"

수정이 버럭 화를 낸다.

"다른 여자한테, 같은 이유로 차였다구! 됐어? 이제 속 시원해?"

내가 속이 시원할 거라니. 아아, 말도 안 돼. 가난이 동네북이라니. 정말 말도 안 돼.

"난 태어나기 전부터 열성이야. 가진 것들이랑은 쨉도 안 돼."

"수정아, 넌 정말 괜찮은 애야. 그걸 인정 안 하니까 불행한 거야. 네가 나라면 열 번도 더 죽으려고 했을걸?"

수정은 부양가족이 속을 썩이고, 나는 속을 썩일 가족이 없다. 수정은 애인에게 연거푸 실연당했고, 나는 실연당할 애인도 없다. 우리 중 누가 더 불행할까? 불행도 시간이 지나봐야 길고 짧은 걸 알게 되는 것일까? 솔직히 속 썩이는 가족이 없는 건 아니다. 내게도 가족이 있다. 아직 그의 얼굴을 모르고 있을 뿐, 가족이 있다는 걸 생각하지 않고 있을 뿐이다.

수정의 밑에서 밤을 샌다. 밤새 보조침대에 누워 있었으니 옆이 아니라 밑이 맞다. 다람쥐는 쳇바퀴를 돌리고 아침은 오고 나는 다시 아이병원으로 돌아간다. 내가 아이병원을 돌릴 순 없는 노릇이니까. 인턴들과 회진을 한 바퀴 돌고 온 강한이 진료실로 돌아간다. 점심시간도 돌아오고 돌아간다. 그리고 오후 근무시간이 돌아온다. 모든 것이 돌아오고 돌아간다. 제자리로.

털을 점검하기 위해 직원화장실을 한 바퀴 돌아본 한 선배가 상담데스크로 다가온다. 상담데스크가 그녀의 자리는 아닐 텐데? 그녀는 요즘 내 주변을 엄청 맴돈다. 부디 즐겁게 맴돌기를. 즐겁게 맴돌다가 나중에는 부디 제자리로 돌아가주길 바란다.

"나간! 요즘 인기 폭발이네? 누가 또 찾아왔어."

한 선배가 로비 끝에 서 있는 한 중년 여인을 가리킨다. 나를 찾아왔다는데 누군지 모르겠다. 나이도 지긋해 보이는 데다 짧은 머리인 걸 보면 한 선배의 적수는 아닌 것 같다. 숱도 무지 적으니까. 게다가 한 선배의 적수는 어디까지나 자신보다 어린 여자들인 것이다.

누구지? 늦둥이를 원하는 강남 쉰 여사? 아님 불임인 딸의 대리모를 자처하는 친정 엄마? 후자라면 번지수가 틀렸는데, 라고 생각하며 중년 여인에게 다가간다.

"어떻게 오셨어요?"

"나이지 양 맞죠?"

"그런데요?"

"잠깐 밖에서 얘기 좀 할 수 있을까요?"

"누구신데 그러시죠?"

"이런, 내 소개도 안 했네요. 미안해요. 지고인 씨 아내 되는 사람입니다."

지고인은 또 누구야? 모르는 사람의 이름을 대면서 그의 아내라고 하면 나더러 어쩌라는 거야.

"지고인 씨가 누구신데요?"

"이지 양이 딸이라고 하던데요."

"……."

닥터 지가 자신의 본처를 보냈다. 그는 왜, 왜 주변사람을 시켜 내 주변을 이렇게 맴도는가?

"지금 근무시간이라 곤란합니다."

"퇴근시간에 다시 올게요. 아니 그때까지 병원 앞 커피숍에서 기다릴게요."

중년 여인이 정중하게 인사하며 돌아선다. 정중함이 그녀의 무기인가 보다. 그녀의 무기가 앞으로 어떤 힘을 발휘할지 궁금해진다. 남편이 혼외정사로 얻은 자식 앞에서, 원수의 자식이 지닌 적개심 앞에서 말이다.

퇴근시간이 한참 지났다. 시계를 보지 않아도 알 수 있다. 창밖의 거리에 어둠이 깔린 지 오래되었으니까. 닥터 지의 아내가 아직도 날 기다리는지 궁금함을 억누르며 시간을 더 질질 끈다. 끌어봐야 소용없다는 걸 알면서도 강한의 진료실과 상담데스크와 간호사실을 한 바퀴 돌며 더 할 일이 없나 살펴본다. 나는 더 이상 참지 못하고 병원 앞 커피숍을 향해 달린다. 백 미터 달리기선수처럼 말이다.

한달음에 커피숍 앞에 도착하니 선뜻 들어갈 맘이 생기지 않는다. 나는 서성이며 창밖에서 그녀를 훔쳐본다. 훔쳐보는 일은 뭐든 재밌다. 사람이든 일기든 편지든 앞집이든 대중목욕탕이든. 단, 상대방이 눈치 채기 전까지는 말이다.

그녀는 창가 근처에 자리를 잡고 앉아 있다. 객관적으로 보자면, 그녀는 엄마에 비해 미인이다. 그녀에게 없는 무엇이 엄마에게 있었을까? 무엇이 닥터 지로 하여금 미인인 부인을 놔두고 바람을 피우게 했을까? 닥터 지의 부인은 혼자 있을 때 웃지 않는 타입인가 보다. 웃는 데도 에너지가 필요하다. 너무 많이 웃다 보면 배가 고파지니까. 그래서 사람들이 볼 때 많이 웃으려고 웃음을 저축해두는 것 같다. 그렇담 과시형이군. 정중하고 과묵한 과시형. 언밸런스다.

그녀는 공공장소에서의 에티켓도 수준급이다. 핸드폰을 진동으로 해놓고 전화가 오면 입을 가린 채 조용조용 말한다. 옆자리에선 테이블 위에 침을 튀겨가며 커피숍이 떠나가라 떠들고 있는데 말이다. 전화를 끊고 나서 그녀는 기다린다. 커피도 주문하지 않고, 포켓용 책도 없이 기다린다. 두 손을 무릎 위에 얹은 채, 시선도 흩트리지 않고, 오로지 나만을. 내가 오기만을. 이제 그만 훔쳐보고 정중함과 적개심을 대면시켜야겠다. 시간을 끌면 적개심은커녕 그녀가 좋아질지도 모르니까.

나는 커피숍 문을 연다. 그리고 그녀에게 다가가 앞자리에 앉는다. 첫 만남부터 옆자리에 앉을 순 없는 일이다. 그녀가 메뉴판을 내 앞으로 내민다.

"같이 마시려고 기다렸어요. 뭐 마실래요?"

나는 '오늘의 커피'를 주문한다. 메뉴판의 맨 위에 '오늘의 커피'가 적혀 있었을 뿐 별다른 이유는 없다. 내가 뱉는 말이나 행동에 일일이 이유를 달기 시작하면 내 인생은 너무도 복잡해질 것이다. 그건 어려운 인생이지 내 인생이 아니다. 나는 쉽게 살아갈 것이다.

그녀는 직원에게 "오늘의 커피 둘 주세요."라고 말한다. 그녀는 예의바르게도 나랑 같은 메뉴를 주문한다. 마치 첫 데이트에 나온 남자처럼 말이다. 그녀가 물 잔을 쓰윽 쓰다듬는다. 마치 내 가슴이라도 쓰다듬은 듯 그녀의 손끝이 가늘게 떨린다.

"한번 보고 싶었는데…… 잘 자라주어 고맙네요."

고맙다고? 오버하시네요. 당신은 오버천사군. 천사들한테도 왕따 당하겠어.

'오늘의 커피' 두 잔이 우리 앞에 놓인다. 한 모금 마셔보니 '어제의 커피' 같은 느낌이 든다. 커피 고유의 향도 없고 쓰디쓰다. 그녀도 예의상 한 모금 마신다.

"아버지가 죽어가요. 폐암 말기에요."

아버지라고? 그녀의 아버진 아닐 테니 닥터 지를 말하는 것일 것이다.

"그날 이지 양과 통화하고 담배를 찾더군요. 입원한 다음 한 번도 찾지 않았는데."

"……."

나는 아무 말도 묻지 않는다. 궁금하지 않을 뿐더러 물을 이유도 없다. 그녀가 내 침묵을 이해한다는 듯 간곡한 어조로 질문을 던진다.

"폐암으로 죽어가는 사람한테 담배 줘봤어요?"

내게 그런 경험이 있을 거란 생각을 하다니, 날 뭐로 보는 거야. 난 불임클리닉의 간호사지, 호스피스 병동의 간호사가 아니란 말이야. 호스피스 병동 간호사는 죽어가는 환자의 소원을 들어주려고 꼬불쳐 놓은 담배가 있겠지만, 난 없단 말이야.

난 속으로 답한다. 알코올중독으로 죽어가는 사람한테 술병을 선물하는 여자는 봤어요. 영화에서. 만일 수정이가 알코올중독으로 죽어간다면 나도 영화 속 그녀처럼 술병을 선물할 거다. 그녀가 선물한 술병보다 훨씬 크고 무거운 술병을. 술을 자주 담아야 하는 번거로움 때문에 수정이가 귀찮아하지 않도록 말이다.

"꼭 한번 들러줘요. 케이병원 305호예요. 부탁입니다."

오늘의 커피가 우리 앞에서 식어간다. 둘 다 마실 생각은 없었던 것이다. 그녀가 계산서를 들고 자리에서 일어선다. 그리곤 계산을 하고 나간다. 나는 풋 웃는다. 심심한 여자군. 대체 뭘 기대한 거야, 정중함이 무기인 부인에게.

'야, 이 호로 자식아, 나라도 되니까 널 찾아왔지. 그 어미에 그 딸이구나. 뭐가 그렇게 건방져? 내가 오고 싶어서 온 줄 알아?'

'뭐라구요? 이제 좀 맘에 드네. 진작 그렇게 나올 것이지.'

'유산 상속은 꿈도 꾸지 마. 그러고도 땡전 한 푼 받을 줄 알았니? 전부 나랑 내 아들 거야. 알았어?'

'몰랐다. 어쩔래?'

그리고 서로 머리를 잡아 뜯는 그런 유치찬란한 해프닝? 이제는 머리를 잡아 뜯을 수도 없는 불행의 원흉을 함께 원망하는 동병상련의 처지? 나는 고개를 흔든다. 그에 대한 생각을 떨쳐 버리려고. 가벼워지려고. 내 적개심의 최대 무기가 침묵이란 걸 그녀가 눈치 챘을까?

미안해. 당신한테 버림받았다는 고아의식이 없어서. 미안해. 앞으로도 당신을 찾아가지 않을 거라서.

✢ ✢ ✢

집에 가는 길에 두배 슈퍼로 들어선다. 할아버지가 다짜고짜 묻는다.

"그 놈팽이 이름이 뭐야?"

"네?"

쉬운 여자 199

"자네 차버린 자식. 어서 대!"

"그런 자식 없는데요."

"얼굴에 다 써 있어! 귀신을 속일래? 나를 속일래?"

나는 애써 웃는다. 들키면 안 돼. 닥터 지에게 버림받았단 사실을 들키면 안 된다고.

"글쎄요. 아직 안 물어봤는데요."

"이름도 모르는 놈팽이 품에 밤새 안겨 있다가 차인 거구만?"

할아버지가 고개를 절레절레 흔든다. 그리곤 슈퍼를 나가는 내 등에 대고 들으란 듯 노래를 흥얼거린다.

"이름도 몰~라요, 성도 몰라~ 처음 본 남자 품에 얼싸 안겨~"

지금 할아버지에게 내 등을 보일 수 있어 다행이다. 나는 할아버지가 날 불러 세우지 못하게 집을 향해 냅다 달린다. 만일 그가 "자네!" 하고 날 부르면 나는 돌아봐야 할 테고 그러면 내 볼을 타고 흐르는 눈물을 감추지 못할 테니까.

드디어 집으로 돌아온다. 앵무새가 기다리는 나의 집으로. 나는 항상 거실 불을 켜두고 출근한다. 불을 켜두면 집에 왔을 때 누가 날 기다리고 있는 느낌이 들어서 좋다. 또 늦게 올 때도 많고 당직근무도 많은데, 밤이 되어도 내가 오지 않으면 어둠 속에서 앵무새가 무서워할까 봐 걱정되기 때문이다. 아침저녁으로 안녕을 노래해 대던 앵무새가 요 며칠 아프다. 며칠째 먹지도 않고 새장 구석에 누워서 잠만 잔다.

쉬운 새야. 그렇게 구석에 가서 힘들게 누워 있을 필욘 없어. 새장 안은 전부 네 공간이란다. 그동안 밖에 있는 사람들을 돌봐주느라 정작 내 식구를 돌보지 못했다. 그 상사에 그 부하직원이라더니, 나도 강 선생이나 다를 게 없다. "이지야, 안녕?" 하는 소리를 듣지 못한 지가 벌써 며칠이나 된다. 나도 아프다. 온몸에서 열이 난다. 몸살인 거 같다. 나 자신을 돌보지 않은 지가 얼마나 됐지? 옆집 남자도 아픈 걸까? 자신의 건재와 개성과 심술을 자랑하던 요란한 노크소리는 도대체 왜 안 들리는 거야. 더 이상은 궁금해 하지 말자. 그의 작업의 실체가 뭔지 궁금하지 않았던 것처럼. 당신은 나랑 섹스하고 나서 떠난 남자 중 하나일 뿐이야. 나 역시 오는 사람 안 막고 가는 사람 안 잡는 스타일일 뿐.

나는 앵무새에게 물을 갖다준다. 그리고 나에게도 물을 준다. 우린 공통점이 있네. 식물이 아니라는 점. 그래서 물만으론 너나 나나 더 이상 자라지 못한다는 점. 앵무새가 고개를 들어 나를 흘금 한 번 보곤 다시 눕는다. 이럴 땐 어떻게 해야 하지? 차라리 눈에 보이는 상처가 있다면 약을 발라주고 붕대를 감아줄 텐데.

안녕새야, 너도 아프니? 보이지 않는 곳이? 마음이?

시름시름하는 앵무새를 더 이상 지켜볼 수가 없다. 나는 새장을 들고 집을 뛰쳐나온다. 문이 열린 동물병원을 찾느라 이웃동

네까지 몇 바퀴를 뺑뺑 돈다. 가난한 동네에는 동물병원도 별로 없나 보다. 아파도 병원에 보낼 돈이 없으니까. 수요가 적으니 공급도 적은 것이다.

나는 동물병원이라 써진 간판을 겨우 발견한다. 사막에서 정수기를 만난 기분이다. 헉헉대며 병원 문을 열고 들어선다. 수의사가 퇴근 준비를 하고 있다. 오십은 족히 되어 보인다. 어쩜 사십일 수도 있다. 머리가 벗겨져서 나이가 들어 보이는지도. 금빛 안경테도 한몫하고 있으니까. 간호사를 그만두게 되면 가발 판매사원을 해야겠어. 그럼 이 수의사에게도, 머리숱이 적은 닥터 지의 본처에게도 가발을 팔 수 있을 거야, 라고 즉흥적으로 생각한다. 한 선배랑 동업은 힘들겠지? 털을 유난히 싫어하니까. 아니 증오하니까 말이야.

수의사가 금테 안경 너머로 나와 앵무새를 번갈아 쳐다본다.

"누구시죠?"

누구긴. 손님이지. 도둑이겠어?

"새가 아파서요."

수의사는 기가 막힌다는 표정으로 나를 바라본다. 그리고 설명하기 싫다는 듯 실내를 둘러보란 눈짓을 한다. 한 개의 개집 안에 아픈 개 한 마리가 들어 있다. 나머지 개집들은 전부 비어 있다. 그래서 무슨 말이 하고 싶은 거야? 비어 있는 새장은 없다고? 비어 있는 병실이 없으니 돌아가라고? 그렇담 응급실이라도 있을 거 아냐?

"새는 치료 안 합니다."

"그럼 어디로 가야 하죠?"

"글쎄요. 지금 문 닫을 시간이 돼서."

사막에서 만난 정수기가 빈 통이라니. 나는 앵무새와 함께 쫓기듯 병원을 나선다. 나중에 가발 판매사원이 되면 저 수의사에게 가발을 팔긴 힘들 거야, 생각하면서. 나는 동물병원이라고 써진 간판을 노려본다. 그럼 개병원이라고 해야 할 것 아냐, 이 개병원 의사야.

돌아와서 아픈 앵무새와 밤새도록 뒹군다. 한 이불을 쓴 건 아니고 앵무새는 새장 안에서, 나는 침대 위에서 각자 뒹군다. 사실 침대 위에 눕히고 싶었으나 내게 혹시라도 있을지 모를 병원균이 새에게 옮을까 봐 자제하기로 했다. 어쨌거나 나는 병원에서 하루 종일 근무하는 간호사니까. 몸집이 저렇게 작으니 저항력도 적겠지.

뒤척이다 거의 뜬눈으로 밤을 샌다. 일어나자마자 약국에 가서 아스피린을 사먹고 평소보다 조금 일찍 출근한다. 약국 문이 닫혀 있을까 봐 일찍 집을 나선 탓이다. 불임환자들과 상담하면서 아픈 티를 내고 싶지 않다. 그들은 보이지 않는 곳이 아프니까.

✝✝✝

 전전희라는 불임환자가 상담데스크로 오더니 다른 병원으로 옮기겠다고 한다. 그러면서 의무기록부 사본을 요구한다. 의사에게 직접 말하기가 껄끄러우니 나더러 대신 말해달라는 것이다. 지방으로 이사 가는 것이 아닌 담에야 우리 병원에서 다른 병원으로 옮기는 일은 드물다. 아이병원은 명의가 많기로 소문난 병원이니까.
 전전희는 아이병원에 처음 왔을 때도 다른 병원의 의무기록 사본을 가져왔었다. 다른 병원 이전에는 한방병원을 다녔는데 한약을 열심히 먹고, 자궁을 따뜻하게 하기 위해 아무리 침을 맞아도 아기가 생기지 않았다고 했다. 그녀는 아이병원에 올 때 강한을 담당의로 지목해서 왔는데 이번에 시험관아기 임신에 실패했다. 아이병원에서도 별 재미를 못 봤다고 생각했는지 병원을 또 옮기겠다는 것이다. 아무리 명문대라도 자신의 적성에 맞지 않으면 빨리 그만두는 게 낫다고 판단한 학생처럼 말이다.
 전전희. 이 병원 저 병원을 전전하는 여자야.
 자신의 진료기록을 본다고 해서 제대로 이해하는 환자는 없다고 생각한다. 그것은 사실 의사들끼리 이해하라는 의무기록이다. 간호사도 잘 모른다. 전부 영어로 되어 있기 때문이다. 더욱이 의사들의 영어는 자신만 알아보는 글씨체로 휘갈겨서 더 알아볼 수 없다. 의사들은 진료기록도, 처방전도, 처방내용도, 전부 영어로 휘갈긴다. 어떨 땐 진료차트가 다양한 필체로 의사들의 사인을 저장해놓은 다이어리 같다. 그래서 간호사들이 환자들의 차트를 진료실로 옮길 때 호기심에 슬쩍 봐도, 성질나서 자세히 봐도 잘 모른다. 마치 용용 죽겠지? 너희들은 죽었다 깨나도 못 읽을걸, 읽어도 무슨 뜻인지 모를걸, 하고 약 올리는 것만 같다. 전에 내가 처음 상담한 불임환자에게 강 선생이 225IU라는 자가 주사 처방전을 내렸을 때, 나는 이렇게 물었다.

"선생님, IU는 무엇의 약자입니까?"

그때 강 선생은 진료기록부에 영어로 사인을 하다가 잠시 멈추고 나를 멀뚱히 쳐다보았다. 그리곤 다시 시선을 진료기록부로 떨어뜨렸다. 그리고 아무 말도 없었다. 무슨 뜻이지?

　1. 넌 몰라도 돼.
　2. 그렇게 기본적인 질문을?
　3. 왜 그런 질문을 나한테 하는 거야?
　4. 내가 답해줄 의무가 있나?

정답은 강 선생만 알고 있다. 그래서 나는 지금도 IU가 무엇의 약자인지 모른다. 그 이후로 두 번 다시 그 질문을 하지 않았으니까. 만일 수정이가 날더러 무식하다고 하면서 자기가 가르쳐준다고 한다면 두 귀를 틀어막을 거다. 왜냐고? 별 이유 없다고!

배운 사람이 자신의 유식을 드러내는 방식은 못 배운 사람이 자신의 무식을 드러내는 방식보다 훨씬 유치하다. 나는 그것을 먹물본색이라 부른다.

강한의 진료실 문을 노크하고 들어선다. 당연히 왜 들어왔냐는 질문은 없다. 내가 먼저 용건을 말해야겠지. 목마른 사람이 먼저 샘을 판다. 내가 파놓은 샘물을 그가 원하면 기꺼이 먼저 마시게 할 용의도 있다.

"선생님, 전전희 씨가 의무기록부 사본을 원하는데요."

그는 펜으로 뭔가를 열심히 적고 있다. 혹시 사인? 그가 대답 대신 나를 멀뚱히 쳐다본다. 마치 내가 그의 일기장이라도 훔쳐본 양 못마땅한 표정을 짓는다. 그때도 그랬었지. IU가 무엇의 약자냐고 물었을 때도.

"들어오기 전에 노크를 해야지, 노크를! 기본도 모르나?"

웬 봉창이지? 분명 노크를 했는데. 그가 꽤 화가 났나 보다. 단어를 아끼는 사람이 노크란 단어를 두 번이나 사용했다. 컴퓨터로 고스톱 치다가 급하게 끈 거 아냐? 아님 전처랑 채팅하다가? 포르노 사이트 접속하다가? 이중에 정답이 있는지 없는지도 그만이 알 것이다. 나는 부연 설명을 한다.

"전전희 씨가 병원을 옮기고 싶대요."

그는 신경질적으로 전전희의 진료기록부 원본 중 복사해 갈 부분을 체크해준다. 그중 한 장을 보자 피식, 웃음이 절로 나온다.

"뭘 알고 웃는 거야?"

사실 몰라서 웃는 거다. 무식해서. 그는 오늘따라 시비다. 사실 오늘만이 아니다. 요즘 계속 혈압이 높다. 옆집 남자라면 이렇게 묻겠지.

"이번 주가 그 주간입니까?"

하지만 강한은 여자가 아니니 생리주간은 확실히 아닐 것이다. 남자들에게도 심리적인 생리주간이 있다고 한다면 대환영이다. 그러면 남자들도 생리휴가를 받게 될 테고, 휴가 후엔 혈압이 정상으로 돌아와 동료나 부하 직원을 부드럽게 대하게 될 테니 말이다. 그가 조만간 개인병원을 개업하려는데 고객이 빠져나간다고 하니 신경질이 나는 거라 생각하며 화제를 돌린다.

"혹시 새 병원이 어딘지 아세요?"

그가 무슨 말인지 모르겠다는 표정으로 나를 바라본다. 또 말을 아낀다. 다음 말을 하든지 말든지 알아서 하는 건 늘 내 쪽이다.

"우리 집 앵무새가 아파서요."

그가 냉랭하게 말한다.

"모르겠는데. 나가봐."

우리가 사귄다는 헛소문이 싫은 거야. 그래서 날 일부러 구박

하는 거야. 하기야 나도 싫은데, 당신은 오죽하겠어? 우리 오늘 땡땡이치고 헛소문이나 잡으러 다닐까? 그러다 한 선배를 만나면 그녀 앞에서도 날 꼭 구박해주길 바래. 그래야 그녀가 안심할 테니 말이야.

"나 간호사!"

나가려는 나를 그가 불러 세운다. 그리곤 경멸의 어조로 작게 내뱉는다.

"이젠 환자 남편에게까지 집적대나? 바지만 입으면 다 집적대는군."

나는 대답하지 않고 그냥 나간다. 이 질문의 의미를 아직 잘 모르니까. 내가 강한의 진료실에서 전전희의 의무기록부를 보며 웃은 건 영어를 다 빼고 한글 부분만 읽어봤기 때문이다. 한글만 골라서 읽으니까 몇 글자가 되질 않았다. 그래서 웃은 것이다. 내가 읽은 부분은 전전희의 나팔관 조영술 검사 결과 기록 부분이다. '나팔관 조영술 검사'란 단어도 영어로 써 있었지만 전자사전을 찾아서 알아낸 거다. 진짜 웃긴지 안 웃긴지 직접 써서 확인해 주겠다. 아래의 ( ) 안은 모두 영어로 되어 있다. 굳이 써넣진 않겠다.

제목(   )

(　)후 (　)내에 (　)는 (　)않음.

양측 (　)가 (　)되고 있으나 (　)는 (　) 관찰되지 않음.

결과

(　　　　)

그리고 담당의사 강한의 영어 사인.

이것이 전전희가 복사해 갈 진료기록부 원본 중 일부다. 당신이 환자라면 복사해 가고 싶은가? 영어 공부를 해서라도?

오늘은 비번이다. 하루 종일 수정과 병원에 있을 수 있다. 수정은 내일이면 퇴원한다. 지금 수정에겐 몸보다 마음의 퇴원이 더 중요하다. 수정을 병문안 가기 전에 도장가게에 들어선다. 며칠 전에 수정의 도장을 주문했다. 수정에게 도장을 선물하려고 말이다. 언젠가 유명인끼리는 아주 비싼 도장을 선물한다고 들었다. 돈 벌 일도 많고, 계약할 일도 많으니 멋진 도장이 필요할 거란 이유에서다. 왜 비싼 걸 선물할까? 도장의 몸통에 크리스털이라도 집어넣는 것일까? 무명인인 수정은 외로웠을 거다. 무명인인 나에게 레즈비언이라고 커밍아웃하면서 말이다. 커밍아웃하고 나서도 계속 실연만 당했으니 얼마나 더 외로웠을 것인가.

도장가게 아저씨가 도장에 인주를 묻힌다. 그리고 흰 종이에 쾅! 찍는다. 흰 종이에 찍힌 '여수정'이란 세 글자가 보인다. 비싼 도장은 아니지만 빨간색의 글자는 예뻤다. 수정이 얼굴처럼.

병원에 가기 전 또 한 군데 들를 곳이 있다. 나는 은행으로 들어선다. 임대아파트로 이사 오기 전 엄마랑 살았던 집이 내 유산이다. 마당이 있는 아담한 한옥이었다. 엄마는 마당에 숨 쉬는 항아리들을 들여놓았다. 항아리 안에 갖가지 장을 담아 넣은 다음 익기를 기다렸다가 파는 것. 그것이 엄마의 직업이었다.

나는 어린 시절, 강아지와 마당에서 뛰어놀고 싶어 엄마에게 사달라고 졸랐는데 절대 안 된다고 했다. 내가 태어나기 전 엄마가 강아지를 기른 적이 있는데 피부암에 걸려 죽은 뒤 다신 기르지 않을 거라 결심했다고. 강아지가 피부암에 걸렸을 때 엄마는 동물병원을 수시로 드나들었지만 강아지를 살리진 못했다고 한다. 그래서 그 동물병원의 수의사를 죽을 때까지 원망할 거라고. 새로운 강아지는 피부암에 걸리지 않을 거라고 설득해 봤지만 엄만 막무가내였다. 행여 강아지털이 항아리 안에 들어가는 날엔, 그래서 손님의 눈에라도 띄는 날엔 장 담그는 일을 그만두어야 한다는 것이다. 그때는 방구석에 들어앉아 한숨을 쉬며 손가락에 장이나 지지고 있어야 한다는 것이었다.

엄마의 장례식이 있던 날, 나는 집으로 돌아와 망치를 찾아들었다. 그리고 마당의 항아리들을 하나씩 깨부수었다. 내 얼굴 위로 깨진 항아리 조각과 엄마가 담가놓은 장이 마구 튀겼다. 고추장이고 된장이고 간장이고 할 것 없이 내 온몸에 튀겨댔다. 항아리 파편들이 내 몸에 상처를 내는 것도 잊고서 나는 계속 깨나갔다. 내게는 다른 일이 필요했다. 때려 부술 무언가가 필요했다. 당장 울지 않기 위해서라도.

수정아, 미친 사람만이 깰 수 있어. 미친 사람만이 망치를 들고 가족이란 이름의 장독을 내리치는 거란다. 나처럼 미친 사람만이.

나는 그동안 유산을 통장에 넣어놓고 한 번도 들여다보지 않았다. 펀드가입이나 주식투자는 생각하기도 싫었다. 그동안 아무리 어려운 일이 있어도 엄마의 돈은 쓰기가 싫었다. 땡전 한 푼 건드리기도 싫었다. 그건 바로 그녀가 원하는 일일 테니까.

나는 유산이 든 통장을 해약하고 수정의 도장을 내민다. 그리고 수정의 명의로 새 통장을 만들어 내 유산을 고스란히 입금한다. 그동안 이자가 꽤 붙어나 있었다. 이스트를 넣어 부풀린 빵 반죽처럼.

은행을 나와서 꽃집에 들러 장미꽃 한 다발을 산다. 리본에 '축 퇴원'이라 적고 싶었지만 수정이 입원 당시를 떠올릴까 봐 그만둔다. 겨우 잡아놓은 마음은 원래 손바닥처럼 뒤집기가 쉬

쉬운 여자 211

운 것이다.

마지막으로 빵집에 들러 케익을 산다. 내일은 내가 당직이니 수정 혼자 퇴원해야 할 것이다. 장미꽃 한 다발과 케익이라면 하루치의 외로움을 견딜 수 있다.

드디어 수정의 병실로 들어선다. 나는 수정에게 장미꽃 다발과 케익을 내민다. 수정이 장미꽃을 보며 환하게 웃는다. 당연하지. 꽃다운 나이니까. 수정아, 앞으로도 웃으렴. 꽃처럼.

나는 도둑고양이처럼 케익 위에 통장과 도장을 슬쩍 올려놓는다. 먼저 서론으로 정신을 빼놓고 본론은 거저먹기로 가리는 것이다.

"뭐야?"

"독립해. 방 두 개짜리 집 정도는 얻을 수 있을 거야. 욕조가 두 개인 집은 아니겠지만."

수정이 잠시 침묵한다. 그리고 떨리는 목소리로 말한다.

"날…… 무시하는 거야?"

"나도 네가 쉽게 받을 거란 생각은 안 했어. 어렵겠지만 받아줘. 수정아, 부탁이야."

수정은 천천히 통장을 집어 든다.

"뭐야, 언니가 내 남편이라도 돼?"

"나야 영광이지."

수정은 환자니까 공주 대접을 해줘야 한다. 적어도 내일까지는. 수정이 멋진 제안을 한다.

"그냥 우리 같이 살까? 이 돈으로 방 얻어서."

"그럼 더 영광이지."

나는 남편처럼 묻는다.

"퇴원하면 제일 하고 싶은 게 뭐야?"

"탱고. 언니랑 탱고 추고 싶어."

수정의 서슴없는 대답이 돌아온다.

"좋아. 우리 모레부터 매일 탱고 추러 가자. 오케이?"

"왜 모레부터야? 난 내일 퇴원하는데."

"내일은 당직이거든."

수정이 통장을 펴본다. 그리곤 잠시 침묵한다. 이어 수정이 찔끔찔끔 울기 시작한다. 그리고는 엉엉 소리 내서 운다. 통장에 적힌 숫자가 그녀를 울린 것이다. 사람은 사람 때문에 울기도 하지만 숫자 때문에 울기도 한다. 하지만 자세히 들여다보면 숫자를 핑계로 사람 때문에 우는 것이다. 수정이 운다. 나 때문에.

"여수정! 울다가 웃으면…… 알지?"

"아유, 유치햇!"

수정이 통장으로 나를 때린다. 우리는 오랜만에 함께 깔깔댄다. 수정이 갑자기 내게 입맞춤을 한다. 입맞춤은 키스로 이어진다. 맨 정신에 여자와 키스하는 건 처음이다. 수정의 손이 내 가슴을 더듬는다. 나는 수정의 침대 위로 급하게 쓰러진다. 간호사

쉬운 여자

나 방문객이 들어오기 전에 일어나야 하니까.

너무 도덕적이 되지 않으려 한다. 도덕보다 도덕적이 된다면 도덕의 마음을 상하게 하는 일이 되고, 도덕보다 도덕적이 되지 못하면 도덕의 비웃음을 사게 될까 두렵기 때문이다.

수정과 케익을 함께 먹진 못했다. 수정은 아직 소화기관이 회복되지 않았다면서 두배 할아버지에게 케익을 갖다주라고 한다.

병원에서 나와 케익을 들고 서둘러 두배 슈퍼를 향한다. 슈퍼의 문이 닫히기 전에 말이다. 할아버지에게 내가 만든 케익이라고 거짓말하려면 케익 상자는 버리고 가야 한다. 그러려면 먼저 집에 들러야겠다. 다른 그릇에 담아 와야 하니까.

할아버지의 눈에 띄지 않기 위해 슈퍼를 빙 돌아서 아파트 뒷문으로 들어가 집에 다녀온다. 슈퍼에 들어서니 할아버지의 입이 일 인치는 나와 있다. 요즘 나의 방문시간이 일정하지가 않은 탓이다. 할아버지는 내가 들쑥날쑥 방문하는 바람에 요즘 너무 스트레스가 쌓인다고 불평을 늘어놓는다. 연예인도 아니고 '나가요 아가씨'도 아니면서 이렇게 바람 든 무처럼 가볍게 촐싹대서야 되겠느냐고 잔소리를 한다. 나는 할아버지에게 케익을 내민다. 그는 화가 조금 누그러진 표정으로 케익을 받아든다. 그리곤 어디 흠 잡을 곳이 없나 케익을 요리조리 뜯어본다. 할아버지가 변해간다. 주기적으로 효도를 기다리는 어버이처럼. 효심 대신 점점 선물이 기다려지는 심술궂은 어버이처럼. 그러면 나는 변덕스러운 방문시간으로 그의 심술에 답한다. 나는 어떤 자극에도 쉽게 반응하는 여자인 것이다.

할아버지가 처음으로 내게 케익을 내민다. 내가 주려고 가져온 케익이긴 하지만 선물 받는 기분이 들어 좋다. 틀니를 가져오지 않아서 오늘은 먹을 수가 없다는 것이다. 그래도 좋다. 나는 케익을 먹으면서 할아버지의 넋두리를 듣는다.

"난 평생 잃기만 했어. 배움의 기회를 잃고, 사랑할 기회를 잃고, 이것도 잃고 저것도 잃고, 더 이상 잃을 게 없어질 때까지 잃었지. 아직 잃지 않은 건 몸뚱이뿐이야. 그래서 죽기 전에 전부 잃고 싶어. 눈, 신장, 콩팥, 장기, 골수 같은 것들 말이야. 그런데 팔십 노인 몸이 성한 구석이 어디 있나. 누구에게 뭔가를 주고 싶어도 상대가 원하는 때가 있어. 그때를 놓치면 도울 수가 없지. 난 과거에 사랑하는 여자를 잃었어. 그녀에게 골수를 줄 수 있을 때 주지 않아서 말이야. 자넨 때를 놓치지 말게나. 절대로."

나는 할아버지에게 다가가 손을 내민다. 할아버지가 내 손을 잡고 일어선다. 우리는 슈퍼 안에서 탱고를 추다 밖으로 나와서 다시 춘다. 할아버지의 탱고는 수준급이다. 왕년에 배우가 아니라 춤 선생이었나 보다. 때마침 근처의 음반가게에서 피아졸라의 '리베르 탱고' 음악이 흘러나온다. 보름달이 우리를 내려다보며 환하게 웃는다. 지나가는 개도 웃는다. 아니 짖는다. 살랑 살랑 꼬리를 흔들며.

벌써 눈치 챘는지? 맞다. 이건 상상이다. 할아버지의 마음의 소리를 내 맘대로 듣고 짐작해서 편집해 봤다. 이름 3행시도 내 맘대로 짓는데 그의 말과 행동도 내 맘대로 고쳐보지 말란 법이 없다. 어디까지나 상상이고 공짜인데 말이다. 이렇게 생각해야 훗날 할아버지를 떠올릴 때 내 마음이 가벼워질 것 같다.

예쁠수록, 그리고 어릴수록 여자의 상품가치는 높아진다는 팔순의 할아버지를 떠올리는 것보다는 말이다. 다음번엔 할아버지를 잘생긴 청년으로 고쳐서 상상해야겠다. 할아버지만 젊고 예쁜 여자를 좋아하란 법은 없으니까.

할아버지는 오늘 집에서 나올 때 틀니를 가져오지 않았다면서 잇몸으로 케익을 먹는다. 그에게 내민 게 고기가 아니라서 얼마나 다행인지.

"제길, 이젠 단지 쓴지 짠지도 모르겠어. 입맛이 갔어. 아주 갔다고."

할아버지는 더 이상 못 먹겠다는 듯 케익을 내려놓는다. 그러면서 다음번 케익엔 반드시 테두리에 눈깔사탕을 둘러오라고 주문한다.

"알았지? 다음번엔 더 달게!"

그가 단맛에 점점 더 중독되어 간다. 마약중독자들이 다음번엔 더 많은 양의 마약을 주문하듯, 아이들이 부모에게 날마다 새로운 장난감을 주문하듯, 부부들이 잠자리를 가질 때마다 서로에게 더 큰 자극을 주문하듯 말이다. 주문의 결과는 불 보듯 뻔하다. 마약중독자들은 예정된 파멸의 길을 향해 걸어가며, 장난감을 얻지 못한 아이는 다른 아이의 장난감과 비교하면서 떼를 쓰고, 부부는 그동안 미뤄왔던 외도를 시작할 것이다.

할아버지는? 초코파이와 사탕을 끌어안고서 하루하루 죽음을 향해 달려가겠지.

그는 이제부터 자신이 원할 때마다 달려와서 도와달라고 말한다. 때를 놓치면 나중에 후회할 것이란 저주도 퍼붓는다. 그러면서 동사무소의 사회복지사를 마구 욕한다. 그녀가 놓쳐버린 때가 너무 많아서 이젠 셀 수도 없다는 것이다. 자신을 돌봐줄 기회를 말이다. 나는 알았다고 말하며 슈퍼를 나선다.

한 사내가 술 냄새를 풍기며 슈퍼를 향해 다가온다. 근처의 삼겹살집에서 소주라도 들이켜고 왔나 보다. 고기와 기름 냄새가 역하게 올라오는 걸 보니 조개구이집에서 나온 건 확실히 아니다. 사실 술 냄새보다 마늘 냄새가 더 역하다. 마늘 냄새보다 담배 냄새가 더 역하다. 담배 냄새보다 그의 입에서 풍기는 냄새가 더 역하다.

인간이란 원래 냄새 나는 동물이다. 태어날 땐 모두가 천연의 아기 냄새를 풍기며 태어나지만, 자라면서 점점 냄새의 종류가 달라지고 차이는 커진다. 그래서 어른이 되면 계유자처럼 유자

향을 풍기기도 하고, 저 사내처럼 역한 냄새를 풍기기도 하는 것이다. 사람들은 자신이 지닌 고유의 냄새로 타인에게 상쾌함을 선사하기도 하고, 피해를 주기도 한다.

두배 할아버지는 늘어가는 검버섯을 과시하며 죽음의 냄새를 풍긴다. 주름살과 틀니를 덧붙여 설명하지 않아도 말이다.

수정은 신세대처럼 발랄하고 시원한 바다 냄새를 풍기는가 하면, 잿빛 하늘의 뿌연 먹구름 냄새를 풍긴다. 먹구름 냄새를 달리 설명할 재주는 없다. 언젠가 먹구름의 냄새를 맡아본 적이 있는데, 그것은 먹구름 냄새라고 밖에는 달리 표현할 방법이 없기 때문이다.

옆집 남자에게선 어쩐지 위악의 냄새가 난다. 그가 화를 내면 무섭기는커녕 귀여울 때가 있으니까. 비밀이 많아 보이긴 해도 사실은 비밀을 갖고 있지 않은 게 아닐까? 무서운 척하는 사람이 사실은 별로 무섭지 않듯 말이다.

강한에게선 찬바람 냄새와 함께 얼음 냄새가 난다. 그래서 소설《냉혈한》의 소재가 되었는지도 모르겠다. 가끔 그의 손에서 비누 냄새가 날 때도 있지만 그것은 병원의 비누 냄새지 그 자신 고유의 냄새는 아닌 것이다.

그렇다면 나는? 비눗방울 냄새일 것이다. 손대면 기다렸다는 듯 터지는 비눗방울, 누군가의 손길을 간절히 기다리다 막상 그가 손을 대면 그 순간 펑! 터져 날아가 버리는 비눗방울 말이다.

냄새 나는 사내가 지나가기를 바라는 순간, 그가 묻는다.

"혹시 나이지라고 아세요? 상가 앞 임대아파트에 산다던데."

나이지가 한참 나이 어린 여동생이라도 된다는 듯 사내가 쪽지를 내민다. 나는 쪽지를 받아든다. 쪽지에는 내 주소가 적혀 있다. 그는 누구인가? 누군데 내 주소를 들고서 내 앞에 서 있나. 역한 냄새까지 풍기면서 말이다. 나는 묻는다.

"누구세요?"

"알아요? 몰라요?"

사람들은 왜 다들 주소를 들고 슈퍼에 찾아와 누구누구를 아냐고, 어디 사냐고 묻는 걸까? 슈퍼가 동사무소도 아닌데 말이다. 그것도 불륜이나 치정의 상대나 빚쟁이를 찾으러 와서 말이다.

"내가 나이진데요. 누구시냐구요!"

"지고인 씨 아들이다! 누군지는 잘 알지?"

역한 사내가 벌써부터 반말을 한다. 나도 사람하고 친해지는 속도가 빠른 편인데 그도 그런 타입인가 보다. 원수는 외나무다리에서 만나고 원수의 자식은 슈퍼 앞에서 만난다. 내가 누구를 잘 안다는 건가? 나의 원수? 원수의 아들? 난 둘 다 잘 모른다.

그가 불륜의 상대는 아니지만, 아비가 싸질러 놓은 불륜의 씨앗을 찾으러 온 건 맞다. 내가 그의 한참 나이 어린 여동생이란 건 맞지만, 배다른 여동생이다. 그가 닥터 지의 아들이 맞다면 말이다. 그가 배다른 여동생에게 술주정과 신세타령을 늘어놓기 시작한다.

"아버지가 죽어간다고. 알아?"

"네 전화 끊고 나서 담배 피우고 쓰러졌어."

"난들 좋아서 찾아온 줄 알아? 그놈의 여편네가 불쌍해서, 에이 말을 말자."

"병원 어딘지 까먹어서 못 오는 거야? 다시 말해줘?"

"그래도 동생이라고 은근 귀엽네. 너 몇 살이니? 오빠가 까까 사줄까?"

"우욱."

"찾아와. 나중에 후회하지 말고. 알았어?"

그는 용건을 말하곤 삼천포로 빠졌다가 본론으로 돌아가 쐐기를 박곤 사라진다. 나는 그의 뒷모습을 바라보며 속으로 외친다. 죽어가는 건 네 아버지뿐만이 아니야. 내 앵무새도, 원치 않는 아기들도, 두배 할아버지도, 나의 인내심도 죽어가고 있다고! 그러니 호들갑 좀 그만 떨어! 닥터 진지 닥터 지랄인지가 죽어간다고 내 앞에서 엄살 좀 그만 떨란 말이야!

✢ ✢ ✢

집으로 돌아와 열쇠를 현관문에 집어넣는데 찰칵하는 소리가 들리질 않는다. 손잡이를 돌려보니 문이 열려 있다. 급하게 케익 담을 그릇을 가져가느라 문을 잠그는 것을 잊었나 보다. 나가기 전에 환하게 불을 켜둔 거실로 들어선다. 앵무새가 나를 보자마자 금방이라도 숨이 넘어갈 듯한 목소리로 "이지야, 이지야."를 외친다. 너무 반가워서 눈물이 다 난다.

앵무새야, 이제 안 아프니? 이제 괜찮은 거야? 앵무새에게 다가가려는 데 와락, 침실 문을 열고 누군가가 나온다. 침입자다. 내 집에 침입자가 와 있다. 앵무새는 낯선 사람이 와 있다는 걸 알린 것이다. 아픈 주제에 혼신의 힘을 다해서. 개도 아닌 새 주제에 말이다.

나는 떨리는 목소리로 묻는다.

"누구세요?"

침입자가 답한다.

"보면 몰라?"

나는 탄식처럼 내뱉는다.

"강······ 도."

강도가 한 손으로 내 입을 틀어막고 한 손으로 내 목에 칼을 댄다. 그리고는 내 귀에 대고 뜨거운 입김을 쏟아낸다.

"젊은 아가씨가 겁이 없네? 문을 활짝 열어놓고 외출을 다 하고?"

그래, 난 겁이 없어. 아무도 겁내지 않아. 아는 사람은 아는 사람이라 겁 안 나. 모르는 사람은 몰라서 겁 안 나. 한밤중에 골목에서 모르는 사람을 만나도 겁이 안 난다고. 무서운 건 나뿐이야. 빈방에 홀로 있는 나, 마주칠 것이 벽뿐인 빈 방에 홀로 남아 있는 나 자신이라고. 나는 침착하게 강도에게 말한다.

"맘에 드는 거 있음 다 가져가요. 줄 수 있는 건 다 줄게요."

"어쭈? 제법인데? 다음 대사는……."

강도가 다음 대사를 여자 목소리를 흉내 내며 말한다. 여유만만이다. 당연하지. 칼자루를 쥐었으니까. 맘에 안 들면 언제든 휘두르면 되는 것이다.

"신고하지 않을 게요. 날 믿어요. 당신 얼굴도 나가는 순간 잊을게요. 그러니 좋은 말할 때 빨리 꺼져, 새끼야! 이거야?"

마지막 대사에서 제정신, 즉 험악한 목소리로 돌아온 강도가 허공에 대고 칼을 휘두른다. 일식집 직원이라면 곧 잘릴 솜씨다. 나는 고개를 젓는다.

"당신은 내 집에 찾아온 손님이니까요."

그렇다. 그는 손님이다. 약속되지 않은 시간에 약속하지 않은 장소로 찾아오긴 했지만. 강도가 갑자기 웃는다.

"당신 천사야? 아님 연극하는 거야? 강도라고 깔보는 거야? 나 안 무서워? 엉!"

강도가 호통을 친다. 이 자리에 수정이가 있었다면 똥 싼 놈이 화낸다고 함께 비웃어 줄 텐데. 그가 목청을 높일수록 내 목소리는 더욱 낮고 차분해진다. 한쪽이 목소릴 높이면 다른 쪽은 낮출 수밖에 없는 것이다.

"안 무서워요. 그러니 원하는 거 가지고 어서 가세요, 네? 제발이요."

나의 간곡한 어조에 강도가 잠시 움찔한다. 그리곤 자신이 갖고 싶은 게 있는지 실내를 둘러본다. 이런 임대아파트에 정말로 자신이 갖고 싶은 게 있기나 한지 말이다. 잠시 후 그가 갖고 싶은 걸 결정했다는 듯 말한다.

"당신. 당신을 가진 다음 두고 가겠어."

나를 갖겠다고? 사실 내가 이 세상에서 견딜 수 없는 일은 없다. 견디지 못할 존재도 없다. 맘만 먹으면 지옥의 간수와도 저승사자와도 친하게 지낼 자신이 있다. 그들이 날 친구로 원한다면 말이다.

뭘 망설여? 넌 나이지잖아. 넌 쉬운 여자란 걸 잊었어? 그게 네 천성이잖아. 묻지 말고, 토 달지 말고, 그냥 가는 거야. 너에게 왜 이런 일이 생기냐고 의문을 제기하지 말고. 이게 삶이 네게 주는 선물이라고 생각하고 그냥 받아들여. 아무리 거지같은 선물일지라도 선물은 선물이라고. 알아? 그에게 말해! 당장 이렇게 말하란 말이야. 날 원해? 그럼 가져.

나는 그를 받아들일 태세로 묻는다.

"어디서요? 바닥에서요? 침대에서요?"

쉬운 여자 223

강도가 이번엔 좀 길게 움찔한다. 어디선가 저 사내를 본 적이 있는 것 같다. 열쇠수리공? 횟집 주방장? 택배기사? 은행원? 원나잇 스탠드 상대? 인터넷 동호회 회원? 아아, 모르겠다. 갑자기 자신이 없어진다. 어쩜 한 번도 마주친 적이 없는지도.

그가 자신이 보는 앞에서 내게 옷을 벗으라고 명령한다. 나는 그의 명령에 따른다. 나는 옷을 하나씩 벗으며 속으로 숫자를 세나간다. 하나, 둘, 내 손끝이 가늘게 떨린다. 어디까지 세었지? 다시 세자. 하나, 둘, 그리곤 마침내 마지막 속옷이 남는다.

"그만!"

내 귓가에 고등학교 체육시간에 체육선생이 불어대던 호루라기 소리가 맴돈다. 선생의 구령에 맞춰 핫둘, 핫둘을 외치며 운동장을 몇 바퀴씩 돌았는데. 왜 돌아야 하는지 이유도 모르고 선생이 시키는 대로 그냥 돌고 돌았지. 아무리 생각해도 잘못한 게 없었는데 말이야. 과거에 무엇을 잘못했는지도 모르고 벌을 받으면, 세월이 지나서 또 벌을 받게 된다.

강도가 고개를 젓는다.

"세상에, 여자들 순결의식이 아무리 땅에 떨어졌어도 강도한테 순순히 몸을 허락하다니. 미친 거 아냐?"

나는 눈을 감고 마음속으로 허공에 동전을 던진다. 그가 계속 숫자를 세게 할 것인가에 앞면, 여기서 마치게 할 것인가에 뒷면을 걸겠다. 동전이 바닥으로 떨어진다. 동전을 집어 확인하려는 순간 그가 툴툴대는 소리가 들린다.

"재미없어. 게임 오버야. 여자가 튕기는 맛이 있어야지. 튕기는 여자가 강간범을 자극하는 거 몰라?"

그가 테이블에 놓인 접시의 땅콩 하나를 집어 입에 넣는다.

"난 초범이지만 너처럼 한심한 여잔 첨이야. 내 불쌍해서 봐준다."

강간범으로 돌변한 강도가 강간을 자진 포기하는 감격스런 순간이다. 팡파르가 울린다. 초등학교 운동회 때 울려대던 나팔 소리가.

"그렇게 살지 마! 이렇게 눅눅한 땅콩은 접시에 내놓지 말라구! 알았어?"

손님이 땅콩을 퉤, 뱉곤 내게 충고하며 떠난다. 서비스로 땅콩 안주가 나오는 호프집에 들렀다가 기분이 잡쳐서 나가는 손님처럼 말이다. 이런 호프집엔 다신 발을 들여놓지 않겠다는 듯 손님이 문소리를 꽝 내면서 나간다.

사람들은 모른다. 옆집에 강도가 들어도, 옆집에서 사람이 죽어가도 모른다. 옆집에서 매 맞는 소리가 들려도 모른 체한다. 옆집 남자가 강도의 칼에 죽었을지도 모른다. 지금 이 순간 쓰러진 채 아무도 들리지 않게 신음하고 있는지도.

24시간 대기 중을 자랑하는 '열쇠 다 땁니다' 스티커를 찾아 열쇠 따는 남자를 부른다. 옆집으로 말이다. 열쇠 남자는 아무

말 없이 옆집 남자의 현관문을 따준다. 돈을 받고 돌아가는 순간까지 내가 주인이냐는 질문을 하지 않는다. 내가 임대아파트 주민이라 임대아파트 주인처럼 보이나 보다. 주인이든 도둑이든 자신의 영업행위엔 상관없는지도. 아님 평소엔 신원확인을 하지만 중요한 데이트를 코앞에 두고 있어서 일을 서두르고 있는지도 모르겠다.

나는 옆집 남자의 현관 안으로 들어선다. 그의 집은 처음이다. 초대받지 않은 손님이지만. 혹시나 했지만 역시 빈 집이다. 가구도 하나 없는 완벽한 빈 집이라니. 이렇게 냉장고도 없으니 김치를 내게 맡길 수밖에 없었을 거야.

사실 그는 그때 나간다고 거짓말하면서 집에 있었다. 갈 데가 없다는 걸 나는 알았지만 모른 체했다. 그가 이렇게 오랫동안 갈 데가 있다는 것이 놀랍다.

이번 테마는 실종이야? 이번 테마로 내게 뭘 가르치려는 거야, 응? 아아, 기억나지 않아. 그의 얼굴도, 이름도. 그제야 나는 그의 이름을 모른다는 사실을 깨닫는다. 이름을 알고 있었다면 그의 얼굴이 금방 떠올랐을 텐데……. 듣는 즉시 그에 대해 3행시를 지어놨을 테니 말이다.

나는 그의 침실이라 짐작되는 방의 문을 연다. 아니, 침실이 아니라 서재다. 구석에 책상 하나가 놓여 있다. 이 집의 유일한 가구인 모양이다. 서재엔 책들이 책꽂이도 없이 키 높이만큼 빼

곡하게 쌓여 있다. 저러다 책들이 쓰러지기라도 하면 그대로 깔려 죽을 것만 같다. 혹시? 나는 그가 책에 깔려 죽었는지 확인하기 위해 바닥을 유심히 살펴본다.

다행이야. 깔려 죽은 것 같진 않아. 나는 그의 책상 위에서 종이비행기 하나를 발견한다. 풋 웃음이 나온다. 이걸 접어서 어디로 날리려고 했을까? 나는 종이비행기를 집어 든다. 비행기 안에는 글씨가 적혀 있다. 그의 필체인가? 일기? 편지? 낙서? 사실 남의 일기나 편지를 훔쳐보는 일은 얼마나 재밌는가. 훗날 내게 아이가 생긴다면 나는 아이의 일기장을 날마다 훔쳐볼 것이다. 노트에 적힌 낙서 하나도 샅샅이 훔쳐볼 것이다. 그리곤 아이 몰래 창고에 가서 배꼽을 잡으며 웃을 것이다. 아이의 낙서나 일기란 흥미진진하고 천진난만한 데다 재밌을 게 뻔하니까. 하지만 절대로 그러지 않을 것이다. 아이를 낳지도, 아이의 일기를 훔쳐보지도 않을 것이다. 그럴 일은 생기지 않을 것이다. 당연하지. 내게 아이가 생길 리가 없잖아. 세상에 지문 하나 남기지 않을 텐데. 나는 종이비행기를 펼쳐본다.

사람은 매를 맞으면 아픕니다. 그런데 매를 맞지 않아도 아플 때가 있습니다.

병이 들지 않아도 아플 때가 있단 말입니다. 나는 아픕니다. 당신이 날 아프게 합니다. 당신이.

당신……. 나는 혼잣말한다.
"당신은 누구십니까?"

그리고 미친 듯 서랍을 뒤진다. 나는 뭔가에 홀린 사람처럼 서랍에 든 물건들을 차례로 방바닥으로 내던진다. 엄청난 양의 필기도구들이 하나씩 바닥으로 떨어진다. 당신의 정체는……. 볼펜 콜렉터? 나는 마침내 서랍 안 깊숙한 곳에서 편지봉투 하나를 찾아낸다.

받는 분 나이지

내 이름 앞으로 써놓은 편지다. 안에는 두툼한 편지가 들어 있다. 그가 내게 부치지 않은 편지다. 손이 가늘게 떨린다. 내게 쓴 편지를 내가 훔쳐보다니. 나는 편지봉투를 뜯어보려다 멈칫한다. 만일 그가 돌아와 내게 이 편지를 부친다면, 이 편지가 내게 배달된다면, 그때까지 기다렸다가 본다면 더 재밌지 않을까? 확실히 온다면, 확실히 오기만 한다면 지금 이 편지를 뜯어보지 않아도 좋아.

나는 서랍 안에 편지를 도로 집어넣는다. 갑자기 가슴이 뛰고 다리가 후들후들 떨린다. 풀썩, 나는 지푸라기처럼 주저앉는다. 이제야 반응이 오나 보다. 이번 반응은 꽤나 늦다. 나도 가끔은 늦을 때가 있는 것이다.

오늘 강도에게 강간당할 수도 있었다. 강도의 칼에 죽을 수도 있었다. 어쩌면 오늘, 바로 조금 전에 말이다. 그런데 살아 있다. 분명히 살아 있다. 심장이 이렇게 빨리 뛰는데 죽었다고 말할 수는 없을 것이다. 살아 있다는 너무도 분명한 이 사실이 내 가슴을 자꾸만 뛰게 한다. 아아, 오늘은 내 집으로 돌아갈 수 없을 것 같아. 문을 잠그고 왔는지 또 잊었으니까. 이대로 주인 없는 방에서 밤을 보내야 할 것 같다. 밤사이에 주인이 와준다면 좋겠다.

아가야. 나는 너를 걱정했단다. 언제나 지나치게 걱정했어.

모기에 물리면 말라리아 걱정, 감기가 들어서 병원에 가면 다른 병원균이 네 몸에 달라붙을까 봐 걱정, 너의 팔에 난 작은 상처에 에이즈 균이라도 옮겨 붙을까 봐 걱정, 또 걱정이었지. 하지만 걱정이란 괴물은 아무것도 해결해주지 않는다. 마치 시간과도 같지.

시간은 그냥 흐르는 것일 뿐, 시간이 지난다고 해서 우리 삶이 더 나아지거나 해결되는 게 없듯 말이다. 해결은커녕 오히려 우리 삶을 악화시키지. 그런데 네 주변의 모든 사람들은 마치 널 악화시키기로 작정한 병원균 같구나. 세상의 온갖 균이란 균들이 네 몸에 착 달라붙어 떨어질 생각을 않고 있어. 젊은이건 늙은이건 널 이용하려 드는 연놈들만 우글대니 말이야.

세상의 모든 엄마들은 자신보다 열등한 유전자를 낳아야 한다. 그래야 엄마를 닮으려고 노력할 테니까. 존경할 만한 모델을 다른 데서 찾으려고 하면 일생을 방황하게 된다. 그건 시간 낭비야.

아가야, 더 이상 널 지켜보기가 힘들구나. 이대로는 말이다.

문 열어 놨다, 사람 들어와라

밤새 기다려도 그는 오지 않았다. 아침에 그의 집을 나오면서 열쇠 남자를 다시 불러 현관문을 잠가달라고 할 순 없었다. 내가 집주인이 아니란 사실을 일부러 알릴 필요는 없으니까.

그의 집 문을 열어둔 채로 그냥 나온다. 가져갈 것이라곤 책들과 낡은 책상이 전부지만 말이다. 서랍 안에 있는 편지가 걱정되었지만 도둑이 가져갈 물건은 아니라고 애써 생각하니 조금은 마음이 가벼워진다.

집에 들르지 않고 평소보다 좀 더 일찍 출근을 한다. 출근하자마자 수정에게 전화를 하니 핸드폰이 꺼져 있다. 수정은 며칠째 무단결근이다. 문자를 남겨도 답이 없다. 아직 수정의 태도를 분석할 자신은 없다. 다만 또다시 자살 시도는 하지 않을 거란 확신으로 위안을 삼는다.

한소리 선배가 안내데스크를 향해 다가온다. 안내데스크에 자신의 물건이라도 맡겨놓은 듯이. 그녀의 얼굴은 항상 자신의 감정을 숨기는 법이 없고, 그녀의 대사는 늘 내 예상을 벗어나지 못한다. 지금은 "기도해 주길 원하니?"란 질문을 통해 히스테리한 잔소리를 해대려는 게 뻔하다. 수정이 계속 결근하고 있으니 그녀가 들을 잔소리도 내 몫인 것이다.

한 선배는 근무 시간에 사적인 전화를 하지 말 것과 화장실 털에 대한 잔소리를 실컷 하고 나서 내게 당직근무를 바꿔달라고 한다. 이젠 부탁이 아니라 요구다. 서론에서 예의가 없으면 본론도 기대하질 말아야 한다. 갑자기 한 선배를 위해 두 가지 제목의 기도를 하고 싶어진다. 부탁을 할 땐 잔소리를 하지 말 것. 잔소리를 하고 나선 부탁을 하지 말 것.

사실 그녀에게 바꿔준 당직을 언제 찾아먹을 수 있을지는 미지수다. 그녀의 안타까운 사연은 네버 엔딩 스토리니까. 요즘은 선볼 남자, 혹은 선본 남자들에 대한 사연이 대세를 이룬다. 한 선배는 양다리라는 새로운 전략을 택했다. 결혼정보회사에 등록한 것이다. 강 선생을 포기하지도 않고, 새로운 인연에 대한 기대도 놓지 않는 것이다.

한 선배의 얼굴에 분노의 열꽃이 핀다. 그리곤 자신만이 뜨거운 감자를 쥐고 있단 표정으로 내게 귓속말을 한다. 그 감자는 타인에겐 그다지 뜨거울 게 없다는 사실도 모르고서 말이다.

"강샘이 전처와 재결합한단다."

전처의 두 번째 소설 《냉혈한》이 네티즌의 끝없는 악플 끝에 입소문을 타서 또다시 베스트셀러가 되었고, 내친김에 이상성격의 의사 이야기를 세 번째 소설로 펴낸다는 것이다. 한 선배는 반응이 뜨거운 작품은 원래 3부작으로 끝맺는다는 부연 설명도 해준다. 어떨 땐 한 선배가 좋아하는 사람이 강한이 아니라 강한의 전처가 아닌가 하는 생각이 든다. 강한의 전처에 대한 대부분의 소문은 한 선배로부터 나와 한 선배에게 들어가니 말이다.

소문이 사실인 것을 증명이라도 하려는 듯 전처는 강한의 진료실을 제집처럼 드나들고 있다. 진료실은 집이 아니라 직장인데도. 공사를 구분하지 못한다는 게 그들의 주된 공통점인 모양이다. 사실 못한다기보다 안 하는 쪽이 맞을 것이다. 비교해서 미안할 것도 없지만 못하는 쪽보다 안 하는 쪽이 더 나쁘다. 그들은 '유명인은 유명인끼리 어울려야 한다.'는 생각을 하는 사람들인 것 같다. 그리고 유유상종이란 단어가 자신들에게 어울린다는 것을 실천을 통해 보여주고 있다.

강한이 나를 호출한다. 공적인 호출인데도 한 선배가 질투의 얼굴을 슬쩍 내비치며 자리를 뜬다. 강한에 대한 자료조사가 끝나 본격적으로 대시할 때가 되었는데 그러기도 전에 물러나게 되어서 분하다는 듯 말이다.

진료실에 들어서자 그가 내게 차 키를 던진다. 방금 남의 차 앞에 주차해 놓은 자신의 차를 빼달라는 전화가 왔다는 것이다. 나는 묻는다.

"그래서요?"

강한이 신경질적으로 말한다. 남의 차를 나가게 해주고 자신의 차를 주차장 안에 제대로 주차해 놓으라는 것이다. 사적인 호출이었어. 이래서 강한에게 질문할 땐 묻기 전에 심사숙고해야 한다. 무슨 화살이 날아올지 모를 때가 있으니까.

요즘 그가 날 대하는 태도는 쿨에서 콜드, 즉 강추위로 바뀌었다. 선생이란 호칭 때문인지 날 가르치려 들고, 잡무를 시키는 일이 많아졌다. 잡무는 간혹 그의 업무일 때도 있다. 나는 사실대로 말한다.

"저 운전 못하는데요."

그의 얼굴이 심하게 일그러진다. 그리고 무시하듯 내뱉는다.

"운전도 못하나?"

그는 마치 "밥도 못하나?" 하는 어투로 말하곤 날 한심하게 바라본다. 1학년인데 알파벳도 모르나? 3학년인데 구구단도 못 외우나? 생일파티에 초대할 친구 하나 없나? 그 나이에 변변한 연애 한 번 못해 봤나? 정말이지 한심하기 짝이 없군. 이런 어투로 말이다.

사실 세상에서 무얼 못하기 때문에 한심하게 여겨야 할 사람은 없다고 생각한다. 사람이 무언가를 못하는 덴 나름의 이유가 있는 것이고, 그 이유를 모든 이들에게 일일이 공표할 필요는 없는 것이다.

강한은 섹스 이후 전혀 변한 것이 없다가 사이를 악화시키기로 결심하고 방향을 유턴한 사람 같다. 섹스 이후 관계가 최악이 된 남녀대회에 나가 1위를 하기로 마음을 고쳐먹은 사람 말이다. 그가 내 손에서 차 키를 확 뺏어들곤 찬바람을 일으키며 진료실을 나간다. 마땅히 내가 해야 할 일을 자신이 하게 되어 억울하다는 듯.

퇴근길에 두배 슈퍼에 들른다. 두배 할아버지는 기다렸다는 듯 내게 주문을 변경한다. 퇴근 시간에 들러달라는 주문을 출퇴근 시간에 들러달라는 주문으로 말이다. 출퇴근 시간의 방문은 기본 주문이고, 자신이 원할 때마다 달려오는 것은 추가 주문이다. 이 순간 할아버지의 표정은 레스토랑에서 주문한 비싼 스테이크가 잘 안 구워져 나왔다며 바꿔오라고 하는 당당한 손님의 표정 같다. 일단 메인요리를 바꿔주게 되면 서비스 음식도 줄줄이 바꿔줄 것을 각오해야 한다. 나는 하루 두 번 할아버지와의 '죽었니? 살았니?' 게임을 수락한다. 할아버지가 원할 때마다 달려가겠다고 약속하는 건 물론이고.

내가 잘해 줄수록 사람들은 점점 악해져 간다. 그들을 밀어내고 나 혼자 선인의 자리를 차지하려고 한 게 아닌데도. 마치 내가 다가갈수록 사람들이 멀어져 가던 옛날과 같다고 생각하며 고개를 젓는다.

살다보면 세상 사람들이 모두 내게로 향하는 날이 있다. 초대하지 않았어도, 마치 약속이라도 한 듯 전부 날 보러 오는 날 말이다. 같은 시간은 아니지만 연달아서 그들은 날 찾아왔다. 그들이 제 발로 날 찾아왔다는 사실. 나는 이것 하나만으로도 축배를 들고 싶다. 그들이 찾아온 이후에 벌어진 일에 대해선 논외로 치더라도 말이다.

현실은 잔인하며 진실은 너무 쓰다. 하지만 나는 이 진실이라는 독배를 마시지 않을 수 없다. 이것이 내가 직면한 현실이니까. 현실을 외면하거나 도피하면 미래에 반드시 대가를 치러야 한다. 이게 바로 삶이 우리에게 자신 있게 내미는 교훈이다. 삶은 이렇게 외친다.

어디 한번 도망쳐봐. 너의 미래에 복수의 칼을 들고 기다리고 있을 테니. 길모퉁이만 돌아봐. 기다리고 서 있던 자리에서 잔인하게 널 베어버릴 테니까.

그럼에도 나는 여전히 달콤한 진실을 원한다. 그래서 진실이라는 흙탕물에 시럽을 타서 마시려 한다. 진실을 아무 여과장치 없이 있는 그대로 마신다면 너무 써서 죽어버릴지도 모르니까.

나는 지금부터 내게 일어난 일에 상상을 가미해서 전해주려 한다. 언제나 상상이 나의 무기였으며, 지금도 그 사실은 변함이 없으니까. 목적은 너무나 분명하다. 먼 훗날 오늘을 떠올릴 때 오로지 '재밌었다'고 말하고 싶기 때문이다.

  문은 열려 있었다. 창문도 활짝, 현관문도 활짝, 방문도 활짝. 언제나 그랬듯 모든 문이 전부 열려 있었다. 그들은 열린 문을 통해 들어왔다. 꽃다발도, 폭죽도, 선물상자도 없이. 그래도 상관없었다. 그들 자체가 선물이었으니까.
  욕실에서 샤워를 하는 도중 갑자기 대변이 마려워진다. 변기로 달려가 볼일을 보는데 거실에 놔둔 핸드폰이 울린다. 변을 중간에 끊을 수가 없어서 핸드폰이 울리게 그냥 놔둔다. 하지만 핸드폰은 울기를 멈추지 않는다. 하는 수 없이 일어나 수건으로 몸을 두르고 핸드폰을 받는다. 사람들은 내가 보이는 순간이나 보이지 않는 순간에도 날 가만 내버려두질 않는다. 샤워도 원하는 시간에 못하게 하고, 똥도 맘대로 못 누게 하고 잠도 못 자게 한다. 라면 한 가닥조차도 원하는 시간에 먹질 못하게 하는 것이다. 전화를 받자마자 두배 할아버지가 소리를 지른다.
  "바퀴벌레야!"
  이건 무슨 바퀴벌레 같은 소리지? 내가 바퀴벌레란 뜻인가? 할아버지가 다급하게 외친다.
  "바퀴벌레가 나타났어! 빨리 와서 잡아!"
  "슈퍼에 바퀴벌레 약 없어요? 그거 뿌리면 되는데……."

"나더러 살충제 냄새 맡고 죽으라고? 어여 와!"

"알았어요. 곧 갈게요."

나는 전화를 끊는다. 대변 도중에 대변을 끊는 일은 식사 도중에 식사를 그만두는 것과 같다. 즉 다시 이어서 하긴 힘들다는 것이다. 샤워를 대충 마무리하고 욕실을 나선다. 다시 핸드폰이 울린다. 또 두배 할아버지다. 이번엔 숨이 넘어갈 듯하다.

"늑대가 나타났다! 늑대야! 진짜 늑대다! 빨리 와!"

이 말은 나 지금 죽어간다는 뜻이다. 빨리 와보지 않으면 죽은 다음에 오게 될걸? 하는 뜻도 된다. 오늘은 할아버지에게 한꺼번에 나타나는 날인가 보다. 근데 뭐가 진짜 나타난 거야? 바퀴벌레야? 늑대야?

목욕 가운을 찾아 걸친 채 바퀴벌레 약을 찾아 가방에 넣고 서둘러 드라이어로 머리를 말린다. 슈퍼에 바퀴벌레라니, 별로 믿기진 않지만 그래도 가져가려 한다. 약을 안 가져가서 욕을 먹느니 가져가서 욕을 안 먹는 게 낫다. 슈퍼에도 약이 있겠지만 판매용이라 할아버지가 사용하길 꺼려할 테니 말이다. 늑대에 대한 대처는? 음, 일단 가서 부딪혀 보겠다. 아, 구급약 상자도 가져가야겠다.

순간 누가 벨을 누른다. 아무리 열린 문이라도 그냥 들어오는 건 실례라는 표시로 말이다. 그리곤 닥터 지의 아들이 성큼 들어선다. 그는 들어서자마자 쉬지 않고 내게 '저주'라는 선물로 가득 찬 가방을 풀어놓는다. 가방을 비운 후엔 거기에 자신의 욕망을 채워갈 것이다.

"아버지가 오늘 죽는다면 바로 네가 오늘 죽인 거야. 내일 죽는다면 네가 내일 죽이는 거야. 폐암으로 죽어가는 사람이 너 때문에 담배를 피웠다고!"

"장례식엔 올 생각도 하지 마. 꿈도 꾸지 마. 아니 절대 오지 마! 발도 못 붙이게 할 거야!"

"넌 가짜야. 내가 진짜 아들이야. 넌 아버지랑 발가락 하나도 안 닮았다고!"

"시험 삼아 한번 와보든지. 발가락 한 개라도 붙일 수 있나 보려면."

"아버지가 행복했는지 아나? 한꺼번에 두 사람을 사랑하는 일이 얼마나 힘든지 아나? 그게 얼마나 괴롭고 불행한 일인지 아나? 다다익선이란 말은 개소리란 걸 아나? 하기야 네가 뭘 알겠나? 근친상간이나 꿈꾸는 주제에."

"난 인생을 힘들게 살고 싶은 사람에게 두 사람을 동시에 사랑해볼 것을 권해. 몰락과 비참을 동시에 경험할 수 있거든. 이건 경험해보지 않고는 몰라, 모른다고. 알아?"

"너랑 잘 거 아니면 전화하지 말랬다고? 그게 친아버지한테 할 소리야?"

"나야말로 너랑 자러 왔어. 나는 아버지의 대리인이야. 이렇게라도 아버지에게 효도하려고."

"그러니 좋은 말로 할 때 빨리 옷을 벗는 게 나을 거다."

"아, 네가 옷을 벗는 건 너무도 쉬워 보이는군. 어차피 그 목욕 가운 속엔 아무것도 입고 있지 않을 테니까."

"또 모르지. 네 취미가 별나서 목욕 가운 속에 정장을 입고 있는지."

"그걸 알아내기 위해서라도 당장 좀 벗어줘야겠다. 내 앞에서."

이복 오빠를 자처하는 이 남자를 보며 닥터 지의 아내를 생각한다. 모전자전이란 단어의 예외에 대해서도. 어떤 단어에 '예외'란 게 있다면 그 단어를 써도 되는 건지, 하는 뜬금없는 생각이 머리를 스쳐간다.

현관 안으로 긴 생머리의 뚱보 여인이 들어선다. 낯은 익은데 누군지 모르겠다. 과거에 그녀의 이름 3행시를 지어놓지 않은 게 분명하다. 만일 우리가 과거에 이름을 모른 채 누군가를 만났다면 그의 생김새를 기억하기 힘들지만, 이름을 알고 있다면 얼굴을 쉽게 떠올릴 수 있다. 다행히 그녀가 생각할 시간을 단축시켜 준다. 수정의 과거 애인이라고 자기소개를 한다. 보이시한 옷차림에 여성적인 분위기가 돋보였던 숏컷 친구? 그동안 머리가 많이 자랐구나. 살도 엄청 쪘어. 실연으로 인한 스트레스로 엄청

먹어댔나 보다. 긴 생머리보다 숏컷일 때가 더 여성적으로 느껴지니 아이러니하다. 그녀는 수정에 대한 몇 가지 오해와 진실을 밝히러 왔다고 한다. 수정에 대한 복수심이 자신을 여기까지 오게 했다고. 그녀는 수정에게 차였다고 한다. 연탄재 차듯 사람을 차버리는 게 수정의 취미이자 특기라고 한다. 수정이 그녀에게 차인 게 아니고?

그녀가 내민 선물은 수정에 대한 '오해와 진실'이다.

"수정이는 거짓말쟁이에요. 타고났죠. 처음부터 당신에게 거짓말을 했대요. 당신이 너무 쉽게 믿길래 재밌어서 계속 거짓말을 해왔대요. 스토리를 꾸미는 게 어려웠지 믿게 하는 건 식은 죽 먹기였대요."

"알코올중독 아빠랑, 매 맞는 엄마랑, 집나간 오빠 얘기 하죠? 소녀가장 얘기도 하죠? 한 번도 걔네 집 가본 적 없죠? 당연하죠. 걘 부잣집 딸인데 당신을 초대하면 들통 나잖아요."

"아끼다 거미줄 생긴 호빵 이야기도 거짓말이래요. 수정인 자기가 한 거짓말 중 호빵 이야기를 베스트로 꼽는대요."

"걘 전형적인 신세대예요. 겁 없는 신세대. 당신이 준 돈을 하루 만에 카지노에서 날렸대요. 그래봤자 수정이 부모한텐 껌 값이지만."

"수정이는 당신을 이용했대요. 이용하긴 참 쉬웠대요. 당신은 한마디로 쉬운 여자래요."

나는 그녀의 말을 의심하고 싶어서 중간 중간 질문을 한다. 결국 믿기 위해 질문하는 거겠지만.

"레즈비언이란 건 사실이었나요?"

"정확히 말하면 그것도 아니에요. 수정인 양성애자예요. 수정인 원인을 분석하는 걸 좋아하지만 자기가 왜 양성애자가 되었는지 분석하는 덴 실패했어요. 그러곤 중이 제 머리는 못 깎는 거라고 변명했죠."

"수정이에겐 주기가 있죠. 한 시즌엔 여자, 다음 시즌엔 남자를 사귀어요. 나랑 헤어진 다음엔 아는 오빠를 만났죠."

"알코올중독자 모임에서 만난 여친은 누구냐고요? 허구의 인물이죠. 걘 그런 모임이 있는지도 몰라요. 당신한테 말만 들었지."

"그럼 당신은 뭐냐고요? 당신하곤 사귄 게 아니에요. 그냥 아는 언니죠."

"수정이 국어사전엔 아는 오빠랑 사귄다는 말은 있어도 아는 언니랑 사귄다는 말은 없대요. 참, 수정인 전자사전만 쓰지. 전자사전으로 수정."

"만화가랑 소개팅한 적 있죠? 수정일 따라다니던 오빠래요. 이지 씨가 하룻밤에 넘어오면 수정이가 자주기로 했대요."

"우리 사귈래요? 당신 잘한다면서요? 아니, 상대방 요구를 잘 들어준다면서요? 그게 잘하는 거죠. 당신이 레즈건 양성애자

건 이성애자건 상관 안 해요. 수정이를 잊게만 해준다면."

나는 묻는다.

"자살 시도는 왜 했대요?"

"이혼한 엄마아빠 시선 끌려고 그랬대요. 양쪽으로 용돈 올리려고."

"걘 거짓말쟁이니까 이 말도 거짓말일지 몰라요."

"수정이가 진짜 자살하려던 이유를 말해줄까요?"

"놀랄 거 같으니까 좀 쉬었다 말할게요."

",,,,,,,,, (쉼표 보이죠? 쉬는 중이에요.)"

"산후 우울증 때문이에요."

"방금 잠깐 고민했어요. 낙태 우울증, 유산 우울증이라고 말하려다가. 근데 이 말은 생소하잖아요. 아기를 떼고 나서 우울해지는 것도 산후 우울증 맞죠? 불임클리닉 간호사니까 잘 알겠네요. 아는 분 앞에서 아는 척하려니까 좀 긴장되네."

"만화가 오빠랑 딱 한 번 했대요. 약속을 지킨 거죠. 근데 요것이 임신되나 안 되나 장난삼아 콘돔 안 끼고 했다지 뭐예요. 근데 재수 없게 걸린 거죠. 딱 한 번에."

"그 오빠한테 같이 병원 가자 그러기가 구리대서 내가 같이 가줬어요."

"수정인 짜증난댔어요. 불임클리닉엔 임신 못해서 안달 난 여자들이 쌔고 쌨는데 왜 자긴 원치도 않는 애가 한 번 만에 임신이 됐냐면서."

"임신했다고 짜증난다는 표현을 하다니, 정말 신세대답지 않아요? 사실 스물다섯이란 나이 적은 것도 아닌데."

"사실 산후 우울증도 내 생각이에요. 진짜 죽고 싶었던 이유는 수정이만 알겠죠."

나는 묻는다.

"여수정이란 이름은 진짠가요?"

"이름은 진짠가 봐요. 가짜라면 여우정이 더 나았겠죠. 여자의 우정은 믿지 마라."

"어떨 땐 자기가 거짓말한 얘기도 까먹고 똑같은 거짓말한 적도 있대요. 가난해서 실연당했다는 말이요. 그런데도 속더래요. 그게 결정적인 원인이래요. 재미가 없어진 원인. 걔는 가난을 사고 다녀요. 자기네가 부자라서. 가난이란 말을 너무 좋아해요. 자기한테 없는 건 무조건 부러워한다니까요. 암튼 부자들은 욕심도 많아요."

"참, 처녀작이라던 초코 케익이요, 먹을 만했대요. 사실은 끝내주게 맛있었대요. 맛있다고 칭찬해주면 계속 만들어줄까 봐 맛없다 그랬대요. 그럼 살찔까 봐. 수정인 다이어트 공주거든요."

나는 묻는다.

"간호사는 원해서 된 건가요?"

"부모님은 의대 가길 원했대요. 점수가 안 돼서 간호대 간 거래요."

"걔야말로 직업이 취미였어요. 취미란 대체로 돈이 되지 않죠. 게다가 재미없어지면 끊는 거잖아요. 재미없어지면 끊어버리는 게 그 애 취미예요. 그래서 간호사도 관둔 거예요."

"연애 상대가 시들해지면 다른 연애 상대를 찾듯 거짓말 상대가 시들해지면 새 거짓말 상대를 찾는 게 순리죠."

"근데 거짓말쟁이가 거짓말이 재미없어지면 그땐 참말쟁이가 되나요?"

"우린 동시에 수정이한테 차였어요! 현실을 직시하세요!"

"당신도 수정이가 그리운가요? 고 맹랑한 계집애가?"

"갑자기 우리 사이가 가까워진 느낌이에요. 당신은 못 느끼나요?"

돌이켜보면 수정의 고백은 허술한 구석이 많았다. 내가 수정에 대해 모르는 것이 많은 것처럼. 자살에 실패했을 때 일 인실에 있다는 게 이상하단 걸 그땐 못 느꼈다. 수정의 상처에만 몰두하기에도 급급했으니까. 소콜주를 좋아한다면서 와인 바를 즐겨 드나드는 게 이상하단 걸 그땐 몰랐다. 알코올중독이라면서 술에 절어 살지도 않았다. 어려운 형편에도 강아지를 사서 기르려고 했던 것이나, 재산목록 1호라며 그렇게 비싼 카메라를 갖고 있는 것에 대해서도 깊게 생각하지 않았다. 나는 수정이의

쉬운 여자 245

집을 한 번도 가본 적이 없다. 수정이의 가족을 한 명도 만난 적이 없다. 내가 누군가를 좋아한다고 해서 반드시 그의 집을 알아둘 필요는 없다고 생각한 것이다. 그의 가족을 알아둘 필요도 말이다. 수정은 날 가지고 놀았다.

쉽게 산 것이 나의 죄다. 쉽게 생각한 죄. 쉽게 믿은 죄. 쉽게 사랑한 죄.

수정아, 그동안 나랑 재미있었다면 네가 이긴 거고, 없었다면 네가 진 거야. 처음부터 끝까지 너무나 재미있었다면, 그건 완전한 너의 승리야. 그렇다면 나의 축하를 받으러 와도 좋아. 중간에 재미없어졌다는 네 말마저 거짓말이라면 말이야.

진실은 역시 쓰다. 독약처럼. 긴 생머리의 뚱보 여인이 밝히러 온 진실의 여부도 아직은 알 수 없지만, 사실 그녀가 예전의 숏컷이 맞는지도 믿어지지 않지만 말이다.

강한이 벨을 누르려다 말고 열린 문으로 들어온다. '빈손'을 선물로 들고서. 돌아갈 땐 당연히 도로 들고 갈 것이다. 너무나 비싼 손이기 때문이다. 그를 보는 순간 내 집을 병원으로 착각한다. 나는 본능적으로 벌떡 일어나 "뭐 더 시킬 거 없으세요?"라고 공손하게 묻는다. 그가 날 한심한 듯 본다. 직업병이야. 원래 말을 아끼는 자는 침묵하는 자다. 일부러 말을 아끼는 자는 수다스러운 자다. 강한은 후자다.

"지나가다 들렸지. 한번 하려고. 그렇다고 우리 관계를 진전시킨다는 뜻은 아니야."

"우리의 관계가 계속 악화되는 걸 더 이상 지켜볼 수가 없군."

"이게 다 나 간호사 책임이란 생각은 안 드나?"

"늘 그런 식으로 남잘 유혹하나? 고무줄 없는 팬티, 아니 고무줄 끊어진 항아리 바지로?"

"그런다고 남자들이 넘어와? 설마 나도 나 간호사에게 넘어갔다고 믿는 거야?"

"전처가 쓴 소설을 한 번도 읽은 적이 없다는 게 사실이야? 베스트셀런데도?"

"사실 거지같은 소설이지. 거지란 단어도 아까워."

"하지만 내 이성은 가슴에게 속삭인다네. 따로 놀자고."

"그래서 그런지 요즘처럼 아내가 예뻐 보였던 적은 없어. 유명해진 여자는 명예에 덤으로 미모까지 얻게 되는 거야. 화장을 안 해도 예뻐 보이는 법이거든."

"오늘따라 말이 많다고? 아직 남자의 수다 맛을 모르는군. 수다스런 남자는 잔소리 많은 늙은 남편처럼 피곤하지. 사별하기 전엔 절대로 그리워지지 않아. 이걸 누룽지 맛이라고 한다네. 다 타버린 누룽지. 뒷맛이 쓰지."

"청국장 좋아해? 청국장 맛으로 바꿔줄까?"

"피곤해도 뭐 어때? 네 상상 속 수단데."

"내가 왜 네 피곤함까지 걱정하는지 모르겠군."

"정말 운전 배울 맘이 없는 거야? 왜 운전을 못해서 날 귀찮게 하나? 개나 소나 다하는 운전을 말이야."

"한소리 간호사는 아직도 날 좋아해?"

"짝사랑으로 끝날 거라고 아직은 전하지 마. 나는 언제나 0.1프로의 가능성은 남겨놓거든. 이 정도면 인심 쓰는 거지."

강한이 갑자기 수정의 옛 애인과 이복오빠를 가리킨다.

"저 떨거지들은 누구야? 둘이 사귀나?"

"사귀는 게 아니라면 긴 머리 여자한테 내가 작업해도 되는지 물어봐줘. 뚱뚱한 여자와의 섹스는 어떨지 궁금하군."

"사실 뚱뚱한 여자하곤 한 번도 안 해봤지. 난 뚱뚱한 여자에 대해선 총각이나 다름없다고."

"가만, 내가 왜 작업을 해야 하지? 난 유명인인데."

"저 여자더러 나한테 직접 와서 작업하라 그래. 지금 당장!"

본디 수다의 본질이란 써먹을 말이 별로 없다는 거다. 수다는 지나가는 말이다. 떠나가는 말이다. 이 남자도 지나가는 남자다. 나는 지나간다는 말을 좋아한다. 뜻도 좋아하고, 행동도 좋아한다. 하지만 지나가는 사람은 좋아하지 않는다. 내게 머무를 맘이 없으니까. 설령 잠시 머무른다 해도 곧 떠날 테니 말이다.

부주은의 남편이 내 주소가 적힌 쪽지를 들고서 안을 기웃거린다. 나는 환하게 그를 맞는다.

"어서 오세요. 외양간 문 열렸어요. 날 보러 온 소들도, 지나가는 소들도 전부 들어올 수 있게 미리 활짝 열어놨어요."

나를 보러 온 사람들이 차츰 서로를 구경하기 시작한다. 다들 일인극의 배우 역할을 열심히 소화해내고 있기 때문이다.

부주은 남편의 독백이 시작된다. 그는 '강요 아닌 강요'라는 선물을 들이민다.

"그날 이후 간호사님 손만 생각나요. 간호사님 손이 어른거려서 아무것도 못하겠어요."

"그날 이후 자위도 못하겠단 말입니다. 어느 쪽 손으로도."

"간호사님이 손수 소젖을 짜준 그날 이후, 직접 해보고 싶어서 견딜 수가 없었어요."

"부탁하러 왔어요. 간호사님만 좋다면 섹스 하고 싶습니다. 강요하는 건 아닙니다."

"나는 평생 누군가에게 강요한 적이 없어서 이 기록을 깨고 싶진 않아요."

"왜 쌍둥이 임신이 되었는지 압니까?"

"난 공정한 사람입니다. 그날 사정하기 전에 5분 동안은 아내 얼굴을 떠올리고, 5분은 간호사님 얼굴을 바라보았어요. 그래서 쌍둥이 임신이 된 겁니다."

"나는 유산시킨 아기가 간호사님 아기라고 믿고 싶습니다. 간호사님 얼굴을 바라본 5분 사이에 생긴 아기. 그렇지 않다면 내 아내가 비참해서 견딜 수가 없을 거요. 나와 당신의 아기를 자기 아긴 줄 알 테니까."

"뱃속의 한 아이는 잘 자라고 있어요."

"거 빨랑빨랑 성별 좀 알려주면 안 됩니까? 미리 배냇저고리 좀 사두게."

"거기 의사 선생! 힌트 좀 줘요. 분홍색을 준비할까요? 파란색을 준비할까요?"

"갑자기 화장실 공포 유머가 생각나네. 빨~간 손을 줄까? 파~란 손을 줄까?"

"그런데 나한테 왜 연락 안 합니까? 연락 주겠다고 분명히 말했잖아요. 난 약속 안 지키는 사람을 제일 싫어해요."

"이 기회에 내 애인이 되는 건 어떻습니까? 연락 안 한 거 용서해주는 걸로 하고."

이 남자도 정작 애인이 되고 나면 자신의 요구사항만 줄줄이 늘어놓겠지. 그러면서 자신의 취향에 맞는 인간으로 뜯어고치기 위해 남은 인생을 바칠 것이다. 그리고 그걸 사랑이라고 믿을 것이다. 사랑의 본질이자 속성이라고. 난 너무 열정적인 인간이야. 사랑을 위해 모든 걸 바쳤다고. 그게 여자들에게 애인이 돼 달라고 조르는 남자들의 속성이다. 자신들이 여자에게 반했던 이유를 금방 잊고, 바로 그 이유를 가지고 트집을 잡는 것이다.

화장이 왜 이리 진한 거야? 나 몰래 어디 나가나? 그렇게 야한 속옷 입지 말랬지? 원래 그렇게 웃음이 헤펐나? 내 앞에서 울지 마. 난 우는 여자 질색이야. 너 남자 경험 많구나? 어떻게 이런 체위까지?

자신이 초범임을 자랑하던 강도가 열린 문으로 들어선다. 이제 그는 구면인 탓에 반가운 마음까지 든다. 그 역시 두 번째 범죄를 저지르러 온 강도답게 여유가 생겼다. 그는 '뻔뻔함'이란 선물을 내민다.

"범인은 범죄현장에 한 번 더 간다는 속설을 깨지 않기 위해 왔어."

"알고 보면 나도 체제순응형 인간이야. 초등학교 6년 내내 개근을 했지."

"개근상 부상이 뭐~게? 구리목걸이. 그렇게 구릴 줄 알았으면 괜히 개근했어."

"당신 집 담장은 너무 허술해. 허술하면 뛰어넘기가 쉬워."

"담장에 깨진 병조각들 시멘트로 발라놓는 집 있잖아? 우리 같은 좀도둑은 그런 집일수록 더 넘고 싶어."

"좀도둑이 훔쳐갈 건 기껏해야 아이들 돼지저금통인데, 담벼락 넘다 병조각 밟아서 다치면 치료비도 안 나오잖아. 그걸 알면서도 넘는 거야. 영 밥맛이라서."

"그래도 우린 양반이야. 남의 텃밭에서 몰래 고추 따다 감전사하는 사람도 있다니까. 주인이 쳐놓은 전깃줄에 말이야. 고추 따다 저 세상으로 가는 거지. 두 손에 달랑 고추 두 개만 쥐고서. 이들은 좀도둑 축에도 못 끼지."

"도둑들만 가입할 수 있는 상해보험은 없나? 그럼 당장 가입할 텐데."

"당신 집 담장 비유는 은유야. 아파트에 담장이 어디 있다고. 당신의 집은 들어가기가 쉬웠어. 현관문이 열려 있었으니까."

"대부분의 도둑은 열린 창문으로 들어가지만 나는 당당하게 대문으로 들어갔지. 무심코 돌려본 현관손잡이가 그냥 돌아간 거야. 열려 있었다는 거지."

"우린 살면서 '무심코'를 무시하면 안 돼."

"무심코 길에 뱉은 침 때문에 과태료를 물고, 무심코 만나 관계한 여자에게 성병을 옮기고, 그 여자가 무심코 임신하는 바람에 평생 발목 잡히고, 무심코 돌려본 현관손잡이 때문에 도둑이 되는 거야. 도둑이 될 마음은 추호도 없었는데 말이야."

"무심코 하다가 인생 망치는 애들 여럿 봤다니까."

"무심코 주워온 기타로 연습하다가 위대한 기타리스트가 되었다는 말은 들어본 적도 없어."

"나는 대담하고 뻔뻔한 도둑이야. 덕분에 강도로 돌변할 수 있었어."

"그때 도로 가다니 내가 머리가 어떻게 된 게 아닌가 돌아가서 반성했어. 그래서 후회하고 다시 온 거야."

"당신을 다시 강간하러 왔어. 사실 그때는 하지도 않았으니까 '다시'란 말은 우습지."

"저축한 걸로 하고 두 번 하자고."

이 대목에서 사람들이 웃는다. 이 자리에 모인 사람들이 함께 웃지 말란 법은 없다. 인간은 웃음의 동물이니까. 웃는 쓰레기, 웃는 김치, 웃는 조개, 웃는 라면, 웃는 젓가락, 웃는 알전구는 어색해도 웃는 인간은 자연스럽다. 이 여세를 몰아 다 같이 노래 한 곡 부르면 더 웃길까? 생각하는 순간, 한 사내가 문 앞에서 쭈뼛거린다. 나는 웃으며 그를 환대한다.

"문 열렸어요. 어서 오세요. 우린 지금 웃고 있어요. 왜 웃는지는 모르겠지만 함께 웃는다는 게 중요하죠."

하마터면 사내를 못 알아볼 뻔했다. 사내가 자신을 '쉘 위 키스'라고 말하기 전까진 말이다. 사내는 채식동호회 모임에서 만나 키스했던 뚱보다. 머리를 짧게 자른 데다 무엇보다 너무 날씬해져서 알아보지 못했다. 90킬로그램의 체구가 지금은 60킬로그램도 안 돼 보인다. 실연 때문인가? 여자들은 실연의 아픔을 잊으려고 먹어대느라 살이 찌는데, 남자는 저렇게 살이 빠지다니.

실연당한 여자는 머리를 기르고(즉, 길건 말건 신경 안 쓰고) 살이 찌며(즉, 찌건 말건 내버려두고), 실연당한 남자는 머리를 자르고 살이 빠진다. 통계에 나와 있진 않다.

사내는 선물로 들고 온 '억울함'을 토해낸다.

"채사모를 탈퇴하고 고사모에 가입했어요."

"고사모가 '고기를 사랑하는 사람들 모임'이란 건 쉽게 유추할 수 있죠?"

"채사모 마스터한테 이지걸의 주소를 알아내긴 쉬웠어요."

"먹어봐서 알겠지만 채소는 아무리 먹어도 살이 안 찌고 배가 고픕니다. 채사모 회원이었을 땐 밥을 많이 먹어댔어요. 그래서 뚱보가 된 겁니다."

"과거의 내 비만에 채소는 죄가 없어요. 탄수화물 덩어리인 밥이 죄죠."

"사람이란 궁지에 몰리면 끝까지 가보고 싶어집니다. 대체 자신의 바닥이 어딘지 궁금해지는 거죠."

"그래서 고사모에 가입한 겁니다. 나란 인간은 애초에 혼자서 뭘 할 수 있는 성격이 못 돼요. 같이 먹으면 맛있잖아요. 한 사람이 소 한 마리는 못 먹어도 열 사람이 소 열 마리는 거뜬히 먹어치운다잖아요. 이게 공동작업의 매력이죠. 함께하면 실력이 는다는 것. 대체 고기 먹는 실력을 늘려서 뭐 하자는 거냐고 물으면 할 말이 있어요."

"더 돼지처럼 살려고 그런 거죠. 난 돼지가 되기로 결심하고 미친 듯이 고기만 먹어댔어요. 그랬더니 살이 저절로 빠지더군요."

"혹자는 이런 걸 황제 다이어트라 부릅니다."

"애인도 없는데 날씬하면 뭐 합니까?"

"휴학하고 군대 갈 거예요. 가기 전에 추억을 만들러 왔어요."

"당신하고 키스해서 그녀에게 갈 수 없었어요. 아니 가긴 갔는데 그녀가 못 오게 했어요. 자기랑 헤어진 날 다른 여자랑 키스한 사실을 죽어도 용서할 수 없대요. 차라리 죽는 게 낫대요."

"이게 말이 됩니까? 그깟 키스 한 번에 10년 된 애인한테 다시 버림받는 게?"

"아, 100일이라고요? 나한텐 100일이 10년이에요. 원래 한 여자랑 한 달 이상을 못 가요."

"차라리 섹스라도 했으면 안 억울하지."

"너무 억울해요. 이 억울함은 섹스로 풀어야 해요. 섹스 말고는 답이 안 나와요, 답이."

한 사내가 분한 표정으로 씩씩대며 들어선다. 탱고 바에서 내 가슴을 더듬으려 했던 겨드랑이 사내다. 그가 '분노'라는 선물을 내민다.

"내가 당신 발을 밟았을 때 나한테 헤벌쭉 웃었던 거 기억납니까? 난 그때 당신이 헤픈 여자로 보였어요."

"헤픈 여자가 보통의 상식을 지닌 남자에게 보내는 흔한 제스처라고 생각했죠. 속된 말로 꼬리 친다고."

"그 웃음의 의미를 가슴에 손을 넣어도 된다는 뜻으로 해석했습니다."

"그런데 당신이 갑자기 날 막으며 한 바퀴 공회전을 하더군요. 거기가 탱고 바지, 무슨 영화 촬영장인 줄 알아요? 그리곤 다른 파트너까지 가로채더군요."

"너무 분해서 그날 밤 당신을 미행했습니다. 따질 마음까진 없었어요. 그래서 안 따지고 그냥 돌아갔지요."

"돌아가서 금방 분이 풀리길 기다렸지만 풀리지 않더군요. 풀리기는커녕 시간이 지날수록 커져만 갔어요. 덕분에 시간은 분노만 키운다는 걸 알게 됐죠. 그래서 벼르다가 오늘에야 비로소 작정하고 온 겁니다."

"막상 와보니 이렇게 쉬운 걸 그동안 내가 왜 미루었나 하는 생각이 드네요."

"왜 왔냐고요? 상식적으로 생각해 보세요. 당신 가슴을 만지러 왔지, 이마를 만지러 왔겠습니까?"

"난 탱고 바에서 춤추다 눈 맞는 애들 많이 봤어요."

"그러다 밖에서 만나 데이트하면서 한겨울에 눈까지 같이 맞더군요."

"당신은 평소에 그렇게 곧이곧대로 삽니까? 탱고의 룰을 그렇게 잘 지킵니까? 이런 질문 처음이죠? 하기야 헤픈 여자한테 누가 이런 질문을 하겠어."

"헤픈 여자는 알고 보면 헤프지도 않아요. 미니스커트와 푹 파인 옷으로 세상 사람들에게 허벅지와 가슴을 다 보여주면서, 정작 한 사람 앞에선 벗지 않으니 말입니다."

"쉬운 여잔 아쉽기만 할 뿐이죠."

배우들의 일인극이 끝났다. 나는 배우들을 향해 짝짝짝 박수를 친다. 나는 사람들이 이렇게 한꺼번에 들이닥칠 줄 몰랐다. 그래서 삶은 감자는커녕 감자 칩도 준비해 놓지 못했다. 나는 집에 있는 와인과 샴페인, 캔 맥주, 마른안주를 있는 대로 전부 내놓는다.

"다들 반가워요. 아는 사람은 아는 사람이라 반갑고, 모르는 사람은 알게 돼서 반가워요. 내 집에 오는 사람은 누구나 환영해요. 강간범이나 도둑만 아니라면. 하지만 그들도 말만 잘하면 원하는 걸 줄 수 있지요. 나는 인심이 후한 편이에요. 그러니 마셔요. 취해요. 놀아봐요. 나머지 시간엔 웃어요."

다들 서로를 경계하면서도 삼삼오오 둘러앉기 시작한다. 그리곤 각자 원하는 술을 들고 마신다. 부주은의 남편이 '쉘 위 키스'에게 먼저 말을 붙인다.

"저 여자 조심하세요. 무서운 여자예요. 손 하나로 사람 마음을 송두리째 흔들어 놓으니까요."

'쉘 위 키스'가 답한다.

"동감입니다. 섹스보다 무서운 게 키스라는 걸 알려준 여자죠."

강도가 '쉘 위 키스'에게 충고하며 나선다.

"거봐, 내가 무심코 하는 일을 조심하랬지."

강한이 강도에게 빈정댄다.

"무심코 만난 여자에게 발목 잡히는 바보 같은 남자도 있나? 요즘 세상에?"

긴 생머리 뚱보 여인이 이복 오빠에게 말한다.

"우리 너무 일찍 왔나 봐요. 슬슬 지겨워질라 그래요. 빨리 마시고 취할래요."

이복 오빠가 나를 노려보며 말한다.

"도대체 네 정체가 뭐냐? 오늘은 이 남자, 내일은 저 남자한테 폴짝대는 벼룩이야?"

겨드랑이 사내가 답한다.

"딱 한 번 봤지만 찝찝하네요. 누다 만 똥처럼. 누다 만 똥 같은 여자 아닐까요?"

이제부턴 서로에게 공격적인 말이 오가면서 언사가 높아진다. 말들이 허공으로 쏟아진다. 누구의 말인지 모르는 말들과 아는 말들이 뒤섞인 채로.

"넌 저 여자처럼 사랑해 봤어? 그녀처럼 줘봤어?"

"그런 넌 뭐라도 줘봤어?"

"사랑한다고 다 주나? 그렇게 헤픈 논리가 어디 있어?"

"사랑을 비웃을 자격을 논한다면 그건 저 여자야."

"저 여잔 지는 데 이력이 나 있어. 고단수의 오만함이지. 정작 무릎을 꿇는 건 우리니까."

"어쭈, 팬 하나 나셨군. 싸구려 프라이팬."

"쯧, 그걸 유머라고."

"저 여잔 연체동물 같아. 뼈가 없지."

"심심풀이 땅콩이지. 눅눅한 땅콩."

"징검다리지. 어쨌든 저 여잘 밟고 지나가야 하니까."

"변기 물이야. 아무도 정착할 수 없지. 물 내리면 끝이거든."

"저 여잔 쉬운 상대야. 더러운 경험 상대."

"식당에서 후식으로 주는 공짜 커피자판기 같아. 누르면 그냥 나오거든."

"요즘은 백 원 넣어야 돼, 백 원."

"저 여잔 싸구려야! 시장에 내놔도 아무도 안 사가."

"저러고도 백의의 천사라니 백의의 똥 걸레가 낫겠군."

"저 여자가 똥이면 우린 그 똥에 들러붙은 파리들이게?"

"나이지 씨! 우리 여자끼리 정식으로 연애해요. 차라리 레즈비언으로 사는 게 낫겠어요. 남자들 이 꼴 저 꼴 더러운 꼴 보는 시간에 연애나 합시다. 여자끼리의 동성애는 일종의 정치적 범죄래요. 말만 들어도 근사하지 않아요?"

"하하하하!"

내 웃음소리가 그들의 대화 속으로 끼어든다. 그들이 잠시 침묵한다. 나는 배를 잡고 웃어댄다.

"당신들은 마치 기차역의 공중화장실에 들르려고 내게 온 것 같아. 언제나 화장실이 문제라니까. 하하하하!"

아무도 나를 따라 웃지 않는다. 웃는 사람은 나뿐이다. 강한이 비아냥거린다.

"여기 꼭 섹스중독자들 모임 같군."

나는 한가운데로 나아간다.

"맞아요. 섹스중독자 모임이죠. 누가 그러는데 세상엔 섹스중독자만 넘쳐나는 건 아니래요. 그러니 부끄러워 말고 차례로 고백해요. 나도 회원이에요. 모든 중독자 모임의 회원이랍니다."

침묵 속에서 그들이 주목한다. 그동안 너무 많은 말들을 쏟아낸 나머지 별달리 할 말도 없었기 때문이다. 나는 어느 영화의 여주인공을 떠올린다. 고래 뱃속에서 모든 남자를 상대하던 한 창녀를. 남자들은 밖에서 줄을 서며 자기 차례가 오기를 기다렸지. 줄 설 권리도 없는 자들이 말이야. 사람들은 줄 서는 걸 좋아하지. 새치기는 더 좋아하고.

나는 필요하다면 모든 여자도 상대해 줄 수 있다. 오늘 나를 찾아온 당신들 모두를. 내가 크리스털이라면 온몸을 잘게 부수어서 한 조각씩 나눠주고 싶다. 당신들을 단수가 아닌 복수로 사랑하니까 말이다. 하지만 고작해야 당신들은 찢어진 파리 날개나 팔다리밖엔 차지하지 못할 것이다. 난 크리스털이 아니니까.

그동안 내겐 기회가 없었다. 나는 내게 주어진 기회, 눈먼 기회, 내 앞에 엎드린 모든 기회들을 피해갔다. 비가 오면 우산이라는 기회를 쓸 줄 몰랐다. 빙판을 만나도 스케이트를 타지 않았다. 그냥 맞았고, 그냥 굴렀고, 그냥 미끄러졌다. 한마디로 나는 기회를 이용할 줄 몰랐다. 지금이 기회다. 이번엔 이 기회를 제대로 이용해야만 한다. 이 기회를 이용해서 얻는 게 무엇인진 잘 모르겠다. 하지만 바로 지금 여기에서 나는 사람들이 원하는 것을 하겠다. 지금 하지 않으면 앞으로도 못하게 될 테니까.

나는 서슴없이 목욕 가운을 벗어던진다. 가운을 벗는 건 너무 쉽다. 이복 오빠의 우려와는 달리 가운 속에 아무것도 입고 있지 않으니까. 당신들이 오직 한 가지 목적을 위해 날 찾아왔다 해도, 내게 원하는 게 있다는 건 환영할 일이다.

"삶은 축제지 일인극이 아니에요. 혼자서 파티를 열진 못한답니다. 그러니 다 같이 파티해요."

사람들의 탄식들이 허공으로 쏟아진다. 찰칵! 찰칵! 누군가 핸드폰으로 사진 찍어대는 소리도 들린다.

"끼약!"

"우후~"

"와우~"

"오호~"

"미쳤어, 미쳤어."

"은근 볼륨 있네?"

"지가 무슨 마 여산 줄 아나봐."

"마 여사가 누군데요?"

"마릴린 먼로, 마돈나, 애마부인."

"갑자기 쉬 마려워."

"저 여자한테 싸. 자기가 화장실이라잖아."

"우리 이참에 저 여잘 이 모임의 대표로 밀까?"

나는 침대 위로 올라가 스트립쇼를 시작한다.

"자, 실컷 놀아 봐요. 놀다가 싫증나면 누구든 입혀줘요. 아님 말고."

사람들이 시간을 끌며 웅성댄다. 머뭇거리고 있거나, 순서를 정하거나 둘 중 하나일 것이다. 뭐 관계없다. 줄을 서든 새치기를 하든 당신들 뜻대로 하세요. 원하는 대로 해줄 테니까. 수고도 안 하고 짐도 없는 당신들이지만 내 방에서 전부 쉬었다 가게 해줄 테니까. 내게 자존심 따윈 없어. 고개를 쳐들지 못하도록 미리 꾹꾹 눌러놓았거든. 이 기회에 나한테 가져갈 게 있다면 다 가져가길 바라. 당신들이 기회를 이용할 줄 아는 사람들이건 아니건 간에. 그리하여 눈을 원하는 자 눈을, 이를 원하는 자 이를, 섹스를 원하는 자 섹스를, 목숨을 원하는 자 목숨을 가져가기를.

퉤, 뚱보 여인이 내게 침을 뱉고 돌아간다. 간호사인 줄 알았는데 창녀라면서. 이복 오빠가 나에게 "화냥년!" 하며 욕한다. 이중적 잣대가 잠시 사람들을 괴롭힌다. 눈앞의 창녀가 정숙한 처녀이기도 하다면 좋으련만. 그렇다면 쾌락과 동시에 자랑거리도 생길 테니 말이다. 사람들은 우선, 괴로움의 원인 제공자를 합세해서 괴롭히기로 합의를 본다. 사람들이 내게 마시던 술을 쏟아 붓는다. 내 입으로 코로 귀로 술이 들어온다. 사람들이 내게 안주를 던진다. 동전을, 베개를, 리모컨을, 전화기를, 내 집에 있는 온갖 물건을 막 집어던진다.

사람들이 내 머리를 잡아당긴다. 팔다리와 온몸을 잡아당긴다. 나는 고꾸라진다. 사람들이 내 알몸을 더듬고는 구타하기 시작한다. 고꾸라진 내 알몸 위로 사람들의 발길질이 쏟아진다. 그들은 자신의 행동에 저주와 오해, 억울함과 분노, 뻔뻔함을 덧씌운 뒤 나를 만지고 때리기를 반복한다. 그들 스스로 지쳐 떨어져나갈 때까지 발길질이 계속된다.

사람들이 휴식을 취하는 동안 한 사내가 열린 문으로 들어선다. 나는 여전히 고꾸라진 채 희미하게 눈을 뜨고 그를 바라본다. 사내는…… 옆집 남자다. 이상하다. 기다린 만큼 반가울 줄 알았는데 원망이 앞선다. 늘 엉뚱한 자가 화살을 맞는 거다. 그런데 그의 낯빛이 누렇고 눈자위도 퀭하다. 게다가 알아볼 수 없을 정도로 말라 있다. 병이 나서 어디 요양이라도 다녀온 건가? 그가 눈이 휘둥그레져서 나의 스트립쇼를 바라본다. 어지럽혀진 실내도 둘러본다. 그리고 걱정스런 표정으로 무슨 일이냐고 묻는다. 이제 1부 쇼가 끝났다고 나는 대답한다. 2부가 곧 시작될 테니 합류하라고. 그가 왜 마다하겠는가? '이깟' 스트립쇼 '따위'를.

하지만 그는 이제 2부 쇼는 없을 거라고 말하며 휴식 중인 사람들을 노려본다. 그리고 말을 토해낸다. 그는 선물로 들고 온 '고백'을 시작한다.

"사실 그동안 나의 비이성과 비양심이 허락하는 대로 당신을 괴롭혔어요."

"내겐 이성과 양심이 없으므로 이렇게 표현한 거요."

"남을 괴롭히는 일에도 치밀한 계획과 엄청난 에너지가 필요해요. 남을 돕는 일에만 계획과 에너지가 필요한 게 아니란 말입니다."

"난 고양이를 기르지 않아요. 이사하는 날, 거리를 떠도는 도둑고양이를 주워온 겁니다. 갖다줄 재활용 쓰레기가 모자라 남의 집 앞에서 주워온 적도 있어요."

"정장을 입고 조개구이집에 간 것도 일종의 연기였죠. 낭만적인 장소로 데려갈 거라고 기대했을 테니까. 그 기대를 깨주려고 간 겁니다."

"나는 조개구이집에 지갑을 일부러 가져가지 않았어요. 오뎅바 앞에서도 일부러 토했어요. 그 집 주인의 성질이 나처럼 더럽다는 걸 알고 있었기 때문입니다."

"도대체 당신이 언제까지, 얼마나 괴롭힘을 당할 수 있는지 실험해보고 싶었어요. 당신의 한계가 어디까지인지 알고 싶었던 거요. 하지만 그 전에 나의 한계에 다다르고 말았습니다. 사람을 괴롭히는 데도 한도가 있다는 것을 알았어요."

"내가 내린 결론은, 당신은 참 이상한 여자라는 거요. 쓰레기를 갖다줘도, 김치를 맡아달래도, 나무젓가락을 갖다달래도, 군소리 없이 받아줬어요. 연탄 냄새를 맡으며 조개까지 구워대면서 말이요. 한마디로 당신은 비가 오나 눈이 오나 한 번도 내 부탁을 거절한 적이 없었어요."

"나는 당신을 떠나기로 했습니다. 마지막으로 한 번 더 괴롭히고 나서. 그래서 예정대로 떠난 겁니다."

사람들이 수군댄다.

"성질머리 하곤."

"조잔하긴."

"마지막으로 어떻게 괴롭혔다는 거야?"

"항상 제목을 잊지 마. 여긴 섹스중독자 모임이라고."

쉬운 여자 265

"사랑 고백이라도 하러 왔나?"

"완전 실험 쥐였구먼?"

"귀신 씨 나락 같은 소리 좀 그만 하라고. 귀신처럼 생겨 가지고."

"스트립쇼나 계속하지?"

퍼벅! 옆집 남자의 주먹이 스트립쇼를 계속하라는 사내에게 세차게 날아간다. 염소만 힘이 센 건 아니다. 귀신도 힘이 세다. 이복 오빠던가? 쉘 위 키스던가? 강한? 강도? 아님 그들 모두에게 주먹을 쳤던가? 모르겠다. 어쨌든 강도가 옆집 남자의 주먹에 쓰러진다. 옆집 남자도 때린 것 못지않게 그들의 주먹세례를 받는다.

때리는 자, 맞는 자, 쓰러지는 자들이 늘어난다. 아무도 뜯어말리지 않는 가운데 2부 쇼가 시작된다. 쇼는 계속되어야 하니까. 하지만 사이렌 소리가 들리고 이웃집의 신고로 경찰이 출동한다. 119도 출동한다. 누군가의 턱이 누군가에게 맞아 옆으로 돌아간 것이다.

경찰과 119의 출동으로 인해 나의 스트립쇼는 2부에서 일단락된다.

자, 이제 진짜로 솔직해져 보겠다. 지금부터 내 영혼의 스트립쇼를 시작하겠다. 마지막 한 올까지 남김없이 벗어주겠다. 내가 왜 생과 정면대응을 하겠는가. 생의 불행에서 도망치기도 바쁜데. 불행을 유턴시킨다는 건 전부 개소리였다.

나는 속여 왔다. 생을, 당신들을, 그리고 누구보다도 나 자신을. 누구보다 나 자신을 가장 잘 속인다면 행복해질 거라고 믿었으니까.

나는 생과 관계를 맺고 싶었다. 그것이 매춘이든, 매음이든, 매색이든, 그 어떤 형태로든 말이다. 내 생의 목표는 자아를 찾는 것이 아니었다. 자아를 잃는 것이었다. 자아를 잃고, 자아를 없애며, 자아에서 도피하는 것이었다. 나는 모든 성장영화와 성장소설과 텔레비전의 성장드라마를 혐오했다. 나는 정체성을 잃고 싶었다. 자아에서 어떻게든 도망치고 싶었다. 하지만 그럴수록 나는 바위에 부딪혔다가 부서져 내리는 파도처럼 물거품이 되어 흔적 없이 사라져갔다. 사람들은 모른다. 파도의 상처를. 물거품이 되어 사라지는 순간 고통도 함께 사라지는 게 아님을.

안개는 공원에만 끼는 게 아니다. 삶에도 끼는 것이다. 내 생은 안개 그 자체였다. 안개가 걷히길 앉아서 기다릴 수만은 없었다. 안개를 헤쳐 나가기 위해 눈에 불을 켜야 했다.

나는 항상 다음을 기대했다. 다음엔, 다음번엔 더 재미있을 거라고. 하지만 내 기대는 번번이 무시되었다. 안개가 걷히고 나면 다음은 가시밭길이었으니까. 바로 그 길이 내 앞에 주어진 삶이었다.

생에 방학이란 없다. 사람들은 태어나는 순간부터 죽을 때까지 쉬지 않고 질주해야 한다. 무엇을 위해? 삶이 내준 숙제를 위해. 오늘의 숙제가 어제의 숙제와 다르듯 내일은 내일의 숙제가 기다린다. 생에는 방학이 없는 탓에 우리는 밀린 숙제를 할 틈이 없다. 살아 있는 동안 우린 끝이 보이지 않는 숙제를 해야 한다.

나는 숙제를 거부했다. 행복해지기 위해 노력하는 건, 불행을 극복하기 위해 노력하는 건, 심술 사나운 생이 우리에게 바라는 바이자, 우리에게 내준 과제가 아닌가? 내가 왜 그 숙제를 하겠는가? 생이 내 스승도 아닌데. 누구 좋으라고. 더구나 놀기도 바빠 죽겠는데 말이다. 나는 놀았다. 먼지처럼 가볍게. 나는 웃었다. 바람 빠진 풍선처럼. 나는 사랑에 빠졌다. 애인이 없어도.

사람들이 이렇게 된 건 내 책임이다. 조금의 뻔뻔함만 지니고 있는 사람이라면 나는 누구에게나 다가갔다. 언제 어디서든 누군가의 약점을 이용할 준비가 되어 있는 뻔뻔한 자들에게 말이다. 나는 흡혈귀가 피 냄새를 맡고 찾아가듯 아무에게나 접근했다. 그들은 불쌍한 제물들이었다. 한바탕 재밌게 놀아보겠다는 내 이기적인 목적에 희생된 제물들. 그 결과 나는 사람들의 숙제를 대신하게 되었다. 내가 사람들의 숙제를 하는 동안 뻔뻔함이 그들의 본성을 차지하게 되었다. 그리고 뻔뻔함은 호두처럼 딱딱해져 갔다. 껍질을 깨는 건 내 역할이었고, 호두알을 먹는 건 그들의 역할이었다.

　나는 삶이 내게 레몬을 주면 갈아 마실 생각도, 갈아엎을 생각도 하지 않았다. 레몬을 내 것이라 생각하지도 않았다. 오히려 갈아서, 예쁜 컵에 담고 장식용 우산을 꽂아 사람들에게 다시 내놓았다. 나는 사람들이 더욱 뻔뻔해질 수 있도록 환경을 만들고 조장하고 구경했다. 그걸 지켜보며 즐기고 박수까지 쳐댔다. 그 결과 사람들은 날이 갈수록 나에게 의존하게 되었다. 내 탓이다. 내가 그렇게 만들었으니까.

　나는 사람들이 상처받는 걸 원하지 않았다. 나로 인해 상처받는 건 더욱 원치 않았다. 내가 상처주지 않아도 그들은 이미 상처투성이였으니까. 나야말로 상처와 우울을 안고 태어났다는 사실을 사람들에게 알리고 싶지 않았다. 엄마와 아버지란 작자에게 두 번씩이나 버림받았다는 사실을 사람들에게 알리고 싶지 않았다. 두 번 버림받은 여자는 앞으로도 계속 버림받을 거란 두려움 때문이었다. 그래서 나는 나의 상처를 혼자서 견디기로 했다. 두배 할아버지의 십팔번을 빌리자면 내 상처에 대해 주둥이 닥치기로.

　사실 내가 원한 건 당신들과의 섹스가 아니었다. 당신들이었다. 내가 바꾸고 싶은 건 침대와 책상과 소파 같은 가구가 아니었다. 삶이었다. 내가 받고 싶은 건 산타할아버지의 크리스마스 선물이 아니었다. 사랑이었다. 사랑만이 구원이라고 믿어서가 아니었다. 사랑으로 구원받을 수 있다고 믿어서가 아니었다. 나는 사랑으로 구원받을 수 없는 당신들을 경멸했다. 나를 사랑해주지 않는 당신들을 경멸했다. 당신들을 경멸하는 나를 가장 경멸했다. 이런 식의 경멸만이 생에 대한 현기증과 구토와 끊임없는 허기를 달래는 유일한 방법이라 생각했기 때문이다.

✝ ✝ ✝

어느 날 닥터 지의 아내가 찾아왔어. 아기를 낳으면 한 번만 보여달라고 부탁하더라. 닥터 지의 아기는 자신의 아기이기도 하다고. 자기는 아이를 가질 수 없는 몸이라고 했다.

나는 물었지. "아들이 있다고 들었는데요."

그녀가 대답했어. "가슴 아파 낳은 자식이죠. 배 아파 낳은 자식은 아니랍니다."

그녀가 가자 닥터 지가 찾아왔어. 아내가 주방을 떠났다고 하더구나. 집을 나갔다고. 그가 제안했어. 내게 주방을 내주겠다고. 내가 그토록 원했던 그의 집 주방을 말이다. 나는 그 주방을 차지할 수도 있었다. 그의 집 주방에서 그와 네게 요리를 해주며 그의 사랑에 안주할 수도 있었어. 하지만 난 이 모든 게 재미가 없어졌다. 갑자기 재미가 없어졌어. 그래서 한마디로 거절했지. 그도 나도 깨달아야 했다. 인생엔 너무 늦은 때도 있다는 것을. 우리가 사랑이란 미명하에 한 사람을 괴롭힌 방법이 얼마나 잔인한 것이었는지를.

그는 곧바로 자신의 집으로 돌아가지 않았어. 하지만 나에게도 올 순 없었다. 내가 오지 못하게 했으니까. 그렇게 밖에서 20년을 떠돌았어. 불장난의 대가치곤 자신에게 너무나 가혹한 벌을 내렸지. 하지만 결국은 집으로 돌아갔어. 병든 몸을 선물로 들고서. 누구에게나 돌아갈 곳이 있다는 건 좋은 일이야.

본처는 고향과도 같다. 그래서 죽을 땐 누구나 그리로 돌아가고 싶어지는 거지. 네가 벌을 주지 않아도, 원망하지 않아도 닥터 지는 충분히 불행했단다. 나를 사랑한 대가로 그는 불행이란 선물을 얻었어. 사람은 사랑 때문에 행복해지기도 하지만 사랑 때문에 불행해질 수도 있는 거야.

아가야, 사랑 때문에 불행하다고 해서 네가 사랑한 사실을 후회하진 말아라. 인생에서 중요한 건 오직 하나, 사랑했다는 사실, 그것뿐이란다.

숨은그림찾기

모두가 돌아갔지만 혼자 남겨진 건 아니었다. 부스럭 소리에 잠에서 깬다. 동이 터오고 있다. 소리가 나는 곳을 향해 내 눈동자가 분주히 움직인다. 나는 숨은그림찾기를 하듯 숨은 소리의 주인공을 찾는다. 몸을 일으키긴 힘들다. 취기가 아직 가시지 않았으니까.

드디어 내 시선이 주방에서 일하고 있는 한 사내를 찾아낸다. 숨은그림찾기 속의 숨은 그림처럼 사내가 조용조용 콩나물국을 끓이고 있다. 이게 꿈이 아니란 건 분명하다. 간밤의 소동이 꿈이 아니란 것도. 잠결에 나는 묻는다.

"당신은 누구십니까?"

숨은그림찾기의 주인공이 대답한다.

"나는 변한 사람입니다. 당신 때문에 변한 사람."

나는 다시 묻는다.

"그동안 어디 갔었어요?"

"당신 앞에서 사라지고 싶었습니다."

"왜요? 나랑 숨바꼭질이라도 하고 싶었나요?"

"당신에게 더 큰 존재감을 심어줄 것 같았습니다. 때론 침묵이 백 마디 말보다 값진 힘을 발휘하는 것처럼."

"다신 그러지 말아요. 강도라도 당한 줄 알고 걱정했잖아요."

"미안합니다. 날 용서해 주겠습니까?"

나는 대답을 못한다. 용서는 가해자가 아니라 피해자의 몫인데, 내가 과연 피해자인지 생각하고 있기 때문이다.

사내가 돌아가자 전화벨이 울린다. 닥터 지의 아내가 그의 죽음을 알려온다. 새벽 4시 44분이었다고 한다. 순간 엄마가 마흔넷에 자살했다는 사실을 떠올린다. 나는 닥터 지가 일부러 그 시간에 맞춰 죽은 거라고 생각한다. 곧 이런 생각은 아무런 의미도 없다는 사실을 깨닫는다. 닥터 지의 아내가 그의 유언을 전해준다. 유언은 그녀의 머리처럼 짧고 간단했다. 용서해 달라는 말 한마디였다. 나는 나 자신에게 한 약속대로 장례식에 가지 않는다.

한밤중이 되자 피할 수 없는 시간이 돌아온다. 벽을 마주보고 누워야 하는 시간이 온 것이다. 나는 눈을 감고 누운 채 닥터 지의 마지막 모습을 상상한다. 뼈만 남은 그의 몸은 앙상하다.

평생 피워댄 담배의 연기가 뱃속에 가득 차서 그의 배가 점점 불러온다. 커다란 풍선처럼 배가 불러와서 더 이상은 누워 있을 수가 없다. 풍선이 된 그가 하늘로 날아가기 시작한다. 동동 둥실둥실.

그는 마을을 지나 산 위로 날아간다. 그 순간 나는 산꼭대기에서 마을을 내려다보며 사람들에게 "안녕!"을 외쳐댄다. 사람들이 내게 손을 흔들며 답해준다. 그가 산꼭대기를 지나가면서 나에게 "이지야! 안녕!" 하고 인사한다. 그리곤 웃으며 내게 손을 흔든다. 나는 그에게 "안녕! 아빠!"라고 답하며 손을 흔든다. 나는 손을 뻗어 그를 잡으려고 애쓴다. 하지만 뜻대로 되지 않는다. 나는 안타까운 표정으로 발을 동동 굴린다. 그는 계속 날아간다. 구름을 헤치고 하늘로 둥둥 날아간다. 나는 외친다. "잘 가! 아빠!"라고.

그제야 나는 한 가지 사실을 깨닫는다. 태어나서 한 번도 아빠란 단어를 써먹지 못했음을. 써본 적도 불러본 적도 없음을. 그게 너무 억울해서 나는 울기 시작한다. 그리고 벽에 대고 소리치며 통곡한다. 아빠! 아빠! 아빠!

내가 아무리 웃음의 친구라 할지라도 뭐 땜에 눈물을 멀리하겠는가? 신께서 울라고 인간의 눈과 눈물을 만드셨는데 내가 왜 아끼겠는가? '이깟' 눈물 '따위'를.

✢ ✢ ✢

    두배 할아버지가 죽었다. 오늘이 아니고 며칠 전이다. 할아버지는 죽은 지 며칠 뒤에 자신의 집 현관에서 발견되었다. 할아버지의 손에는 전화기가 들려 있었다고 한다. 마지막으로 통화한 사람은 나였고, 마지막 통화 내용은 "늑대가 나타났다!"였다.

    생전에 그토록 많이 연습해대던 '죽었니? 살았니?' 게임은 실전에는 아무런 도움이 되지 않았다. 연습이란 아무리 열심히 해도 소용없는 것이다. 실전은 단 한 번뿐이다. 그놈의 바퀴벌레가 나타났단 소리만 하지 않았어도 할아버지의 말을 의심하지 않았을 것이다. 하지만 이건 산 자의 변명에 불과하다. 나는 때를 놓친 자였다. 할아버지가 정작 진심으로 도움을 필요로 했던 때를.

    그는 생전에 자신이 가장 바라지 않았던 모습으로 죽었다. 아무도 그를 믿지 않았고, 찾지 않았고, 죽은 뒤에도 바로 달려가지 않았다. 그리고 죽은 지 며칠 뒤에 자신이 가장 원치 않았던 사람에게 발견되었다. 동사무소의 사회복지사 말이다. 사회복지사는 할아버지의 사인을 119구급요원과 같이 찾아간 개인병원의 의사에게 들었다. 사인은 노환이 아니라 당뇨 악화로 인한 뇌졸중이었다. 사회복지사는 내게 말했다.

    "의사 말이 돌아가시기 직전에 케익을 드신 거 같대요. 내가 봤을 때도 입술에 초콜릿이 잔뜩 묻어 있었거든요."

개인병원의 의사는 오랫동안 할아버지를 주치의처럼 돌봐왔다고 한다. 최근 할아버지는 오랜 지병인 당뇨가 재발하여 악화되고 있었다고 한다. 그래서 단것을 먹지 말라고 주의를 단단히 주었다고. 사회복지사는 알고 있었다. 할아버지가 당뇨란 것을.

나는 몰랐다. 알았다면 그에게 날마다 케익을 갖다주었겠는가? 수정이 알코올중독자라면 정말로 큰 술병을 선물할 줄 알았는가? 그건 사랑하는 사람의 행동이 아니다. 사랑하는 사람을 죽이려고 맘먹은 자의 행동이다. 나는 사회복지사에게 물었다.

"혹시 할아버지 주변에서 바퀴벌레 못 봤나요?"

복지사는 뜬금없다는 표정으로 나를 보는 걸로 답을 대신했다.

그와 마지막으로 보냈던 밤을 기억한다. 아름다웠던 밤을. 피아졸라의 '리베르 탱고' 음악에 맞춰 탱고를 추던 날 밤을. 보름달이 우릴 비춰주며 환하게 웃던 그날 밤을.

✝ ✝ ✝

세 통의 편지가 배달되었다. 모든 일은 순서대로 오지 않고 한꺼번에 찾아온다. 좋은 일이건, 나쁜 일이건, 그저 그런 일이건, 탄생이건, 죽음이건.

순서는 내가 정해야 한다. 가장 보고 싶은 편지를 가장 나중

순서로 정해놓는다.

1. 아버지
2. 두배 할아버지
3. 옆집 남자 순으로 편지를 뜯어보겠다.

나는 이제 닥터 지를 '아버지'라고 부른다. '아버지'란 단어가 엄연히 존재하는데 써먹지 않는다는 것은 아버지란 '단어'에 대한 예의가 아니라고 생각했기 때문이다. 수정이가 옆에 있었다면 "아끼다 거미줄 생긴다."라고 말하면서 함께 웃었을 것이다. 아니, 예전의 수정이라면 말이다. 조만간 '아버지'란 단어에 익숙해지면 그때부턴 '아빠'라고 부를 예정이다.

아버지의 편지는 아버지의 편지가 아니었다. 아버지의 이름으로 아들이 보낸 편지였다. 편지는 짧았다. 아버지의 유언처럼.

널 용서하지 안겠어.

나는 배를 잡고 웃는다. 깔깔깔. 깔깔깔깔. '안겠어'라니. 의사 아들치고는 너무 무식하지 않은가? 그대도 자신의 유전자를 부정하고 싶었던 거야? 나처럼?

아버지는 용서해 달라고 하고, 아들은 용서하지 않겠다고 한다. 그러므로 우리는 아무 사이도 아닌 것이다. 용서할 일도, 받을 일도 없는.

사람들은 용서의 의미를 모른다. 용서의 시기도, 본질도, 정의도 모른다. 용서란 절대자가 용서하기 전에 내가 먼저 용서하는 것이 아니라, 절대자가 용서하고 난 다음에 뒤늦게 용서해주는 것이 아니라, 끝까지 절대로 용서하지 않는 것이다. 용서하고 싶은 마음이 목까지 치받쳐 올라와도 용서의 유혹을 뿌리치는 것이다. 그가 용서받지 못한 고통에 몸부림치며 죽어갈 때까지 두 눈을 똑바로 뜨고 지켜보는 것이다. 그리하여 그의 고통을 고스란히 내가 가져오는 것이다. 온전한 나의 고통으로. 그리곤 죽을 때까지 그를 용서하지 않았다는 죄책감에 시달리는 것이다.

고통과 죄책감의 팽팽한 시소놀이가 바로 용서다. 양쪽 모두 동등해지는 게임. 이 동등함이 용서의 본질이다. 하지만 우리는 죽을 때까지 용서의 본질에 다가가지 못한다. 용서를 하는 쪽이든, 받는 쪽이든 용서 뒤에는 분노와 억울함이라는 불균등한 감정만이 남을 뿐이다.

나는 엄마에게 그리고 아버지에게 속으로 외친다.

"당신들을 용서하기 위해 용서하지 않겠어."

아버지가 수의사였다는 걸 오늘에야 알게 됐다. 지나간 신문의 부고란에 '지고인 동물병원 원장 지병으로 별세'라는 글이 실려 있었다. 내가 태어나기 전 엄마가 키웠다는 강아지가 생각났다. 피부암에 걸려 죽었다던 그 강아지. 엄만 강아지를 살리지 못한 동물병원 수의사를 죽을 때까지 원망한다고 그랬었지.

　동물을 좋아하는 사람은 사람을 제대로 사랑할 줄 안다는데 나는 아버지가 엄마를 진심으로 사랑했을 거라 믿고 싶다. 그들이 동물을 진심으로 사랑했다면, 서로를 진심으로 사랑했을 거라고. 지고인. 나에게는 용서받지 못하고 죽은 자에 불과하지만, 엄마에게는 지상에서 오래도록 기억했던 사람이니까. 죽을 때까지 원망할 정도로 말이다.

　그리고 아버지의 전 재산이 나에게 상속되었다. 미안하다. 한 글자 빼먹었다. 할아버지의 전 재산이 상속되었다. 두배 할아버지 말이다. 내가 아는 할아버지가 스크루지 영감 말고 누가 있겠는가? 감당하기 힘들 정도로 어마어마한 액수여서 놀란 나머지 한 글자 빼먹었다. 할아버지가 내게 남긴 재산은 부양가족이 없는 독신노인이 평생 돈만 번다면 얼마나 벌 수 있는지를 보여주는 아주 모범적인 사례였다. 먹지 않고, 입지 않고, 쓰지 않고, 외상도 주지 않고, 놀지 않고, 남을 돕지도 않고 말이다.

　유언장의 서명을 보면 아주 오래전부터 계획해 놓은 일 같다. 법무사와 변호사의 공증까지 마쳐놓은 똑똑한 유언장이니까. 스크루지 영감의 호의를 거절할 이유가 없다. 왜, 무엇 때문에 거절하겠는가? 나는 인심이 후한 편이라 타인의 호의를 거절하지 못한다.

할아버지의 편지를 뜯어본다.

　자네는 참으로 예쁜 사람이야. 재밌는 사람이고. 처음부터 자넬 알아보았지.
　하지만 자넨 많은 능력을 가지고 있으면서도 자신이 가진 능력을 알아채는 재주는 없어. 마치 자기 얼굴이 예쁘단 걸 모르는 미인과도 같아. 이런 사람을 헛똑똑이라고 하지.
　자넬 보면서 확실히 얻은 깨달음이 있네. 남녀 사이에 우정이란 불가능하단 걸 말이야. 이걸 깨닫는 데 80년이나 걸렸어. 내가 평생 동안 만났던 수많은 여자들은 만날 필요가 없었다는 것도 깨달았지.
　내가 50년만 젊었어도 자네에게 청혼했을 거야. 자네에게 사랑에 빠졌거든. 그러니 그동안 내가 자네를 못살게 군 건 전부 질투 때문이었다고 이해하게.
　위의 말은 다 헛소리니 집어치우지. 마지막 이 한마디만 염두에 두게.
　"예쁘게 살게나. 지금처럼 앞으로도."

　덧붙임. 난 미식가야. 맛을 잘 알지. 자네의 첫 케익 한 조각은 내 모든 걸 내놓을 만한 가치가 있었네.

마지막 줄에 가서야 눈물이 터졌다. 너무나 근사하고 멋진 글씨체였다. 이런 글씨체의 소유자란 걸 이제 와서야 알게 되다니.

나 역시 재밌었다. 그로 인해 재밌었다. 그와의 '죽었니? 살았니?' 게임도, 그의 심술도, 그와 추던 상상 속의 탱고도 눈물 나게 재밌었다. 그가 살아 있을 때 내게 청혼했더라면 나는 주저 않고 받아주었을 것이다. 그럼 우린 눈물 나게 재밌는 한 쌍의 바퀴벌레가 될 수도 있었을 것이다.

그렇다. 언제나 마지막 담배 한 대, 마지막 케익 한 조각, 마지막 동전 한 닢, 마지막 말 한마디가 중요하다. 늘 마지막 한 개가 끝장을 내버리니까.

아버지는 폐암으로 투병하다가 내게 마지막 전화 한 통을 한 뒤 마지막 담배 한 대를 피우고 쓰러졌다. 두배 할아버지는 내가 갖다준 마지막 케익 한 조각을 먹고 쓰러졌다. 수정은 내가 가진 마지막 동전 한 닢을 받고 사라졌다. 엄마가 죽기 전에 내게 하고 싶었던 마지막 한마디는 무엇이었을까? 내게 가장 하고 싶었던 마지막 말 한마디는?

나는 마지막 남은 한 통의 편지를 뜯어본다. 오랫동안 기다렸던 편지를. 옆집 남자의 책상 서랍 안에 깊숙이 감춰져 있었던 내 편지를.

이지 씨에게.

스물둘에 자살에 실패했어요. 삶이 무의미하다고 생각했지요. 그렇다고 생의 벼랑 끝에 서 있었다는 말은 아닙니다. 나는 다만 무의미함을 끊어야겠다고 생각했어요. 서른셋에 죽지 못한다면 마흔넷에 죽어야지 생각하면서.

내 결심에 아무 의미는 없었습니다. 아무리 의미를 캐물어도 생이 아무 의미가 없듯 말입니다. 나는 그냥 무의미한 숫자의 무의미한 반복을 실행해보고 싶었습니다.

계획대로 서른셋에 죽으려고 했어요. 나에게는 가구가 없습니다. 곧 죽을 거라고 생각했기 때문에 가구를 들여놓지 않은 겁니다. 그러다 당신을 만났어요. 우리가 어떻게 만났는지, 그동안 내가 당신에게 무슨 짓을 했는지는 설명할 필요가 없겠지요. 당신이 더 잘 알고 있을 테니까요.

나는 이제 마흔넷에도 죽을 이유가 없어졌습니다. 당신이 그때도 내 옆에 있어 준다면 말입니다. 아니, 내가 당신 곁에 있을 수만 있다면, 그걸 당신이 허락해 준다면 말입니다.

스물둘에 소설을 쓰기 시작했습니다. 나는 나 자신을, 내 삶을 바꾸고 싶었어요. 바꿀 수만 있다면 전부 바꾸고 싶었습니다. 머리끝부터 발끝까지 내장 속까지 송두리째 말입니다. 그러다가 서른셋이 되었어요.

그동안은 나 자신이 내 소설의 독자이자 비평가였습니다. 나 이외에는 그 어떤 누구에게도 보여주지 않았지요. 그리고 서른셋에 결심을 했어요. 내 소설을 세상 밖으로 떠나보내기로.

이 결심에 어떤 의미가 있는 건 아닙니다. 당선을 바라거나 당선을 통해 내 삶이 바뀌는 걸 믿지도 않습니다. 소설을 쓰는 동안 이미 내 삶은 바뀌어 버렸으니까요.

사실 나는 당신에게 당선되고 싶습니다. 그리고 마흔넷에도 소설을 쓰고 있다면 좋겠어요. 당신 곁에서.

22, 33, 44.

무의미한 숫자들의 무의미한 반복 같지만 어차피 삶이란 이런 게 아닌가 합니다. 무의미한 일들의 반복 속에서 의미를 찾아내는 일 말입니다. 지겹도록 무의미한 반복들이 어느 순간에 의미 있는 일로 바뀌는 것. 이게 바로 삶이 지닌 아이러니가 아닌가 합니다.

그동안 당신이 당한 무의미한 괴롭힘들, 그것의 지루한 반복들을 통해 사랑을 믿지 않았던 내가 사랑 지상주의자로 부활했다고 고백한다면, 당신은 웃을까요.

내 이름은 진소남입니다. 당신의 옆집 남자죠. 서른셋이고 진짜로 소심한 남자입니다. 앞으로 당신에게 진짜 소중한 남자가 되고 싶습니다.

진소남이었구나. 당신 이름. 당신 이름이 재밌길 바랐는데, 과연 재밌어. 선수를 뺏기긴 했지만 3행시도 너무 쉽고 말이야.

엄마를 생각한다. 스물둘에 미혼모가 되었고, 서른셋에는 희망이 있다고 생각했고, 마흔넷에 한마디 작별인사도 없이 자살해 버렸지. 그때가 내 나이 스물두 살, 내 생일이었어. 아버지의 임종시간을 생각한다. 새벽 4시 44분. 그리고 진소남의 편지에 담긴 의미를 생각한다.

맞아, 무의미해. 우리가 같은 숫자로 엮여 있다는 것의 의미를 캐묻는다는 것이. 삶과 우연과 이 모든 농담 같은 진실의 의미를 알려고 애쓴다는 것이. 불행이란 이름의 어미가 우리를 서로에게서 도망가지 못하게 새끼줄로 엮어 놓았다는 이 모든 사실이 말이다.

✝ ✝ ✝

강한은 전처와 재결합하기로 했다. 같은 여자와 두 번 결혼하는 것이다. 그들은 호화 유람선을 빌려 성대한 파티와 함께 1박 2일간의 결혼식을 올릴 거라 한다. 비용은 전처가 댄다고. 오늘이 바로 그 성대한 결혼식이다.

선상파티에는 수많은 유명 인사가 초대되었고 나는 전처의 반대로 초대받지 못했다. 어차피 갈 수 없는 처지였다. 결혼식에 초대받은 한 선배가 내게 당직을 바꿔달라고 부탁했기 때문이다.

밤샘 근무를 마치고 돌아와 침대에 몸을 누이려던 참이었다. 벨소리가 길게 여러 번 짧게 여러 번 울려댄다. 누군지 되게 급한 모양이야, 생각하고 문을 연다. 턱시도를 입은 말쑥한 사내, 바로 강한이다. 오늘의 신랑이 예식 도중에 뛰쳐나왔다. 그리고 지금 내 집 문 앞에 서 있는 것이다. 믿을 수가 없다. 왜 하필 여기에?

혹시 내가 결혼식에 참석하지 않았다고 원망하러 온 건가? 부조금은 한 선배를 통해 전달했을 텐데? 아무리 내가 깜짝 서프라이즈를 좋아하긴 해도 이건 좀 아니지 않은가?

1박 2일의 결혼식 피로연 도중에 그는 내 집으로 달려왔다. 부인과 하객들이 밤새 웃고 마시고 떠들고 곤드레만드레 취한 사이 몰래 빠져나온 것이다. 조금 있으면 공항으로 행진할 운명에 처한 오픈카를 몰고서, 오픈카에 온갖 장식과 풍선을 주렁주렁 매달고 말이다. 그는 숨도 고르지 못한 채 내게 말한다.

"절벽에서 뛰어내릴 용기가 있는 사람은 아무것도 가지지 않은 사람이야. 난 너무 많은 걸 가졌어. 너무 많은 잡동사니를. 여기서 도망치고 싶어. 당신과 무인도에 가서 둘이서만 살고 싶어. 누구의 제재도 간섭도 참견도 안 받고 말이야. 밖에 차가 대기 중이야. 시동도 끄지 않고 그대로 올라왔어. 어때? 아무것도 준비하지 말고 이대로 나랑 갈 수 있겠어?"

나는 고개를 젓는다.

"우린 어울리지 않아요. 당신은 부인하고 잘 어울려요."

그도 고개를 젓는다.

"최근에 아내의 매력을 다시 찾아보려고 애썼지. 그럴수록 당신만 떠올랐어. 오히려 당신의 숨은 매력을 찾아냈지. 당신은 숨은그림찾기 속에 숨은 가장 찾기 힘든 그림 같아. 난 가장 어려운 그림을 찾아낸 사람이고."

결론은 늘 자기 자신에 방점을 찍는다. 그는 자신을 칭찬한다. 이게 그다. 이게 그의 본성인 것이다.

이것이 상상이라고 생각했는지? 아니다. 엄연한 현실이다. 그가 차의 시동을 켜놓았다면서 내게 재촉한다. 쓸데없이 기름을 낭비할 필요는 없다는 것이다. 나는 그에게 아쉬움을 토로한다.

"차라리 결혼식장에서 뛰쳐나왔어야죠. 피로연 도중에 나오다니 너무 늦은 거 아니에요? 혹시 중간에 심심해져서 머리 식히러 온 거 아닌가요?"

"1박 2일짜리 결혼식이라고. 결혼식 도중에 나온 거나 다름없어. 더 이상 뭘 바래? 욕심이 너무 지나친 거 아니야?"

"하하하, 당신은 아무것도 버리지 못하는 남자야. 다 버리고 내게 올 수 없는 남자라고. 차라리 다 가지고 와. 당신이 가진 것 모두 다. 그러면 받아줄게. 당신 부인도 데려와. 부인이 소설로 벌어들이는 인세, 땅, 주식도 포함해서 말이야. 단, 부인의 불같은 성질은 두고 와. 난 견딜 수 있지만 부인이 견뎌내지 못할 테니까. 그러면 우리 셋이 어떻게든 살아볼 수 있을 거야. 난 내 남자의 아내도 좋아하거든."

그렇다. 이게 나의 상상이다. 내 가슴속에 담긴 말을 그 앞에서 일일이 꺼내어 보여줄 필요는 없는 것이다. 단 한마디로도 그를 돌려보낼 수 있으니까.

"당장 돌아가요. 내 삶에서 당신은 필요 없답니다. 영원히!"

자존심에 상처를 입은 그가 내 말이 끝나기가 무섭게 돌아선다. 어차피 같이 가지 않을 사람이라면 빨리 떠나는 게 낫다는 생각을 한 것이다. 시동을 켜둔 오픈카의 기름이라도 아끼게 말이다. 그는 두 번 권하지 않는다. 한국 사람은 세 번까지 권한다는 상식을 모르나 보다. 절약형으로 살다보니 알아도 안 권하는 게 아닐까?

그는 떠난다. 본처이자 방금 재혼한 부인에게 가기 위해. 유턴 없는 직진코스로 말이다. 시동을 켜놓은 오픈카를 도둑맞는 바람에 유턴이고 직진이고 다 포기하고 택시를 잡아야 했지만 아내에게 돌아가는 건 가능하다. 그렇게 늦은 것도 아니다. 피로연 막바지니까. 택시 안에서 그는 속으로 이렇게 외칠 것이다.

'사실 전부 버리는 게 더 쉬울지 몰라. 이렇게 사는 게 더 어려울지 몰라. 내가 가진 모든 걸 하나도 버리지 않고 끌어안은 채 사는 거 말이야. 난 어려운 길을 택했어. 일부러 어려운 길을 택

한 거야. 쉬운 일은 내 적성에 안 맞아. 난 강한 남자라고. 젠장!'

두 사람이 몰디브로 신혼여행을 다녀오면 강남에 새로 오픈하는 개인병원이 그들을 반갑게 맞이할 예정이다. 병원의 인테리어는 강한의 전처, 아니 부인이 맡았는데 주재료를 천연대리석으로 둘렀다고 한다. 부인이 비용을 지불했음은 물론이다. 새로운 개인병원의 이름은 〈한 불임클리닉〉이다. 사람들은 강한의 이름 '한'을 딴 거라 생각하지만 내 생각엔 부인의 이름이 한지원이니까 부인의 성을 딴 거 같다. 한지원, 남편에게 재정적으로 한 지원하는 부인.

만일 강한이 다시 이혼하고 한 선배랑 재혼해서 그녀를 수석간호사로 앉힌다면 병원 이름을 그대로 〈한 불임클리닉〉이라 해도 되겠다. 적어도 간판 값은 아낄 수 있을 것이다. 전처가 떼어가지만 않는다면 말이다. 이 같은 상상이 현실에 일어나지 말란 법은 없다. 하지만 별 중요한 일은 아니니까 일어나지 않아도 된다.

강한의 결혼식에서 한 선배가 가져온 소식은 한 선배의 결혼 소식보다 깜짝 서프라이즈였다. 신부 대기실에서 강한이 부인에게 "화장이 떴네."라고 말하자 그녀가 "입 닥쳐!"라고 했다는 것이다. 그리곤 백에서 손거울을 꺼내더니 "거울 좀 들고 있어."라고 했다고. 안색이 변한 강한이 거울을 들자 "똑바로 들지 못해?"라고 했다는 것이다. 그때 한 선배는 신부대기실 안의

탈의실에 있었는데 대기실이 빈 줄 모르고 신부를 보러왔다가 두 사람이 동시에 들어오자 당황해서 탈의실로 숨어버렸다는 것이다.

강한이 왜 내게 달려왔는지 알 것 같다. 그에게 필요한 건 여왕이 아니라 시녀니까. 강한이 왜 돌아갔는지도 알 것 같다. 여왕 옆이 그의 자리, 즉 제자리니까.

한 선배는 강한이 불쌍하다는 표정을 짓고 나서 느닷없이 내게 청첩장을 내밀었다.

"병원에서 내가 나간하고 제일 친하잖아. 그래서 제일 먼저 주는 거야."라고 말하며 찡긋 윙크를 했다. 그리곤 곧바로 들러리를 요청했다. 일당 아르바이트 아가씨에게 귀중품이 든 핸드백을 맡기기가 불안하다는 것이 요지였다. 그래서 나는 한 선배의 부탁을 들어주기로 했다. 결혼식에서 핸드백을 들어주고, 부케도 들어주고, 드레스도 들어주기로. 특히 소변 볼 때는 반드시 화장실까지 따라 들어가 드레스를 들어주어야 한다. 신부 혼자 갔다가 행여 드레스에 소변이라도 묻혀 갖고 나온다면 으으, 그 다음은 상상하기도 싫다.

✢ ✢ ✢

오랜만에 비번이 돌아왔다. 아침밥을 늦잠으로 때우고 욕실에서 머리를 감는데 핸드폰이 울린다. 도대체가 사람들은 날 잠시도 가만두지 못한다니까! 급하게 수건을 머리에 두르고 핸드폰을 받는다. 나는 두배 할아버지의 죽음 이후 내게 오는 전화를 피하는 법이 없다.

"여보세요."

"은지니?"

고음의 목소리를 지닌 사내다.

"이진데요."

"앗, 죄송합니다. 잘못 걸었네요."

사내가 급하게 전화를 끊는다. 나는 끊긴 전화기에 대고 말한다.

"목소리 멋진데 아쉽네요. 은지 언니도, 동생도 아닌 이지라서."

잘못 걸려온 전화가 일을 망칠 때가 있지만 화를 내면 나만 손해다. 또다시 핸드폰이 울린다. 이번엔 아버지의 부인에게서 온 전화다. 아직 내게 할 말이 남았나? 장례식이 끝난 지가 언젠데.

그녀는 갑자기 내게 안부전화를 하고 싶어져서 그냥 해봤다고 한다. 그러면서 가끔 연락해도 되느냐고 묻는다. 닥터 지를 '아버지'라고 부르고 있는 마당에 아버지의 부인이 전화하는 것을 막을 이유는 없다. 그것도 매일이 아니라 가끔 하겠다는데. 그래서 나는 그러라고 한다. 그녀는 여전히 정중하지만 예전처럼 용건만 간단히 하진 않는다. 날씨와 건강, 취미생활, 심지어 요즘 뜨는 연속극까지 일상적인 이야기를 주절주절 늘어놓는다.

빨리 끊긴 힘들 거 같아. 그리고 누군가와 이렇게 일상적인 이야길 해본 지도 오래됐잖아. 그렇게 재미없지도 않고.

나는 전화를 받지 않는 나머지 손으로 젖은 머리를 만지며 그녀의 이야기를 듣는다. 그녀의 머리가 아직도 짧은 상태인지 갑자기 궁금해진다. 혹시 지금 전화가 길어지는 이유와 상관이 있을까? 여자들은 실연을 당하거나 큰일을 당하면 머리를 자르지 않고 놔두는 습관이 있으니까 말이야. 그래서 궁금해 할 시간에 묻는다. 그녀는 이상한 질문이라 생각하겠지만 말이다.

"아직도 머리가 짧은가요?"

그녀는 정중하게 답한다.

"목까지 길렀어요."

"한번 보고 싶네요."

"보여줄 테니 나올래요? 아님 내가 가도 되고요."

빠르다. 나도 빠른 편이지만 당신도 만만치 않네.

"실은 이지 양 집 근처에요."

벌써 우리 집 근처에? 진도가 점점 빨라진다. 혹시 깜짝 선물을 들고 온 거 아냐? 깜짝 선물은 사양한답니다. 반짝이는 것이 모두가 금이 아니듯, 선물이라고 해서 반드시 좋은 건 아니라는 걸 누구보다 잘 알고 있거든요. 나는 깜짝 선물의 내용을 상상해본다.

'유방암에 걸렸어요. 부창부수예요. 기어이 암에 걸리고 말았어요.'

'남편이 죽고 나서 아들이 병에 걸렸어요. 슬픔이라는 병. 문병 와줄래요? 그래도 명색이 오빤데.'

'재혼식에 와줄래요? 실은 나도 그이 죽기 전부터 애인이 있었어요. 맞바람 핀 거죠.'

그럼 나는 이렇게 받아칠 거다.

'모유 수유 안 했어요? 유방암 예방에 딱인데.'

'그 남잔 냄새가 고약해서 싫어요!'

'맞바람이라뇨. 차라리 사랑한다고 말하세요. 그편이 훨씬 더 깨끗해요.'

전부 맘에 안 든다. 다른 걸 묻자. 뭘 묻지?

"우리 집은 어떻게 알고……?"

"병원에 갔더니 쉬는 날이라면서 집 주소 알려주던데요? 쉽게 찾았어요."

슈퍼만 동사무소인 줄 알았는데 직장도 동사무소군. 나는 집 근처에 마땅한 커피숍이 기억나지 않아 놀이터에서 기다리라고 말하려다 그냥 오라고 한다. 내가 갈 때까지 기다리느니 그 시간에 오는 것이 나을 것이다. 이상한 인연에 이상한 만남이긴 하지만 어차피 세상은 이상한 일투성인데 뭐 어때. 살다보면 어떤 일도 일어날 수 있다. 모든 일이 말이다.

전화를 끊고 나서 그녀가 올 동안 후닥닥 옷을 입고 나서 대충 방을 정리한다. 그리고 찻물도 가스불에 올려놓는다. 나는 대접할 거리를 찾으려고 냉장고를 연다. 과일은…… 하나도 없군. 있는 거라곤 캔 맥주뿐이야.

집 근처라더니 그녀가 오기까진 시간이 걸렸다. 찻물이 다 끓고 차도 다 우려낸 다음에야 벨이 울린다. 갑자기 긴장이 된 나머지 나는 개구리처럼 폴짝 뛰어 현관을 한달음에 간다. 그리고 맨발로 문을 연다. 하마터면 "부르셨어요?" 하고 물을 뻔하면서.

그녀는 정말로 깜짝 선물을 들고 왔다. 뭔지는 모르지만 네모난 통을 들고 서 있다. 그녀가 웃으며 목까지 내려온 자신의 머리를 가리킨다. 나는 생각한다. 나쁘지 않군. 짧은 머리도 어울렸지만 말이야. 그녀가 나에게 들고 있던 통을 내민다.

"김치."

나더러 김치~ 하며 웃으란 건가? 한국 사람이면 한국 사람답게? 괜히 스마일~ 하지 말고? 기념사진이라도 찍으려나? 카메라는 보이지 않는데.

그녀는 멍하니 서 있는 내게 재촉한다. 어서 통을 냉장고에 넣으라는 것이다. 그녀가 가져온 깜짝 선물은 김치였다. 그것도 자기 손으로 직접 담근 김치다. 아버지가 살아 있을 때처럼 넉넉하게 담그다 보니 너무 많아서 가져왔다는 것이다. 생전에 아버지는 그녀가 담근 김치를 너무 좋아했다고 한다. 자랑은 아니지만 김치 하난 똑 소리 나게 잘 담근다고. 그러면서 혼자 사는 사람은 김치 하나만 제대로 먹어도 살아갈 수 있다고 한다. 그러려면 정말로 김치가 맛있어야 한다고. 그리고 지나가는 말처럼 툭 내뱉는다.

"언제 같이 김치 한번 담가볼래요?"

나는 냉장고에 김치 통을 넣으며 싸울 의사도 없는 상대를 향해 전의를 다진다. 맛없기만 해봐라.

그녀는 다음에 올 때 김치 통을 돌려달라고 한다. 맛있으면 빨리 비우게 될 거라고. 빈 통이 되면 전화를 하라고 한다. 그러려면 다음번엔 내가 먼저 전화하는 수밖에 없을 것이다. 그녀가 매일 우리 집에 와서 김치 통을 열어보지 않는 한 말이다. 벌써 다음을 기약하다니, 정말 빠르다, 빨라.

모전자전이 단어 값을 발휘하는 순간이다. 역한 사내도 첫 만남부터 반말을 해대며 내게 꽤나 친한 척을 했었는데. 나는 그녀에게 묻는다.

"내가 오지 말라고 하면 어떡하려고 했어요?"

그녀가 은근슬쩍 말을 놓는다.

"어머, 그건 생각 못했네?"

옛날 여자들은 눈치가 9단이다. 벌써 내가 쉬운 여자인 걸 알아챘다. 정말이지 옛날 여자들은 이겨낼 도리가 없다. 이제껏 누굴 이겨본 적도, 이겨볼 생각도 안 해봤지만 말이다.

엄마는 장을 잘 담갔었는데. 그걸로 날 키우고 대학까지 보냈지. 김치를 잘 담그는 부인을 놔두고 장 담그는 여자랑 바람을 피우다니 아버지도 너무했지 뭐야.

나는 그녀에게 "혹시 장 담글 줄 아세요?"라고 묻고 싶은 걸 참는다. 어쩐지 엄마가 장 담그는 여자란 걸 이미 알고 있을 것 같아서다. 아무래도 눈치가 9단이니까 말이야.

"그럼 맛있게 먹어요."

그녀가 서둘러 일어선다. 첫 만남도, 첫 데이트도 아니지만 첫 방문에 너무 오래 머무르는 건 실례라고 생각한 것이다. 그것도 예고 없이 찾아온 손님이 말이다. 나는 갑자기 김치가 너무 먹고 싶어져서 그녀를 붙잡는다.

"라면 먹고 가실래요?"

이 말을 기다렸다는 듯 그녀는 도로 앉는다. 그리곤 내가 끓여준 라면을 맛있게 먹고, 커피도 마시고, 나랑 나란히 앉아 연속극까지 본다. 실례를 무릅쓰고 말이다. 나는 정말이지 김치가 너무 맛있어서 기절하는 줄 알았다. 하마터면 그녀 앞에서 라면 먹다 기절할 뻔했다. 그녀도 내가 맛있어 한다는 걸 눈치 챘다. 하지만 눈치 9단에게 맛있단 말까지 해줄 필욘 없었다. 가뜩이나 김치 맛에 취해 쓰러질 지경인데 말이다.

　세상의 어머니들에게서 나는 냄새는 깊은 냄새다. 그들이 내는 맛은 깊은 맛이다. 정말이지 깊다고 밖에는 달리 표현할 말이 없다. 엄마와 그녀가 텔레비전의 '맛 대 맛' 프로그램에 나가보는 건 어떨까 생각한다. 둘이서 장맛과 김치 맛을 겨루어보면 누가 이길까? 사랑의 대결에선 누가 이겼을까? 아버지가 진심으로 사랑한 건 누굴까? 문득 궁금해진다.

　하지만 피해자끼리는 대결할 수 없다. 그것이 피해자들의 숙명이다. 피해자끼리 힘을 합쳐 가해자와 대결하면 몰라도. 더구나 하나는 하늘에, 하나는 땅에 있지 않은가?

　연속극이 끝나자 그녀가 말한다. 요즘 장 담그는 걸 배우고 있다고. 순간 내 눈이 움찔하는 걸 그녀는 놓치지 않았지만, 다음번에 올 땐 직접 담근 된장을 가져올 수 있을 거라고 말을 잇는다. 오늘은 라면을 얻어먹었으니 다음엔 손수 된장찌개를 끓여주겠다고. 혼자 사는 사람이 맛있는 김치에 맛있는 된장찌개까지 곁들인다면, 그야말로 남부럽지 않게 살아갈 수 있다는 것이다.

　그리고 떠나기 전 내게 대모가 돼주겠다고 제안한다. 당장 대답해주지 않아도 좋으니 생각해보라고 한다. 자신은 평생 딸을 갖고 싶었는데 이 나이에 입양은 그른 거 아니냐며 살며시 웃는다.

당신 정말 오버천사야. 왕따 오버천사. 원수의 딸에게 대모를 제안하다니. 사실 나도 부주은 아기의 대모가 되고 싶단 생각을 했으니 그녀의 제안도 그렇게 황당하기만 한 건 아니다. 나는 아직 아버지의 얼굴을 모르니 다음번엔 사진을 가져오라고 하면 그녀가 황당해 할까 생각하는 순간, 그녀가 말을 꺼낸다.

"닮았어. 아버질 쏙 빼닮았어."

그녀는 떠난다. 이 마지막 대사를 던지고.

✟ ✟ ✟

진소남은 이제 벨을 누른다. 덕분에 세 번은 짧게 세 번은 길게 현관문을 두들기는 소리를 다시는 들을 수 없게 됐다. 그는 나의 재활용 쓰레기를 자기 집에 가져가는 것은 물론 생활쓰레기도 대신 버려주고 있다.

정말 그의 말대로 그는 변한 사람이 되었다. 그의 말대로라면 나 때문에 변한 것이다. 섹스 이후 180도 바뀐 남자 선발대회에 나가면 1등 할 정도로 말이다.

그는 말했다. 자신이 원할 때마다 내가 늘 문을 열어주었다고. 누가 그러는데 사람은 자기가 도와준 사람을 좋아하는 법이라고. 법이란 지킬 도리밖에 없다고. 그러니 나는 그를 좋아해야만 한다고. 이 말을 하면서 그는 수줍은 듯 웃었다. 이사 온 날, 내게 고양이를 맡길 때와는 다른 진짜 수줍은 표정으로 말이다.

벨소리에 문을 연다. 그가 대야를 들고 서 있다. 김이 모락모락 나는 따뜻한 물이 담긴 대야엔 연꽃잎이 동동 떠 있다. 세상에, 장미꽃잎도 아니고 연꽃잎이라니! 어디서 구해왔단 말인가? 이 대목에서 웃음이 나온다고 해서 웃으면 안 된다. 그는 날 웃기러 온 것이 아니기 때문이다. 그는 나름의 진지함과 열정으로 날마다 내게 새롭게 다가오고 있다. 나는 오는 사람을 막는 사람이 아니기에 그에게 날마다 들어오라고 한다.

거실에 들어선 그가 대야를 내려놓고 나를 소파에 앉힌다. 그리고 무릎을 꿇곤 내 발을 정성스레 씻겨주기 시작한다. 사랑하는 사람이 생기면 꼭 한번 해보고 싶었다는 것이다. 갑자기 양말을 벗고 있길 잘했다는 생각이 든다. 그가 내 발을 씻겨주는 걸 보는 일도 힘든데 내 양말까지 벗기는 그의 모습을 보긴 더욱 힘들 거 같아서다. 그는 내 발을 씻기는 동안 자작시를 낭송해 주겠다고 한다.

"당신은 연꽃, 나는 진흙이라네."

그리곤 흡족한 표정으로 나를 바라본다. 그게 제목이냐고 묻고 싶었지만 그가 더 이상 읊지 않아서 단시(短詩)라고 생각을 고쳐먹는다.

그가 발을 씻겨주었을 때 느낌이 어땠냐고? 꼭 한번 당해보기 바란다. 말로는 설명할 수 없다. 간지럼을 태워주는 직업 1순

위 추천이라는 말밖엔.

그는 사랑하는 사람이 생기면 꼭 제일 먼저 주고 싶은 것이 있다면서 점퍼 안으로 손을 넣는다. 나는 그것이 청혼 반지일까 봐 "잠깐!"이라고 말하려 했지만 이미 그의 손은 주고 싶은 것과 함께 점퍼 밖으로 나온 뒤였다.

그것은…… 그의 소설이었다. 그가 세상 밖으로 내보내기로 작정한 그의 처녀작 말이다. 그가 내민 소설의 제목은 《쉬운 여자》다. 주인공의 이름은 나이지이고, 캐릭터는 나에게 영감을 받아서 썼다며 쑥스러운 표정을 짓는다.

오 마이 갓! 이래도 되는 거야? 왜 이 순간 강한의 부인이 생각나는 거지? 강한의 캐릭터를 본뜬 소설을 3부작까지 우려먹은 그녀가 말이야. 주인공이 '나이지'라니 정말 너무한 거 아니야? 그래도 강한의 부인은 주인공 이름을 '장한', 내지는 '정한'으로 비틀었는데, 《쉬운 여자》의 주인공은 내 이름 그대로 '나이지'라니 어쩜 그렇게 쉬운 선택을 했는가 말이다. 이런 게 바로 초상권 침해에 해당되나? 미치겠군. 뭘 알아야 해먹지.

나는 주인공 직업이 뭐냐고 물으려다 참는다. 간호사란 대답이 돌아오면 어떻게 수습해야 할지, 내 생각을 어떻게 정리해야 할지 아직 판단이 안 서기 때문이다.

✢ ✢ ✢

주사실에 간호사 한 명이 새로 왔다. 그녀는 수정의 빈자리를 착실하게 채워나가고 있다. 수정과 동갑인 그녀는 나를 깍듯하게 '나 선배님'이라고 부른다. 처음엔 그녀가 그토록 공손하게 부르는 나 선배님이 누군지 궁금해서 주변을 두리번거린 적도 있다.

솔직히 그런 호칭은 익숙하지도 않을 뿐더러 황송해서 몸 둘 바를 모르겠다. 그래서 그냥 '언니'라고 부르라고 했더니 공과 사는 엄밀히 구분해야 한다는 따끔한 충고가 돌아왔다. 그동안 강한이 내 상사였는데, 오죽할까.

강한의 빈자리를 채운 내 담당의는 얼마 전까지 개인병원에 있다가 아이병원으로 건너온 골드미스다. 꽤 미인이다. 그녀의 이름은 심진미다. 우선은 기억하기 쉽게 '심도 있는 진짜 미인'으로 이름 3행시를 지어놓았다. 심도가 있는지 없는지는 그녀 안으로 들어가 봐야 알게 될 테니까.

그녀가 개인병원을 그만둔 이유는 병원에 있는 시간이 날이 갈수록 길어져서라고 한다. 병원에 있는 시간이 다 자기 돈이라고 생각하니까 계속 병원에 남아 있게 되고, 그럴수록 직업 스트레스가 엄청나게 쌓여갔다는 것이다. 아이병원으로 온 다음부터 그녀는 출퇴근 시간을 칼같이 지킨다. 물론 예기치 못한 환자들이 있을 경우는 예외지만.

  이런 표현을 하는 걸 그녀가 싫어할지 모르지만 그녀는 사실 나랑 같은 과다. 퇴근 후엔 취미와 여가 생활을 톡톡히 즐긴다. 골프, 등산, 수영, 스키, 번지점프 그리고 드럼이 취미다. 특히 스키와 드럼은 수준급이라고 한다. 나와는 달리 돈이 많이 드는 취미이긴 하지만 대부분의 사람들도 그녀처럼 취미에 돈을 쓰지 취미 생활로 돈을 벌어들이진 않는다.

  그녀는 그냥 파티에서 서프라이즈 파티까지, 파티란 파티는 모두 좋아한다. 그래서 나는 출근할 때 그녀의 우편물을 챙기는 것부터 시작한다. 그녀에겐 참으로 많은 우편물이 날아온다. 주로 초대장인데 학회나 세미나 초청은 물론 결혼식, 파티의 오픈식, 패션쇼, 심지어 영화시사회 초대장과 여성영화제 개막식 초대장까지 골고루 날아온다.

  그녀는 잘 웃는다는 점에서 여러모로 나와 비슷하다. 내가 재밌는 이야기를 해주면 그 자리에서 깔깔대며 반응한다. 어떨 땐 내 말이 끝나기도 전에 미리 깔깔대서 내 말을 제대로 들은 건지 의심스러울 때도 있다. 본론은 뒤에 나올 때가 많은데 말이다.

  그녀는 병원 구내식당 밥도 좋아한다. 점심시간엔 종종 나와 식사를 같이 한다. 업무상 할 이야기가 많다는 이유를 내세우지만, 우리가 점심시간까지 할애해 가며 나눌 업무 이야기는 별로 없다. 그녀는 나랑 얘기하는 것을 즐거워한다. 나더러 참새처럼 종알대는 모습이 귀엽다고 하면서 말이다. 점심시간에 그녀에게 탱고를 출 줄 아느냐고 물으니 모른다고 한다. 나는 탱고를 배워보는 게 어떠냐고 제안한다. 나는 탱고가 그녀에게 잘 맞는 춤 같다고 말해준다. 그녀는 대환영이라며 좋아한다. 처음이란 말은 언제나 도전의식을 갖게 한다고 필요 이상의 호들갑을 떤다. 탱고란 춤을 소개시켜 줘서 너무 고맙다고 하면서 말이다.

그래서 돌아오는 휴일에 그녀와 나는 탱고 바에 함께 가기로 했다. 그녀는 만일 돌아오는 휴일에 예기치 못한 중요한 약속이 생기면, 그다음 휴일에 꼭 가자는 말까지 미리 내게 귀띔해준다.

심진미, '심히 진의가 의심되는 미인'이긴 하지만 앞으로 나랑 궁합이 잘 맞을 것 같다.

✚ ✚ ✚

오랜만에 계유자가 찾아왔다. 계류 유산으로 뱃속에 죽은 아기를 열흘이나 품고 있었던 환자. 몸보다 마음의 회복기간은 길었지만 유산의 상처는 치유된 것 같았다. 그녀는 실패가 두려워서 방구석에 앉아 아무 노력도 안 하느니 실패하더라도 다시 시도해 보겠다고 한다. 다시 시험관아기에 도전해 보겠다고. 실패하더라도 후회하지 않겠다는 다부진 의지까지 내보이면서 말이다. 그녀는 배시시 웃으며 말한다.

"솔직히 이거 안 하면 달리 뭐 대단한 일을 하겠어요?"

그렇다. 원치 않는 아이는 계속 버려지고, 원하는 아이는 아무리 기다려도 태어나지 않는다. 이것이 세상의 이치다. 나는 세상의 이치를 거스르고 싶다. 당신들과 함께.

우리는 실패가 두려워 시도조차 안 하기보다는 실패하더라도 다시 시작하길 원한다. 세상에 다가가 부딪히고 부서지고 상처 입길 원한다. 바위에 부딪혀 부서져도 흰 거품을 일으키며 다시 일어나는 파도가 되길 원한다. 또다시 부서지기 위해 일어서서 바위에 다가가는 파도가.

계유자가 다음 예약 날짜를 받고 돌아선다. 함께 와서 기다리던 남편이 계유자의 어깨를 감싸 안는다. 나는 그들의 뒷모습을 보며 생각한다.

나, 다음 생애에는 당신들의 아이로 태어나고 싶어. 당신들이 그토록 간절히 원하는, 버려지지 않는 아이로. 그때 가서 내가 당신들을 조금만 사랑해도 이해해 줘. 나, 이번 생에선 너무 많은 사람들을 사랑했거든.

✢ ✢ ✢

크리스마스가 일주일 뒤로 성큼 다가왔다. 심 선생이 지인들에게 크리스마스 카드를 보낸다며 삼백 통이 넘는 카드를 사왔다. 백 통도 아니고 삼백 통이라니, 대단하다!

그녀는 카드를 단체 이메일로 보내지 않고 일일이 손으로 써서 보내는 걸 선호한다. 골드미스라 올드한 면이 있는 모양이다. 그녀는 단체 이메일에선 도무지 사람 냄새가 나지 않는다고 한다. 그녀는 단체 문자도 싫어한다. 받는 사람 이름도 안 적고 대량으로 띄우는 단체 문자의 안부인사에선 비인간적인 냄새가 난다고 투덜댄다. 그래서 지인들에게 보낼 크리스마스 카드 봉투에 일일이 이름과 주소를 적어 넣는 작업을 내 손으로 해야 했다. 덕분에 일거리는 많아졌지만 그녀의 지인들에 대해 이름 3행시를 짓느라 재밌었던 건 사실이다.

남은 카드에 내 주소와 이름을 적는다. 나에게 부칠 카드다. 여분의 카드니 한 개쯤은 날 위해 써도 괜찮을 것이다. 내 이름으로 나이지의 3행시를 지어본다.

나는 이대로가 좋아. 지금의 내가.

우체국에 들러 카드를 부치고 퇴근을 한다. 그리고 돌아오는 길에 두배 슈퍼 앞을 지난다. 얼마 전부터 슈퍼는 방앗간으로 바뀌었다. 참새가 방앗간을 그냥 지나치는 법은 없기에 나는 방앗간을 날마다 들르고 있다. 깨소금 조금, 고춧가루 조금, 들기름을 조금씩 사려고 말이다. 두배 할아버지를 잊을 때까지는 매일이 방앗간을 들를 수밖에 없다. 정작 그가 도움의 손길을 요청했을 때 잡아주지 못한 것이 후회가 되어 날마다 이 일을 반복하고 있는 것이다.

집에 들어서면서 그동안 잊고 있었던 내 유산을 생각했다. 두 배 할아버지가 남긴 돈의 액수, 그건 내게 숫자에 불과하다. 사실 소유의 개념은 내 것이 아니다. 나는 지금껏 나만의 비밀도, 나만의 비밀통장도 가져본 적이 없다. 설령 가진 적이 있다 해도 그것들은 내게 오래 머물지 않았다. 예나 지금이나 소유란 내게 어울리지 않는 상대인 것이다.

크리스마스이브에 나는 길 위에 서 있었다. 나는 길 위에 서 있는 것을 좋아한다. 길 위에 서 있기만 하다면 어디든 갈 수 있다. 게다가 난 벼룩 같은 존재라 어디로 튈지 모르고, 이 기분은 나를 설레게 한다.

나는 오버코트 안에 손을 넣는다. 그리고 안주머니에서 통장을 꺼내 냄비 안에 넣는다. 두배 할아버지가 내게 남긴 위대한 유산을 구세군의 자선냄비 안에 넣어버린 것이다. 그것은 너무 쉬웠다. 통장이 너무도 가벼웠기 때문이다. 할아버지가 평생 번 돈의 무게를 생각하면 터무니없이 가벼웠다.

산타 복장을 한 사내가 인사의 의미로 나를 향해 딸랑, 종을 한 번 흔들어댄다. 순간 하늘에서 갑자기 눈발이 흩날리기 시작한다. 할아버지의 위대한 유산을 축복이라도 하듯 하늘에서 눈이 펑펑 쏟아져 내린다. 그리고 어디선가 교회 종소리가 들려온다. 댕. 댕. 댕. 댕. 종소리는 멈추지 않고 계속 울려댄다. 나는 반복되는 종소리의 리듬을 마음속으로 따라간다. 별 의미는 없겠지만 반복되는 종소리에서 혹시 어떤 의미를 찾아낼 수 있을까 하고 말이다. 종소리는 세 번은 짧게 세 번은 길게 울리는 것 같기도 하다.

어릴 적 읽은 동화가 생각난다. 어떤 교회에서 부자들이 줄줄이 헌금함에 헌금을 넣었지만 아무리 넣어도 종이 울리지 않다가, 가난한 아주머니가 동전을 헌금함에 넣자 그 순간 갑자기 종이 울렸다는 이야기다. 헌금함에 동전을 넣을 때 짤그랑 소리가 나서 아주머니의 얼굴이 붉어졌지만, 종은 멈추지 않고 계속 울렸다. 교회에 온 사람들 모두가 헌금을 낸 주인공의 얼굴을 돌아볼 때까지 말이다.

그 동화책의 제목은 기억나지 않지만 책장 모서리에 손끝이 베였던 건 기억난다. 그리곤 동화책을 덮고 나서 울었지. 손가락 끝이 아파서 울었는지, 부끄러워하는 아주머니의 마음이 아프게 전해져서 울었는지 역시 기억나질 않는다.

교회 종소리에 모두들 가던 길을 잠시 멈춘다. 그리고 하늘에서 내려오는 하얀 눈꽃송이를 바라보며 다 같이 종소리를 감상한다. 갑자기 눈보라가 흩날리며 휘잉, 하고 파리채가 바람을 내리치는 소리가 들려온다. 그리고 파리채를 들고 있는 두배 할아버지의 모습이 스쳐 지나간다. 그렇게 착한 마음씨를 한평생 심술이란 포장지로 감싸고 있었으니 살아 있는 동안 얼마나 힘들었을까?

나는 하늘에서 두배 할아버지가 종소리를 듣고 있을 거라 생각하니 기분이 좋아진다. 축복의 당사자라기보다는 전달자라 더 행복하다. 나는 여전히 내 몫의 행복을 두려워한다. 온전히 나만의 행복을. 나도 남들처럼 잠시 멈춰 서서 이 행복의 순간을 만끽한다. 갑자기 오래전부터 나의 친구였던 불(不)붙은 단어들과 작별하는 기분이 들었다. 하지만 아직은 진짜로 행복한지 알 수 없다. 시간이 좀 지나봐야 알 수 있으니까.

구세군의 자선냄비를 지나 크리스털 예식장으로 향한다. 진소남과 저녁 6시에 예식장 정문 앞에서 만나기로 했다. 그가 나더러 약속장소를 정하라고 해서 정한 거다. 예식장 앞이라니, 정식 첫 데이트의 약속장소로는 어색하지만 마땅한 장소가 금방 떠오르지 않았다. 데이트를 해본 지 너무 오래된 탓이다. 게다가 크리스털 예식장은 시내 한복판에서 눈에 띄게 큰 건물이라 그가 쉽게 찾을 수 있을 거라 생각했던 것이다.

그에게는 미안한 말이지만, 한 개의 약속이 더 있다. 그에게 바람맞을 것을 미리 대비한 조치다. 일대일 만남이 아니라 나가지 않아도 된다. 즉, 내가 안 가도 상처받을 사람은 없다는 뜻이다. 이 약속은 '장사모(장국영을 사랑하는 사람들 모임)'의 오프 모임인데 한 회원의 집에서 장국영의 유작을 감상한 후 크리스마스 파티를 할 것이라 한다. 나는 아직도 장국영의 유작이 뭔지 모른다. 다행히 진소남이 약속을 지켜 오늘 장사모 오프 모임에 못 나가게 되면, 장국영의 유작을 알 기회를 또 놓치게 될 것이다. 그래도 상관없다.

사실 누군가를 사랑하는 데 있어 그에 대해 많은 사실을 안다는 건 내게 중요하지 않다. 중요한 건 내가 그를 사랑한다는 사실이고, 그 사실은 그에 대해 새로운 사실을 알게 된 후에도 변하지 않는다는 것이다.

진소남은 오늘 내게 청혼을 할 것이라고 미리 예고했다. 그동안 너무 깜짝쇼를 많이 해서 더 이상은 하지 않겠다는 것이다. 그가 깜짝쇼를 할 때마다 내가 필요 이상으로 놀래온 탓이다. 사실 그가 기분 좋으라고 일부러 놀라는 척했지만 말이다. 그는 또, 자신에게 부탁할 것을 무조건 하나만 생각해 오라고 했다. 어떤 부탁이라도 들어주겠다면서 말이다.

평생 누군가에게 부탁을 해본 적이 없어서 무슨 부탁을 해야 할지 아직 모르겠다. 실은 밤새 무슨 부탁을 할지 생각하느라 잠까지 설쳤는데 말이다. 가면서 생각나는 걸로 해야겠다. 가다보면 쉽게 생각날지 모른다. 그래도 약속장소로 가는 도중 후보를 두 개나 생각해냈다.

'소남 씨의 노크소리가 그립네요. 벨소리 말고 계속 세 번은

짧게 세 번은 길게 두들겨줄래요?'

'일거리가 줄어 허전해서 그러는데요. 예전처럼 재활용 쓰레기 좀 다시 맡겨줄래요?'

함께 산다는 건 어쩌면 자신의 쓰레기를 타인의 쓰레기와 합치는 일일지도 모른다. 합친 쓰레기 속에서 희망을 찾아내어 일구어나가는 게 우리의 숙제인지 모른다. 어차피 쓰레기라는 바닥에서 출발했으므로 앞으로 더 이상 아래로 내려갈 일은 없을 것이다. 그냥 앞으로 나아가면 된다. 사랑을 키워나가기만 하면 되는 것이다. 훗날 사랑이 식는다 해도 처음 출발할 때를 떠올리면 된다.

우리의 사랑이 어떻게 시작됐는지 알아? 쓰레기 더미잖아! 우린 쓰레기 속에서도 사랑을 꽃피웠다고! 그걸 잊었어?

나는 크리스털 예식장을 찾지 못해서 한참을 헤맸다. 예식장이 없어진 까닭이다. 싱글족이 늘어나면서 결혼 인구가 점점 줄어들고 있으니 없어질 만도 하다. 하긴 산부인과, 산후조리원, 어린이집, 유치원, 초등학교도 계속 줄어들고 있는 마당에 할 말이 뭐가 있겠는가. 그래도 실망이야. 사람이든 건물이든 아무 말도 않고 사라지는 건 딱 질색이란 말이다. 덕분에 진소남과 내가 만나는 데에는 한참이 걸렸다. 그도 한참을 헤맨 까닭이다.

나는 생각한다. 그의 처녀작《쉬운 여자》를 읽기까진 한참이 지나야 할 것 같다고. 그가 서운해 한다 해도 어쩔 수 없다. 그의 소설을 더 맛있게 읽기 위해선 좀 더 많은 시간과 온도가 필요하다. 시간이 지나고 우리의 체온이 서로를 녹여줄 거란 확신이 들면 그에게 쌓인 마음속 멍울을 풀어야 한다. 달걀 거품을 잘 풀듯이 말이다. 안 그럼 내 생애 첫 케익을 망쳐버렸을 때와 똑같은 실수를 하게 되고, 나는 그의 소설에 대해 섣불리 맛없다고 결론을 내릴지 모르기 때문이다.

사실 청혼에 대한 대답도 미룰 생각이다. 이제부턴 천천히 가볼 참이다. 항상 쉬운 여자로 살긴 힘드니까. 늘 똑같은 자세로 같은 보폭을 유지하며 걷는다는 건 힘든 일이다. 그래서 그에게 이렇게 설명할 것이다.

"이젠 당신이 주는 역할을 하고 있군요. 우리 둘 다 주는 역할을 할 순 없어요. 받는 역할은 재미가 없어요. 수동적이라."

그러면 그는 이렇게 말할지도 모른다.

"쉬운 여자가 어려운 여자가 됐네요. 이런 이분법에 동의하지 않아요."

세상이 여자를 바라보는 시선에도 끊임없이 이분법의 논리가 적용되고 있는 게 아닐까 생각한다. 예쁜 여자는 맹하다. 공부 잘하는 여자는 못생겼다. 어려운 여자는 성질이 못됐다. 쉬운 여자는 헤프다.

사실 나야말로 세상의 모든 이분법에 동의하지 않는다. 세상엔 완전한 행복도, 불행도, 완전한 사랑도, 미움도 존재하지 않는다고 생각한다. 착한 사람도 사실은 악한 부분이 있고, 쉬운 여자에게도 까다로운 구석이 있다. 세상엔 완전히 검은색도, 완전히 흰색도 없으며, 검은색엔 흰 얼룩이, 흰색엔 검은 얼룩이 묻어 있다고, 어느 소설가도 주장했듯 말이다.

크리스털 예식장이 있었던 거리를 애인과 팔짱을 끼고 지나가는 수정과 마주친다.

수정아, 방금 널 생각했는데. 내 처녀작 초코 케익을 맛없다고 충고해 준 널. 그래서 다신 케익을 만들지 않겠다고 결심하게 만든 널 말이야.

수정이 날 보곤 흠칫 놀라더니 곧 눈을 내리깔고 진소남과 나를 지나쳐 간다. 나는 잠시 서서 수정의 뒷모습을 바라본다. 겉모습은 아주 화려해 보인다. 팔찌만 한 링 귀걸이에 토끼털 코트를 입고 미니스커트에 허벅지까지 올라오는 악어가죽 부츠를 신고 있다. 수정의 애인은 남자다. 새로운 연애 상대인가 보다. 그동안 몇 개의 주기가 있었던 거니? 수정의 애인이 앙증맞은 명품 핸드백을 대신 들어주고 있다. 변신 요술공주가 따로 없다. 하지만 수정의 표정은 권태로워 보인다. 벌써 상대에게 시들해진 모양이다. 수정이 마음속으로 늘어지게 하품을 하고 있다는 걸 뒷모습만 봐도 알 수 있으니까.

요술공주라니, 수정아 미안하다. 너에 대한 내 생각을 수정할게. 너 나이 들어 보여. 삶이 지루할수록, 내면이 공허할수록 외

모에 매달리는 돈 많은 중년부인처럼 늙어 보인다고, 알아? 수정아, 내가 이겼어. 싸우지 않고 너를 이긴 거야. 지금 네 모습을 보렴. 넌 지루해 죽겠단 표정이지만 난 지금 재밌어서 죽을 지경이거든. 생각해 봐. 첫 데이트 장소에 한껏 기대를 하고 나갔는데 그 장소가 없어진 거야. 그런데도 우린 만났단다. 너무 재밌지 않니? 수정아, 만날 사람들도 만나고, 만나지 않을 사람들도 만난단다. 그래서 우린 결국 전부 만나게 되는 거야. 진짜 재밌지 않아? 중요한 건 우리가 만났다는 거야. 그리고…… 사랑했다는 것.

나는 한동안 서서 수정의 뒷모습을 바라본다. 수정이 점처럼 작아져 마침내 보이지 않을 때까지. 수정이 시야에서 완전히 사라지자 나는 작게 중얼거린다.

"옛날 애인이에요. 짝사랑으로 끝났지만."

그리곤 진소남을 바라보며 환하게 웃는다. 진소남이 수정의 애인을 내 옛날 애인으로 오해하고 그를 원망의 눈초리로 노려본다. 그리곤 나를 따라 웃는다. 환하게.

"이지 씬 웃는 얼굴이 예뻐요."

"웃는 얼굴은 누구나 예뻐요."

"이지 씬 특히 예뻐요."

삶에는 수많은 반전들이 숨은그림찾기처럼 숨어 있다. 삶이 날 위해 준비한 수많은 숨은 그림들을 찾아내느라 나는 죽을 지경이었다. 재밌어서.

수정의 반전은 부자에 양성애자라는 것이다. 두배 할아버지도 부자라는 게 반전인데, 유산을 내게 전부 물려주었다는 것이 반전의 반전이다. 진소남의 반전은 소설가라는 것이다. 사실 그가 밤새 작업했다고 떠들어댈 때마다 소설을 쓸 거라고는 상상하지 못했었다. 그때 한꺼번에 놀란 나머지 그다음부턴 그가 어떤 깜짝쇼를 준비해 와도 속으론 별로 놀라지 않았던 것이다. 그는 어쩌자고 그렇게 세상에 지문을 남길 생각을 한 걸까? 어쩌자고?

소설가가 된 그의 미래를 상상한다. 한 일간지 문학담당 기자와의 가상 인터뷰다.

    Q : 당신은 어쩌다가 이렇게 의미 있는 소설을 쓰게 되었습니까?
    A : 나는 단지 소설을 쓰는 일이 무의미하다고 생각하면서도 날마다 반복해서 썼을 뿐이오. 지겹도록 말이오.
    Q : 십 년이나 동굴에서 혼자 살다가 세상 밖으로 나온 소감이랄까, 기분이 어떤가요? 남다른 의미가 있을 것 같은데요.
    A : 무의미하오.

내가 삶을 위해 준비한 반전도 있다. 여전히 난 받는 것보다

주는 걸 더 좋아한다. 내가 준비한 반전은 삶을 유혹해서 같이 노는 것이다. 삶이 내게 숙제를 내주는 걸 까맣게 잊을 정도로 혼을 쏙 빼놓곤 한판 놀아나는 것이다. 삶이란 재밌게 노는 일 말고는 달리 해답이 없으니까 말이다.

  삶에도 공짜는 있다. 이게 삶의 재미이자 반전이다. 숨은그림찾기 속 그림처럼 삶 속에 숨어 있다. 단지 우리가 모르고 있을 뿐, 그래서 찾지 못하고 있을 뿐이다. 나는 비로소 아끼다 거미줄 생기는 단어를 찾아낸다. 늘 가슴속에 품기만 하고 자주 내뱉지 않은 말을. 언제나 인색하게 굴기만 했던 말을. 아까워서 쓰지 못한 '사랑'이라는 단어를 말이다.

  사실 날 공짜로 사랑해 준 사람들은 있었다. 언제나 있었다. 그들도 숨은그림찾기 속에 숨어 있었다. 내가 찾아주길 간절히 바라면서 말이다. 엄마의 사랑도, 아빠의 사랑도 숨은그림찾기 속에 숨어 있는지 모른다. 내가 아직 찾지 못한 건지도 모른다. 아니 찾지 않고 있는 건지도. 나중에 찾으면 더 재밌을까 봐, 오래 기다렸다 찾으면 그만큼 더 재밌어질까 봐 일부러 시간을 끌고 있는지도.

  데이트를 마치고 집에 오니 앵무새가 죽어 있었다. 예전에 죽은 강아지보다는 훨씬 오래 살았으니 됐다. 주인에게 속은 것도 아니었다. 그래도 눈물이 났다. '이깟' 새의 죽음 '따위'에.

  안녕, 쉬운 새야.

안녕새야, 안녕.

마지막으로 당신들에게 쉬운 여자가 되는 방법을 알려주겠다. 물론 공짜다. 난 인심이 후한 편이니까. 그러니 삶을 상대로 한바탕 놀아보고 싶은 사람들은 따라해 보길.

삶이 당신의 엉덩이를 차버리면 훌렁 까서 보여주어라. 그러면 삶이 당신의 엉덩이를 핥아줄 것이다. 삶의 본성은 청개구리니까 말이다.

엄마, 아빠, 안녕.

죽음을 눈앞에 두면 정말 많은 것이 생각날 줄 알았단다. 모든 걸 생각해낼 줄 알았어. 그런데 죽기 전에 딱 한 가지가 떠오르더라.

네가 태어난 날, 너의 눈빛, 너의 미소.

태어날 때도 넌 울지 않았어. 날 보고 환하게 웃어주었지. 살아야겠다고, 네 미소 하나만으로 살아갈 수 있다고 생각했을 땐 너무 늦어 있었어. 이미 죽음을 향해 한 발을 내디딘 뒤였으니까. 그게 세상에서의 마지막 한 걸음이었다.

그렇단다. 아가야. 항상 마지막 결심, 마지막 말 한마디, 마지막 한 걸음이 중요하다. 항상 마지막 하나가 결정적이야. 삶을 결정짓는 것도, 죽음을 결정짓는 것도 마지막 하나란다. 삶에서 양다리란 없어. 살아 있는 한, 즐겁게 살아가는 수밖에 없단다. 즐겁게 살지 않으면 그 순간부터 죽음이 시작되는 거야.

이제 고백을 마쳤으니 내 죽음을 받아들일까 한다. 내 삶을 비로소 마칠까 해. 이지야, 너는 이제 시작해라. 온전히 너의 것인 삶을.

삶을 즐겨. 즐길 수 있을 때 즐기렴. 즐길 수 없을 때라도.